中国言实出版社

图书在版编目（C I P）数据

铜雀锁金钗 / 世味煮茶著 . -- 北京 : 中国言实出版社, 2023.12（2025.12重印）
ISBN 978-7-5171-4721-3

Ⅰ . ①铜… Ⅱ . ①世… Ⅲ . ①长篇小说—中国—当代 Ⅳ. ①I247.5

中国国家版本馆 CIP 数据核字 (2024) 第 023925 号

铜雀锁金钗

责任编辑：王蕙子
责任校对：邱　耿

出版发行：中国言实出版社
地　址：北京市朝阳区北苑路180号加利大厦5号楼105室
邮　编：100101
编辑部：北京市海淀区花园北路35号院9号楼302室
邮　编：100083
电　话：010-64924853（总编室）010-64924716（发行部）
网　址：www.zgyscbs.cn　　电子邮箱：zgyscbs@263.net

经　销：新华书店
印　刷：长沙鸿发印务实业有限公司
版　次：2024年3月第1版　2025年12月第3次印刷
规　格：880毫米×1230毫米　1/32　9.5印张
字　数：210千字

定　价：42.80元
书　号：ISBN 978-7-5171-4721-3

目录

目录

◇第一章　戏幕起

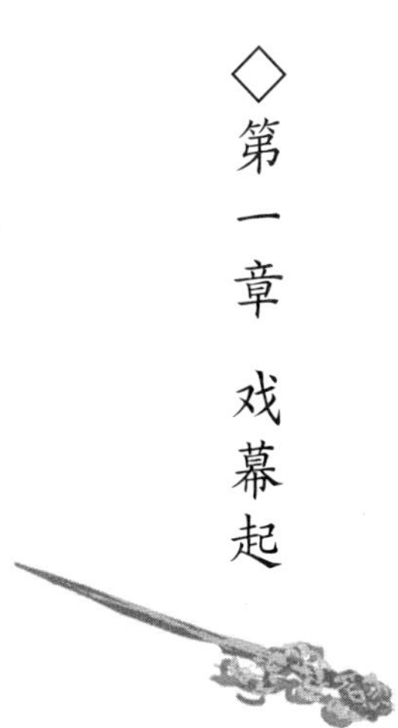

旧时在茶楼听书是要点果盘的，那听的都是闲话杂谈。

今日听这个故事，需要你合上帘子，点起煤油灯，若是赶上雨天，就点起檀香去湿气，最有韵味的就是放一曲越剧，从“十八相送”听到“英台哭坟”，这个故事也就完了。

这故事要从贺州城说起。

贺州城里有一处最显贵的地方，名叫小铜关，是当地驻军司令总部，因取了个“铜”字，坊间也有将它称作“小铜雀台”的。

这日，小铜关里开出两辆福特车，驶过江湾路，一直往积善路开去，到了德九医院才停下。

车里先是下来两排拿枪的兵，然后是一只穿了牛皮军靴的脚落地，往上是修长的腿，再往上是军装外披着长披风的颀长身子，顺着再往上，是一双很锐利的眼。

段烨霖，小铜关的司令官。

他带着人走进院长办公室，一路上没人敢拦，甚至一些小护士和病人都不敢说话。

胡院长见了他，连忙倒茶赔笑道：“司令怎么有空过来？”

段烨霖没有半句废话，直接道："听说你给受伤的士兵用过期的药？"

胡院长一下子明白了他的来意。

这年头儿四处在打仗，公立医院早就不够了，他这私立医院也收了不少伤兵。可是伤兵穷，资助只给公立医院，他又不是慈善家，怎么愿意做赔本的买卖。

"司令话不要这样说，那些药都是好的，放是放得久了点儿，但用还是能用的！我这也实在是没钱买那些贵重药，楼下那些交够了钱的病人也是病人，总不能挪了他们的药给别人用吧。"

段烨霖冷笑了一下，说："如果不是你故意把药压在仓库里，想卖高价，怎么会放到过期？胡院长，这里可是医院，不是你坐地起价地方。"

胡院长何许人也，他跟总参谋长也是攀得上交情的，脾气自然傲一些。他皮笑肉不笑道："这病人呢，是永远也少不了的。要想治病人，得先把医生喂饱吧？"

段烨霖站了起来，走到胡院长面前，居高临下地看着他，道："我在前线带弟兄打仗，你在后头跟我玩人命游戏，我看你真是活腻了！"

"啪"的一下，胡院长也火气上头，拍了一下桌子，指着门口喊道："行，司令若看不上我的医院，我今天就让人把那些伤兵清出去！您呢，自个儿找地方安置他们去吧！"

此话一出，段烨霖先是沉默了一会儿，然后怒极反笑，出门而去。

胡院长坐下，喝了杯茶，抽了根烟，看了看怀表，觉得到了饭点，哼着小曲出门了。

他刚跨出医院大门，还没走出一百米，"砰"的一下，出事了。

一辆福特车从后面撞上来，胡院长整个人就像小鸡崽一样滚到一边，仆地而晕，臂骨碎裂。

这还没完，又一辆福特车紧跟着从胡院长的腿上压过去，骨头碎裂的声音很清脆。

随后车窗降下，副驾驶座上的乔松回头问道："司令，怎么处理？"

段烨霖瞥了一眼，冷笑道："送去小铜关的牢里，只准用那些过期药给他治，什么时候治好，什么时候放他出来。"

"是，那接下来您去哪儿？"

"鹤鸣药堂。"

鹤鸣药堂在九溪巷子边上，占了大半条巷子，是许家的产业。

许家原本人丁兴旺，早年战事混乱，死了不少，只留下本家最后一条血脉，名叫许杭。许杭十来岁来到贺州城，养在自家舅舅府里，没几年舅舅一家也死绝了，这家业便落到他头上。

有人说，这许杭命硬，克人得很。自从这鹤鸣药堂开张以来，治病救人，很是积德，渐渐地也就没人这么说了。

段烨霖走进鹤鸣药堂的时候，原本熙熙攘攘的药堂一下子鸦雀无声。

老百姓怕官兵，已经成了骨子里的习惯，于是等着看病的都低头不语，小药徒也专心干活儿。

这时，内堂里走出来一个人，清瘦，皮肤很白，嘴唇颜色淡淡的，手上拿着一把艾草，一出来抬头一看，却没有半分惊讶。

这人就是许杭。

许杭给人的感觉好像天生就该配这间药堂，浑身染着药香，和这一屋子拿刀拿枪的人比起来，更是不同。

乔松不是第一次见许杭，可是每见一次，都会被许杭通身的气派惊到。

他回头，对着那些新兵蛋子低声喝道：“别瞎看！”

许杭走到铡刀旁，将艾草一点点切碎。艾草的汁液沾了许杭一手青葱，看着都让人觉得养眼。

段烨霖大步走上前去，对许杭道：“我让人接你，你都敢不来？”

艾草已经切碎，许杭把它放到捣臼里，淡淡地说：“你看到了，药堂很忙。”

“少不了你一个，你又不坐诊看病！”

许杭看了他一眼，问：“你来做什么？”

段烨霖笑得有点儿痞，也有点儿不悦，回道：“来看病，不行吗？”

许杭听了，指了指那快排到门口的队伍，说：“那你就取了号在那儿等着，你说的，我不坐诊看病。”

“我就要你看。”

这时，那头坐诊的周大夫站了起来，捋着胡子对段烨霖鞠一躬，客客气气地开口，想打个圆场：“司令哪里不舒服，我先给您看看？”

段烨霖看也不看他，语气很不耐烦，道：“坐下，没你的事！”段烨霖一把抢过许杭手里的捣臼扔到一边，“你今天存心要跟我杠上？”

许杭手上一空，拿起桌上的手帕擦手，抬头看段烨霖，用只有两个人听得到的声音道：“这是药堂，没病就出去。”

这番话彻底把这天已经在医院受过气的段烨霖惹恼了，起身掀开帘子就出去了。

隔日，挂钟打鸣的时候，段烨霖才起来，现在是初春，很快就是清明了，早晨起来还很凉。

乔松过来接人，一见到段烨霖就行礼道："司令，调查局局长的儿子今日该拿着调配令到咱们这儿报到了，您要不要见一见？"

段烨霖从怀里拿出一根烟点上，吐了个烟圈，说："最烦这些太子们，肩不能挑，手不能提，个个都没什么本事，出了事还特能折腾。让他去文书局做特助，没事别在我面前晃悠。"

"是。"

段烨霖看了看车窗外，路边已经有小摊子拿新长出来的艾草做清明果子，青翠得很。

乔松把车停下，去买了几个清明果子递给段烨霖。

"司令，来尝个鲜。"

段烨霖咬了一口，清香甘甜，他突然想到一件事来，说道："乔松，还有几天就是清明了吧？"

"是啊，再过八天就是了。"

"真快啊。"段烨霖突然回想起第一次见到许杭的场景，"四年了，那个时候还只到我胸口，现在都长过我肩膀了。"

乔松知道他说的是许杭，想了想，说："要不我也给许大夫买些果子，您带给许大夫尝尝？"

"许杭不会吃的，以前送过，连装果子的笼屉都被丢了出来，真不知道是搭错了哪根筋！"这件事段烨霖记得很清楚。

说话间，车已经开到租界区，段烨霖把帽子戴好，恢复了以往的锐气，道："走，去给那些洋人讲讲贺州城的规矩！"

金燕堂里，许杭早已起来洗漱，丫鬟巧官刚刚把艾草白果粥端上来，外头的小厮就急吼吼地跑进来说：“当家的，药铺乱起来了！您快去瞧一眼！”

许杭放下刚拿起的勺子，眼睛微微一眯，随后起身出门去了。

药铺里的的确确是一年难得一见的吵闹，一位抱着一个六七岁男孩儿的妇人边哭边捶胸口，另一边是一个汉子，像是这位妇人的丈夫，扯着一个一身白西装、似乎刚留洋回来的青年。

那青年看起来不胜其烦，而那男人死死抓着他，生怕他跑了。

药铺伙计一看到许杭来了，赶紧迎上来说：“当家的，你可来了，你看这叫什么事哟，吵得没法儿做生意了！”

“怎么回事？”

伙计压低声音，慢慢说来。

原来这一家三口今早去城隍庙烧香祭祖，在庙门口买了个清明果子给小孩儿吃，小孩儿吃得急，一下子噎住了，愣是吞不下去又吐不出来，当即就倒下了。

这家人又是捶又是推，就是没办法，眼看孩子都已经翻白眼，要不行了，这时，人群里的一个青年站了出来。

这青年看了一眼就说得开放气道才行，可城隍庙离医院和药铺太远，怕是赶不及。这对夫妇一听，登时就跪下了，求这青年帮忙。青年说自己不是正经医学生，手上也不干净，不敢治。

到底是看他们边哭边磕头可怜，青年只能拿出钢笔朝孩子胸口扎下去，然后带着孩子来鹤鸣药铺，孩子这才缓了过来。

有趣的是，孩子是救回来了，这对夫妇却拽着青年不让他走，非说孩子胸口上的伤得青年来付钱，万一扎出个三长两短，还有得追究。

这时，那妇人又号了起来：“啊，我好好的儿啊，就是吃果子急了点儿，生生就给扎了一个血窟窿！这是要杀人啊！”

那青年被气笑了，更是不屑与这种人争辩。店里的其他人也指指点点，对这种人甚是不齿。

许杭冷眼看了一会儿，终于出声道：“给我赶出去。”

许杭的声音并不大，却独有一种魄力，清冷得像还没化冰的泉水，让人心头一凛。伙计们纷纷看向许杭，伸长了耳朵，以为自己听错了。许杭指着那对抱小孩儿的夫妻重复了一遍：“把他们赶出去，钱也别收了，方才给他们用过的纱布、剪子或是膏药等，凡沾过的，跟人一起丢出去。我鹤鸣药铺不收这样的病人。”

“是！”伙计们早看不惯了，只是碍于药铺的声誉不敢乱动，既然当家的发话了，他们就赶紧动手。

那对夫妻脸色大变，那妇人更是趴在地上吼起来：“要死了，要死了！药铺还有见死不救的！”

一个伙计闻言，不客气地把那妇人一拎，往门口拖去，指着门上的一块牌子嗤笑道：“不是见死不救，我们药铺是有三不救！”

那对夫妻一听，睁大眼睛看，可是看了半晌还是云里雾里，原来竟是对白丁，不识字。

此时，许杭慢慢念道：“奸淫掳掠不救，抽烟酗酒不救，忘恩负义不救。最后这条，说的就是你们这样的。”

“听清楚没？听清楚了就赶紧走，也不看看这是什么地方！”伙计们一推一搡，就这么把那对夫妻赶了出去。

那对夫妻堵在门前吵闹，甚至还把头往门上磕。掌柜实在看不下去了，冲出去，瞪着眼睛，下巴一扬，摆出凶神恶煞的模样喝道：“不长眼的老货！告诉你们，司令到我们药铺都不敢这么大声吼叫，你们比司令还大了？再闹，就请军爷来治你们！”

一听到军官，那一家子就像被捏住了喉咙，大眼瞪小眼看了一会儿，最后心不甘情不愿地灰溜溜走了。

药铺里，许杭处理完了，就自顾自地到柜台上看昨日的账目，那青年走上前去，伸出一只手，礼貌道："谢谢你的帮助，我叫袁野，刚回国就遇到这样的事情也是奇遇了，多谢你。"

许杭盯着那只手看，骨节很长，手上没什么老茧，不像是会治病的手。许杭没有回握，只淡淡地说："不用谢，不是为了帮你，我嫌他们在店里吵闹。"

袁野依旧保持着那个姿势，说："可你还是帮到我了呀，我认你这个朋友。啊，不好意思，有些冒昧了。"

大约是留洋时养成的习惯吧。

许杭还是把手伸了出去，就只握到第一个指关节那里，蜻蜓点水般碰了一下就收回来，说："国内不比国外，世道乱，不是每次都能这么好脱身的。"

"嗯，或许吧，不过下次见到这样的事我还是会帮忙的。"袁野笑了一下，一点儿也没有被人反咬一口之后的愤懑，难得有一颗赤子之心。

鹤鸣药铺的这点子吵闹，过一会儿就烟消云散了，被人间烟火气冲得丝毫不见。

可是，段烨霖那边的硝烟就没那么好散了。

领事馆里，领事詹姆斯和段烨霖可以说是针锋相对，两边坐着的各家商会会长面面相觑。

贺州城统共就三个码头，洋人想在这儿买卖往来，靠的就是这三家商会。早些年，这三家商会依仗洋籍，避开了很多检查，因此，底下一些有贼心的就做起了不干净的买卖。

现在到段烨霖这里，一旦发现任何风吹草动，他都绝不姑息。

詹姆斯很生气地说："段先生，我们的船只一向没有被检查出问题，你这样的要求，我们不能接受！”

段烨霖跷着二郎腿，悠闲道：“我今天来不是请你同意，而是告诉你一声。往后三个码头，大小船只进来都得查，挂谁的旗都不管用。以前没查到问题是以前的事，以后要是查到了，我可就没这么好说话了。”

一旁的澎运商会的会长顾岳善放下茶杯，眯了一下眼睛，打圆场道：“要我说，司令长无非是想立个新规矩，咱们也不能不听。詹姆斯先生觉得受到怠慢，这也可以理解嘛。不如大家各退一步，凡你们的船，定期抽查，这样一来也好让段司令交差，二来詹姆斯先生也算是给我们一个交代。你们看如何？”

詹姆斯听完翻译，脸色好了许多，低头沉吟一下，道：“这样也不是不能接受……”

“我不接受。”段烨霖嘴角一勾，直看得那群商会的老油条背脊一凉，“我说了，一概不例外，只要是到了贺州的码头，哪怕是条纸船，都要翻过来查一遍！”

“你……我要打电话给你们总参谋长，向上级反映！你这是对我们的歧视！这个码头，我们已经获权进出四年了，自然也算是我们的码头！”

“啪嗒”一下，段烨霖厚厚的鞋跟敲在地上，他敛了脸上的笑容，摸着军帽的帽檐说：“用了四年就敢说是自己的东西了？呵……”他站起来，俯视詹姆斯，“我脚下的贺州城，我踩了三十五年，也没敢说是自己的，你算什么东西？”

说完，他转身就朝外走，边走边留下一句话：“从明天起，就这么办！谁不依，就按危害安全罪处置，枪刑！”

领事馆会议室里，詹姆斯已经气得胡子翘得老高，一众商会会长窃窃私语，商讨日后该怎么办。

唯有顾岳善摸着下巴，看着段烨霖离开的方向若有所思，竟然还露出些欣赏的笑意来。他招了招手，一旁的助理俯下身来，他便在对方耳边说了几句话。

不一会儿，一封请帖就送到了小铜关的案牍上。

这封请帖倒是出于好意，说是贺州城南戏楼来了一个叫百花班的戏班子，唱得一出好越剧，邀请司令明天前去听一出《西厢记》。

不过一起听戏的人就很有意思了，是澎运商会会长的千金，顾芳菲。

这哪里是请人去听《西厢记》，分明是希望他们演一出《西厢记》。

“这顾会长还真是懂攀附，看样子是要点鸳鸯呢。”乔松瞥了段烨霖一眼，问道，“司令，要去回绝了吗？”

段烨霖摸着请帖上的暗纹，越想越觉得有意思，把请帖往乔松怀里一丢，说：“告诉他们，我去。”

“啊？”

“你再去做一份一样的请帖，送去金燕堂。”

乔松捏着请帖，挣扎了一下，问：“许大夫要是……不去呢？”

段烨霖沉默了一下，看得乔松低下了头，他笑道：“那你就这么说，现在还是我请，若不出门，以后可就不好说了。”

说实在话，比起做这两个人之间的传信人，乔松宁愿带兵上山剿匪。

他驱车到了金燕堂，许杭刚好才回来。乔松走进前厅的时候，许杭正在吃饭，桌上只有两菜一汤——炒青菜、清明果和豆腐汤。

乔松放下请帖，忍不住说道：“咦？司令不是说您不吃清明果吗……”

话刚出口，他就后悔莫及。

因为许杭抬起头，眼睛倏地一下定在他身上，他一下子就明白过来了——许大夫哪里是不吃清明果，分明是不吃自家司令送的清明果！

“乔副官是打算去告状吗？”许杭的声音轻飘飘的，一脸无惧无恐。

乔松一看许杭这副表情，就想起第一次见到许杭的时候，那时候还是他开车接送的人。

一路上许杭都是这样的表情，不悲不喜、不冷不淡，只在看到小铜关森严的大门时，眼眸微微抬了一抬，略带一些喟叹地出声道：“原来是这里吗？”

好比现在，明明乔松回去多一句嘴，他这几天大概就不会舒服了，可是他仍然气定神闲。

乔松摇头，说：“我只是来送请帖的，其他一律都没看到。许大夫休息吧，我回去向司令复命了。”

许杭看着乔松的背影，又看向桌上那碟绿油油的清明果和红艳艳的请帖，扶住了额头。

许杭十一岁那年，家破人亡，从蜀城跋山涉水来到舅舅家，寄人篱下整整七年。

金燕堂里有一处很美的小园林，叫绮园。在许杭小的时候，他娘经常跟他讲自己小时候在绮园里的故事，说得许杭总是浮想联翩。

可是等许杭真的住进了金燕堂，住进绮园之后，才觉得美则美矣，却金玉其外，败絮其中。

越美越肮脏。

他遇见段烨霖就是在绮园，对方是金洪昌请来的贵客。许杭那一日睡迷糊了，差点儿误了时间，脚下慌慌张张，怕踩在鹅卵石上滑倒，便低头小跑，踩碎了一地的芍药花瓣，撞见了段烨霖。

“好香……”段烨霖闻到芍药味说道。

结果是，被许杭极其嫌恶地啐了他一口。

从来没受到过这等“款待”的段烨霖愣怔了一下，想摁住要跑的许杭，可只轻轻掠过飘起来的衣袂，那人就跑走了。

绮园芍药，果真是又浓烈又呛人。

段烨霖再次见到许杭，是在小铜关，他拍了拍身边的位子，说：“坐吧。”

许杭慢慢走过去，垂着头，面色阴沉，然后在走到段烨霖身边的时候，骤然抬头，眼中精光一闪，一把抽出藏在袖子里的刀片往他喉咙上划。

稚嫩的杀意，稚嫩到让人喟叹。

段烨霖似乎一点儿也不意外，眼眸一抬，单手就把他的虎口给捏住，一折，刀片掉下去，然后箍着他的手臂一拧。

“我就知道你不这样折腾一下不会死心。”段烨霖捏着许杭的肩膀道。

许杭淡漠的眼神中带着一点儿愤怒，他张口咬住段烨霖的拇指，狠狠用力，一下子就见血了。血流出来，流到许杭的嘴里，咸味呛人。

段烨霖吃痛地把手抽回。许杭偏过头啐了一下，把血吐出来，恶狠狠地盯着段烨霖。

那神情，仿若要把对方生吞活剥似的。

更让段烨霖惊讶的是，此后的四年里，他们不打不相识，他见过许杭生气、害怕，就是没有见许杭哭过。

听戏这种事，台上一出，台下也是一出。

段烨霖品了一口茶，恍惚间觉得自己很久没这么安逸地听戏了。

百花班唱《西厢记》的虽都是些新伶人，但是嗓音珠圆玉润，唱得人心里酥酥痒痒的。

已唱到第二场“酬韵”，红娘扯着小红绢，道：“见小姐含情脉脉话难讲。愿小姐早配鸳鸯，配一个冠世才学状元郎。风流人物温柔性，与小姐百年成双。”

这时，顾芳菲才姗姗来迟。

她身上穿着当下很时髦的背带长裙，上面披着一件短的小斗篷，头上戴着小平帽，手里拎着镶珍珠边儿的手包，在段烨霖对面坐下。

“段司令，初次见面，我叫顾芳菲。”

段烨霖点了一下头，拿起茶壶给她倒了一杯，回道：“顾小姐，幸会。”

顾芳菲喝了一口，她留洋多年，习惯了喝咖啡，不大会品茶，又往戏台上看去，台上的张生与崔莺莺两情相悦，抹得油头粉面的伶人咿咿呀呀在唱些什么，她听不大懂，于是把头扭回来，看向段烨霖。

与她相反的是，段烨霖看得津津有味，食指还随着京胡的声音一下一下打着节拍。

“顾小姐不大喜欢听戏吗？”他问道。

“说来惭愧，很少听，所以也就不懂。”

“那难为顾小姐还要来陪我听戏了，听不懂的话，在这儿可是挺难熬的。”

顾芳菲用清亮的眼睛打量了段烨霖一会儿，忽然掩着嘴巴笑了一下。

段烨霖终于把头扭回来，问："顾小姐笑什么？"

"我是在笑我和段司令都是身在曹营心在汉，台上唱着《西厢记》，台下可是半点儿意思也没有。本来我今天出门之前还很忐忑，不过看司令这个样子，我倒是放心得多了。"

这话说得坦荡，让段烨霖对这个大家小姐有些改观，看来顾芳菲跟顾岳善不是一条心。他笑了笑，回道："这么说，顾小姐今天来是父命难违，所以勉为其难了？"

顾芳菲连忙摆手道："啊，我不是这个意思！其实，我也想来见你一面。"说到这里，顾芳菲坐直身子，显得很郑重，"其实……我是有一点儿私事想请司令帮忙，可是我没有好的理由与你接触，所以只能借这个契机了。"

说到这里，她顿了一下，见段烨霖用眼神示意她继续说，她便道："其实，我是新女性女权的倡导者，我想帮一些渴望从家庭独立出来的女性在社会上站稳脚跟，所以在贺州城开了一家化妆品公司和工厂，招募的全是女性员工，只是……只是总还有一些阻碍。一方面，部分女员工的家属不大同意，经常来公司吵闹；另一方面，公司比较偏远，那么多姑娘家，下班总是让人不放心。我想了很久，只想到一个办法，但是需要您的帮助。"

讲实话，顾芳菲的这番话确实令段烨霖对她刮目相看，他没想到这个看起来娇滴滴的大小姐居然这么有抱负，便开玩笑道："我？总不会是让我出兵日日护送你的员工下班吧？"

"当然不是，"顾芳菲被段烨霖的话逗笑了，"我看中了小铜关附近的一栋楼，如果我买下来，借着您的光，就不会有人敢来放肆，而且上下班也安全得很。不过……"

"不过小铜关附近的楼都是军方严格管控的，就算房主肯卖，也不敢擅自卖了。你是要我帮你写批条，好买下那栋楼。”段烨霖替她说完了剩下的话。

顾芳菲温婉地笑了一下，很坚定地点头道：“是的，司令要是肯帮忙，多少钱我都愿意出！”

段烨霖用杯盖刮了刮茶叶末儿，吹了口气，说：“顾小姐知不知道，依那儿的地价，就算你们的业绩做到贺州城第一，五六年内怕是也回不来本，你这是赔本买卖。”

“这不是赔本买卖。如果能让贺州城的女性都自强起来，这就是最赚的买卖了！”顾芳菲的声音突然大了一些，语气坚定，眼睛像星星一样灿烂。

这样有赤子之心的女人，一点儿也不像商会会长那种老油条教出来的，段烨霖觉得很有意思。

他略微沉默了一下，然后偏过头，看到一个熟悉的身影走进来，往二楼走去，目光闪了一下，用一种狡黠的口吻对顾芳菲说：“顾小姐这个忙，我可以考虑帮。不过在那之前，我想请你帮个忙。”

许杭落座的时候，台下正好到叫好的时候。许杭坐在二楼的雅座，一楼的大厅一目了然，甚至不需要刻意去找，就看到了正陪着一个女人说笑的段烨霖。

他不仅眉开眼笑，甚至还用贴身的面巾给那个女人擦手上的污渍，将柔荑握在手里，好一会儿都没松开。

许杭只瞥了一眼就把目光收回来，看着茶叶上上下下浮沉，然后认真听起戏来。

段烨霖借着桌边铜壶的光面看二楼许杭的身影，见那人品茶听戏吃果子，甚至微闭着眼跟着曲调摇头晃脑。

茶凉了，段烨霖捧起来，咕嘟咕嘟灌了下去。

等到一整出《西厢记》唱完，伶人谢幕了，许杭才站起来，从怀里掏出钱袋子，将里头的大洋全扔到台上青衣捧着的赏钱盘子里，道："我没听够，再唱一遍吧。"

此举一出，不少人都往二楼瞥过去，只看到一个清清瘦瘦的身影，认出是许大夫后，便私下咬耳道："原来这许大当家的还是个戏迷呢。"

台上青衣袅娜地拣起钱袋子，打开，倒在手上一看，分量着实是重，到底是有钱人家，连钱袋子闻着都没有铜臭味，香喷喷的。

青衣对着许杭的方向鞠了一下，后台拉起调子来，又一出《西厢记》唱下去了。

乔松往段烨霖的方向看去，见段烨霖已经是一张黑脸。

顾芳菲也忍不住往二楼瞄了一眼，浅笑道："司令若是有事要忙，不如改天我再亲自登门拜访？"

段烨霖微微点头，然后在桌上放了付账的钱，道一声"失陪了"就往二楼走去。

许杭端坐在那里，只听得一阵急促的如催命般的脚步声从雅室外头传来，"砰"的一下，来人破门而入。下一刻，许杭就被人拉着转过身，冲进眼帘的是段烨霖那张满是怒气的脸。

许杭冷冷地回视他。

随后，段烨霖毫无温度地笑了一下，道："许少棠，你故意的！"

许杭佯装听不懂，问："你又发什么疯？"

段烨霖上前一步道："你总是最清楚怎么能一击即中地惹怒我。我就是不明白，四年了，你怎么还没学聪明点儿？"

"你既然知道我不聪明，就别再试探我了。"

"你哪里是不聪明，而是聪明过头了。"说着说着，段烨霖的语气低沉下去，"明明当初是我救的你，可你现在却总是这副半死不活的样子。”

许杭幽幽地讥笑道：“司令要我来，我就来了，要我听戏，我也听了，看你爱听，我就再给你续一出。这样还不够吗？你还想怎么样？”

好一副死猪不怕开水烫的样子，这番话里的每个字都像一根火柴，在段烨霖的心头上一点就着，等说完最后一个字，可以说是燃起熊熊烈火了。

忽然，底下戏台上爆发出一阵骚动。

“啊！出人命了！出人命了！”

“怎么回事？！”

楼上的人越过栏杆往下面看去，就见唱台上的那位青衣倒在地上，整个人直抽搐，脸上肿起来好大一片，大张着嘴，好似喘不过气来，哪里还有莺莺小姐的模样！

顾芳菲原本见段烨霖走了，也想离开的，只是刚起身就看到戏台上乱成一片，她拨开人群往里看，就见那个青衣在地上挣扎。

“救……救我……”那个青衣猛地抓住顾芳菲的手，面部狰狞，好不容易才说出这几个字。

顾芳菲给她顺气，喊道：“谁！谁去请大夫？！”

这时，班主从后台火急火燎地跑出来一看，看了一眼就没那么担心了，甚至还很不耐烦地骂道：“赔本的贱人，又犯病了！”

这句话听到顾芳菲耳朵里很是刺耳，但眼下她不好发作，只对着班主说：“你是班主吗？还愣着作甚？快送她去看病啊！”

班主瞅了一眼，用鼻子哼气，在袖子里摸了半天，摸出几个铜板，扔给一旁的小徒，吩咐道：“去药铺抓点儿败火的药来。”他又指使“张生”和“红娘”：“抬到后面歇息去吧。”

那二人正要动手，被顾芳菲拦住了。她道："她这明显是大病，你怎么可以随便用一服药就打发了？"

班主看出顾芳菲身份不简单，态度恭顺了些，道："哎哟，这位小姐，咱这儿都是些下九流的戏子，命硬，死不了！再说了，一个女戏子，就是送去药铺，也没有大夫愿意治的，吃点儿药，听天由命就是了！"

顾芳菲生平最恨的就是这样的说辞，当即板了脸道："女人也是人，戏子也是人，亏得你还是班主。大夫不愿意治，那就该送医院去！"

"医院？姑奶奶，你可饶了我们吧，这去一趟医院，咱们戏班子这一个月的戏算是白唱了！总不能为了她一个人，让咱们全百花班喝西北风吧！"

"啪"的一下，顾芳菲从包里掏出一沓金圆券拍在班主脸上，义愤填膺道："钱我出，这人我也赎了，马上给我送医院去！"

班主还未从那一沓钱上把理智挪回来，正蹲着在那儿捡呢，就听到"红娘"嘤嘤哭起来，喊道："啊，姐姐……姐姐没气了……"

这下众人大惊，后退好几步，都觉得晦气得很。

班主三步并作两步冲过去，生怕这到手的钱飞了。顾芳菲心头一恸，也上前查看。

那青衣果然已经翻了白眼，怕是不好！

就在此时，一双骨节分明的手拨开在哭的"红娘"，蹲在那个青衣面前，握住青衣的手腕，细细把起脉来，随后又用两指在她浮肿的脸上查探，掰开她的嘴细查。

班主看到了，便问："你在作甚？"

许杭没回答他，只是将青衣头上的细簪子拔下来，道："拿酒和火来。"

"红娘"愣怔了一下。

许杭喝道："还不快去！"

"红娘"如梦初醒，一把擦干净眼泪和鼻涕，迈着碎步跑了出去。

酒火端上，许杭以酒洗簪，淬火，然后将那青衣的耳尖刺破，挤出两三滴血。

说来真是奇，毒血放出，那青衣的面色顿时好转，整个人骤然咳嗽一下，然后呼吸渐渐趋于平缓。

许杭又道："去厨房用花椒泡一壶水来。"

小二立时急急忙忙跑到后厨端了一壶来，许杭接过，用手帕沾了花椒水在青衣红肿的脸上擦拭。

顾芳菲在一片慌乱之中看见许杭如一股清风灌入，手上动作娴熟，面色平静，虽是为一个戏子治病，却丝毫没有敷衍，甚至病人的唾液随着嘴角流下，污了他的袖子，他也似乎毫不介意，宛如一位丹青好手，在描一幅山水画般自信淡然。

许杭擦了一下就洗过再擦，反复几次后，那红肿消下去不少，青衣终于悠悠睁开眼睛。

"活了！活了！醒了！醒了！"众人拍手称奇。

青衣被"红娘"扶起来，揉着太阳穴，听完"红娘"在一旁哭哭啼啼说的话，才对许杭点头道："多谢大夫，我往日里已经很小心了，今日……竟又着了道。"

许杭此时已经站起身来，用另一条帕子擦手，淡淡地说："你这枯草热有些严重，如今春天到了，自然难防。开一服防风、柴胡、乌梅、五味子的药底，加连翘、银花、甘草、蒲公英，多喝几服就好了。"

他冷眼看了看站在一旁抻着脖子看的班主，又转回去对青衣道："别的药堂不收，我鹤鸣药堂收；别的大夫不治，我鹤鸣药堂治。"

众人知道许杭这话是在打那班主的脸，心里都暗爽了一阵。

那班主老脸有些挂不太住，摆摆手，嘟囔了一句："好好的戏园子，哪儿吹进来的什么花粉，真是！"

一旁的小徒吸了吸鼻子，说道："嗯，好像是芍药花香……"

散场。

许杭出了百花班的戏园子，门口那辆福特车里的人已经等得很是不耐烦了，嘀嘀响了两声喇叭。许杭垂着眸，拉开车门坐了上去。

透过车上的后视镜，许杭看到百花班的门口，顾芳菲正若有所思地在那儿站着，看着他们的车越行越远。

鹤鸣药堂这日生意是真好，买艾草的人多，春日惊风的人也多，一时间伤风药出入账极大。

许杭在柜台上捣肉豆蔻的时候，顾芳菲带着那名青衣进来了。

青衣一进来就跪下磕头。

许杭把人给扶起来，叫伙计带下去开药。

等身旁没人了，顾芳菲才出声道："不知道许大夫方不方便，我想同您说说话。"

许杭把肉豆蔻的粉末倒出来，包在油纸里，分成几小包，一一装好，拿细绳子穿上，说："我正要去给东街庙堂送药，您若不介意，路上说吧。"

两人出了药堂往东去。

顾芳菲这会儿才仔仔细细打量许杭，确实眉清目秀、气度不凡，道："许大夫昨天的仗义相助，真的让我觉得很感人，没想到贺州城里也有像您这样想法开阔的人。”

“您谬赞了，和小姐这种为女子求权的人不一样，我能做的也就只是这样，远比不上您。”

顾芳菲轻笑了一下，说：“您真的太谦虚了。换了其他大夫，肯定是不愿意救一个戏子的。”

“那青衣好嗓子，虽然唱腔弱了些，可若殒命了，还是极可惜的。”

“许大夫很懂戏？”

“略做一嗜好罢了，可惜百花班远远不如从前的梨花班，现在听不到名角的戏了。”

说起戏来，一向寡言的许杭竟难得话多了一些。

“我虽不懂戏，可下次若有了好班子，一定请您一起听。”顾芳菲说着说着浅笑起来，“不知道为什么，总觉得我和许大夫并非初见，可能是有缘吧，所以昨天匆匆一见，今天就想登门拜访一下。”

这时二人已经走到了大街上，许杭停了一下，正眼看着顾芳菲，她今日穿的是桃红色的小礼裙，头发烫得卷卷的，和香烟盒子上画的外国女人一样明媚，笑得很温雅。

“顾小姐是不是有事需要我帮忙？”

“咦？”顾芳菲先是微微瞪大杏眼，然后用手掩了掩嘴，有点儿不好意思，“我表现得这么明显吗？”

许杭轻轻道：“有什么事，但说无妨。”

顾芳菲咬咬唇，犹豫道：“说起来真是有些厚脸皮。我本是有求于段司令的，可我与他之间并没有什么交情，所以我才想找些门路……许大夫和段司令似乎能说得上话，所以，所以……”

顾芳菲越说越觉得自己太强人所难，索性豁出去，大着胆子说：

“如果许大夫肯帮我，不管成不成功，我都会很感激您的！您若有条件，尽管开……我知道您不是看重金银的人，日后若是有我能帮得上忙的地方，我也一定义不容辞！”

说完就是一阵沉默。

顾芳菲心里还是有点儿紧张的，她之所以这么大胆，只是因为凭着第一印象，她觉得许杭不会拒绝她。

果然，许杭问道：“说说看是什么事。”

“许大夫肯帮我？”顾芳菲很惊喜。

许杭说：“我只提一句。”

“谢谢你！”顾芳菲一把握住许杭的手，笑得很舒心。

她如竹筒倒豆子一般把前因后果说了一通，明明八字还没一撇，可看着许杭听进去了的样子，就恍如此事已然成功了一般。

道别的时候，顾芳菲走出去几步，又回过头说：“对了，我说觉得与许大夫您有缘不是客套话，而是真心的。”

许杭点了点头，顾芳菲便伸手招了一辆黄包车，坐上走了。

等到街头再也见不到她的身影，许杭才自言自语般说了一句：“是我该谢谢你才对。”他转身往药堂走，在街角将那包肉豆蔻粉丢在了烂菜叶堆里。

清明时节雨纷纷，路上行人欲断魂。

每年这个时候，段烨霖都会去乱葬岗祭奠那些在战场上死去的兄弟。乱葬岗没有碑，他就带几壶好酒，其他的浇在地上，剩下的一壶自己干了。

夜里再回金燕堂的时候，四处禁火，上房丫头蝉衣看到段烨霖，忙上前引路，恭敬道：“司令来了？可要用点儿寒食？小厨房的柜子里都还放着呢，当家的已经吃过了。”

段烨霖倒是轻车熟路，许是不放心许杭。

“少棠呢？”

“可不，今儿奇了，歇得早！”

金燕堂里的下人不多，两个丫鬟，两个小厮，都是四年前招的，口风紧得很。

段烨霖是吃过才来的，径直进了房。清明节不点灯，房里昏昏暗暗，好在现在时辰不晚，还能看得清些许。

他隐约看见一个人躺在罗汉椅上，一只手垂在椅子外，怀里躺着一本书，呼吸沉稳，便放慢脚步慢慢凑近。

许杭很少睡得这么沉稳。

许杭感觉有人在眼前晃，慢慢转醒，乍一看到人影，惊了一下，等看清军装，就冷静多了。

他坐直身体，说：“段烨霖？”

“嗯。”段烨霖笑道，“怎么睡得这么早？”

“看迷了眼，就睡了会儿。”

“怎么不去小铜关？”

许杭起身到桌边给自己倒了一杯茶，慢慢喝下去，回道：“我不喜欢小铜关对面的生产厂，那儿的灯晃眼。”

段烨霖哭笑不得地说：“就因为这样？”

许杭不说话了，找了条面巾在水里涤荡，洗脸。

许杭的心思一向很难猜。

四年前，许杭要开药店，段烨霖划了多少个黄金店面送过去，许杭一个也不选，非自己挑了个别人不要的废弃工厂改装，问原因，说是喜欢那条街街角店里卖的糖年糕。

因为讨厌烟味，许杭甚至不惜重金买下离金燕堂两条街之远的烟草馆，一个闷雷炸得干干净净，随后就废在那里，不用也不卖。

用许杭的话说，凡是沾了烟味的人从门前经过，他都觉得恶心。

三日之后，那家卷烟厂就开始拆拆打打，摘下招牌，人走楼空。

新招牌写着“芳菲化妆品公司”。

知恩需得图报。

顾芳菲是个很懂礼数也很有涵养的女生，她知道许杭一定帮了她，几次三番送了礼物到金燕堂，可是都没能进门，许杭让人回的话也简单——

“不需要。”

可是顾芳菲心里过不去。

又过了几天，顾芳菲得了一个听好戏的机会，便誊抄了一份请帖给许杭，这下许杭收了。

那请帖分量很重，是都督府上请来了梨花班，会在都督过五十大寿这天唱堂会。都督和澎运商会关系匪浅，早年间互相帮衬，赚了不少钱，顾芳菲要带一个人进去自然不难。

先前许杭提了一句梨花班，顾芳菲便记在了心里，可知是有心的。

再说另一厢，小铜关这日的温度骤降，明明是春天，却好似严冬一样寒凉。

各个出口都被把得牢牢的，每个人都是如临大敌的模样。

段烨霖站在自己的办公室前，看着厚重的黄花木门上那几个骇人的弹孔，眼神如虎豹一般凶煞。

几分钟前，如果不是他依靠过人的耳力听到轻微拉动保险栓的声音，这会儿脑袋已经开花了。

杀人杀到太岁头上来了。

他当即给门卫室下禁令，四处封锁，第一时间把小铜关围成了铁桶一般，困是困住了，可找不到人是谁。

“咚咚”两下敲门声，乔松走进来，敬了个礼，禀告道：“司令，所有人都查过了，没发觉异样！后院的泥土地上有几个脚印，但没跑多远又踅回来了，看来是没机会逃走。至少，人一定躲在里头！”

“若不是外面的贼，那就是自家的白眼儿狼了？”段烨霖俯下身，摸了摸弹孔，“这规格和杀伤力，怎么看都是咱们军用的二号长枪。”

“是，我查过了，今天早上有射击训练，每个人的枪都打过子弹，查不出来。刚才追捕的时候，大家又都在草地上踩来踩去的，所以……”

段烨霖戴上军帽，吩咐道：“把所有人都给我叫到前厅去！”

前厅站了一些人，不多，这日本是小铜关的休宁日，除了两队巡逻护卫，其余就是负责文书工作的干事。

段烨霖的眼睛像鹰一样，从每个人脸上扫过去，哪怕坦坦荡荡的人，也被他盯得发怵。

乔松一个个问完话，记在本子上，递给段烨霖看。

段烨霖翻了翻，问：“这就有趣了，每个人都不在场，那么是我自己开枪打自己咯？嗯？！”

他最后那个字鼻音很重，像一锤子砸在众人心上，人人都知道这是个狠辣的主，如果找不出真凶，怕是所有人都不能善了。

果然，众人就听段烨霖说：“很好，那就先把所有人都关进牢里，慢慢审。”

“司令，这怎么行……”

“不是我！不是我们啊！”

“放开！我是市长的外甥！你们不能这样！”

一时间，人群中爆发出惊慌失措的尖叫、谩骂以及抱怨，段烨霖一直盯着骚动的人群，企图看出一点儿端倪。

惊慌、愤怒、恐惧，什么样的表情都有，而他想看到的，是心虚。

这时，一个拔高的声音突兀道："且慢！司令，我有办法找出暗杀您的人！"

前厅一下子变得很安静。

众人纷纷扭头看过去，就见一个穿白西装的高大男人举着一只手，走出来站到人群前方，重复一遍道："我能找出来。"

段烨霖打量了他一会儿，总觉得这人与旁人有些不一样，眯着眼看了一下乔松。

乔松领会到意思，上前耳语："这就是我之前同您说的局长的儿子，袁野。"

哦，原来是他啊。

段烨霖收回目光，摩挲着军装上的纽扣，问："你有什么办法？"

袁野笑了笑，说："烦请司令带我去军器保管处。"

段烨霖警告他道："我可先告诉你，枪打出头鸟，这种时候，反而是真凶更容易狗急跳墙。你如果只是来耍滑头的，呵，局长的儿子犯了法，照样枪毙。"

说到枪毙，众人都抖了抖。

袁野却很淡定地笑了笑。

打开军器保管处的大门，袁野走到二号长枪的架子前。这地方是每天轮值的巡逻兵交接兵器的地方，一号长枪是他们随身携带的，二号长枪是出外派任务时才用的，每种枪的数量有定数，分配的士兵也是确定的，有各自的锁头锁着，不会乱用。

袁野在一排二号枪前看来看去，然后从口袋里掏出一个精致的打火机，在每支枪头前的刺刀上烧了一下。

众人皆看不懂他这么做的目的，心里直犯嘀咕。

烧到第五支枪的时候，火苗闪了一下，刀面渐渐变蓝。乔松连忙探过头去，觉得这个像西洋魔术一样。

“找到了，”袁野笑了一下，看了一眼枪上的名字，“刘复宇？”

“嗖”的一下，人群中冲出一个穿军装的士兵，神色惊慌，像逃命的兔子一样往外奔去，典型的做贼心虚。

乔松见状，忙下令：“追！”

“唰”的一下，剩下的士兵也跟箭一样冲出去。段烨霖不疾不徐，一把拿过架子上的枪，干脆利落地上膛，拉栓，端得稳稳的，眼睛一眯。

“砰！”

一声震耳欲聋的声音。

“啊——”刘复宇捂着膝盖，在地上撕心裂肺地叫起来，血液喷了出来。

乔松一把将他拿下，命人拖到牢里审问。

做完这一切，段烨霖很自然地挥挥手，道：“你们都散了吧。”他看向袁野，“你做的这是什么戏法？”

袁野亮了亮打火机，答：“这个吗？这不是戏法，是化学。二号枪一直被放在这里，这个房间很阴冷，而司令所在的那层楼很暖和，所以一冷一热，刀片上会有水汽，铁加水，再被火烧一下，会生成四氧化三铁，显出蓝色来。”

他说得兴致勃勃，段烨霖虽听不懂那些奇怪的名词，不过也明白了七七八八。

“留洋的文化人？”

“不敢不敢，稍微学了点儿化学。”

这时，乔松回来了，对段烨霖点了点头，耳语几句：“方才那个人没两下就招了，但他知道的也不多，只说是有人给他钱让他这么做的。具体是谁，他也不清楚，说是有一次跟踪那人，见那人进了都督府。”

都督？

呵，不动他就真当自己是泥菩萨了。

段烨霖勾了一下嘴角，问道：“我记得前两天有人送帖子来说都督要过寿？”

“是。”

“去把那个叛徒的脑袋割下来，找个好一点儿的锦盒装上，咱们去贺寿吧。”段烨霖弹了弹手套上的土，走出去两步，然后偏过头去对袁野说，“袁大公子没事的话，就一道去？”

袁野微微颔首道：“那恭敬不如从命。”

都督家的寿宴，排场真是极尽奢华，从进门的那条铜钱路就看出来了。

门口光是没资格进府、只能排队上赶着来送礼的人都排到了两条街之外，张灯结彩的，比过年还热闹。

只是这热闹之中，稍微有点儿不大协调的声音。

偏门那边有几个小厮绑着一个老汉扔了出来。老汉衣衫褴褛，满脸都是淤青，哭着叫骂道：“杀千刀的汪荣火！强抢我女儿！吃百姓的肉，喝百姓的血！我……我祝你过阴寿！”

一旁一个身着华服的管事模样的人恶狠狠地对小厮喝道：“磨蹭什么！这满嘴跑浑话的，还不给我拿泥巴堵上！”

有人抓了一把肮脏的黑土往那老汉嘴里和鼻子里塞，老汉呜呜挣扎两下，丝毫没有反抗之力。

那管事又说："拖到远点儿的地方，好好打一顿，丢远点儿！别让都督看了晦气！"

那老汉三两下便被拖走了。

这点儿小骚动，在门庭若市的都督府门前，甚至激不起水花。

顾芳菲今日穿了一身盘扣梅花镶边老绣裙，许杭跟在她身后，二人亮出请帖后便进了宴客厅。

此时还未到开宴的时候，府内有互相结交恭维的，也有在花园闲逛的。

"许大夫以前来过吗？"顾芳菲问道。

"不曾。都督府贵门，我一介散人，哪里那么好进。"

"这花园的人工溶洞可是一绝，别处的园子都没有这么大的，今天既然来了，那我带许大夫去看看吧。"

那溶洞是都督建府的时候，下面的人巴结着造的，可容百人，里面有羊肠小道，溶石干净素洁，一看就价格不菲。

许杭和顾芳菲从一边进去，另一边出来，挑着人少的回廊走，闲谈甚欢。

"旁人过寿，寿星都会在主厅见客，都督好像不大喜欢？"

"那倒不是，都督是很爱热闹的，只是他为人十分小心谨慎，生怕有人来暗杀，所以不到开宴是不会出来的。我们家同都督吃过几次饭，他都独坐一桌，离我们至少有十米之远，身后还带着一队兵呢。"

转角走上台阶，许杭看着这锦绣花园，说："官位越高，越是不择手段，树敌多，也不奇怪。"

顾芳菲看了看怀表，说道："差不多了，咱们回去吧。"她说着就扭身往回走，可是还没起步就被许杭拉住了。

许杭指了指前面的一条汀步，道：“从那儿走，更近。”

那汀步通向一扇小门，却不知那小门通向哪里，顾芳菲疑惑道：“你不是没来过吗，怎么知道？”

许杭伸出长指从园子一头指到另一头，示意顾芳菲看，说：“这个园子非方非正，一边是池塘，一边是三连高楼，中间溶洞贯穿而入，怎么看都不是正统布局。”

他用手指在空气中比画，又道：“水，三横，加一竖，是个汪字。所以，进口和出口都能绕过池塘回到正厅，没必要多走一趟溶洞。”

顾芳菲将信将疑地跟着许杭从汀步出去，跨过小门，果然旁边几米远就是方才进园的门，不觉惊叹道：“许大夫竟然这么心细，我只顾园子美不美，倒是从来没想过风水布局！”

二人正在说笑的时候，后头有个大腹便便的人挤上来，嘟囔道：“二位是谁啊？别挤在口子这里，挡着道了！”

二人愣了一下，赶忙闪开，那胖子从二人中间擦身过去，略瞥了一眼，顿时停住脚步。

他先是动作一僵，感觉哪里不对劲，然后退了几步，站在二人中间。

此人缩回脑袋，眯着眼，打量了一下许杭，然后拱手道：“在下彭舶，外交领事的特助，不知阁下是哪位？看着很是面善哪。”

许杭微微抬眸，回看一眼彭舶，嘴唇动了动，冷淡地回答：“我只是个药铺掌柜而已。”

态度不卑不亢。

顾芳菲只道许杭是不喜欢生人，站出来打圆场道：“彭特助，你好，我是澎运商会的顾芳菲，这是我带来的朋友，可能您以前去我朋友的药铺买过药吧。”

“哦？是吗？”彭舶摸着下巴，目光有些不安分地在许杭身上扫来扫去，这样通透的眉眼，这样挺秀的身段，总觉得在哪里见过，就好像在哪幅画上见过，现在却记不起来画名。

越是想不出来，越是盯得紧。

大概是那探究的目光太无礼了，许杭的脸色微微有些僵硬，顾芳菲甚至能看到许杭的太阳穴处微微凸起来的青筋，于是尴尬地笑了一下，说："哎呀，时间不早了，别让都督等咱们……"

说着，她拉了一下许杭的衣袖。许杭意会到她在解围，垂下头，侧身赶紧往外走。

就在这时，困惑的彭舶像是一下子开了窍，啪地拍了一下手掌，转身拽住许杭的右臂，因为激动而用力过猛，把许杭整个人都往回一拉。

"我想起来了！你……你不是金甲堂里金洪昌养的戏子吗？！"

戏子。

已经四年没听到这个称呼了，许杭觉得四肢有些发麻，胸口泛恶心。

很想吐。

彭舶这句话喊得并不响，已经走出门的顾芳菲并未听到，她见许杭没有跟出来，便踅回来喊道："许大夫？"

许杭侧过头去，道："你先去吧，我与这位彭特助说说话。"

顾芳菲点了点头，走了。

待人走远了，许杭才拧着眉头挥开彭舶的手，怒道："放开！"他从袖子里掏出帕子，在彭舶摸过的地方擦了又擦，又厌恶地将帕子丢掉。

彭舶见许杭这番动作，显然是在欺辱自己，脾气也上来了，便道：“嘿，怎么，一个下九流的玩意儿，摇身一变，真以为自己成主子了？”

“你认错人了。”许杭的眼神好像黑夜里一把蛰伏的刀一样瘆人，“请管好你的嘴，别到处乱咬。”

“哦,我记起来了,金洪昌好像已经死了,所以你就逃出来了？方才那个顾小姐叫你什么……许大夫？”

“我再说一遍，你认错人了。”

“怎么的？你以为你攀上顾家千金,就没人知道你的过去了？我呸！我要是到前头喊两声你以前的德行，嘿嘿，看你还有什么能耐！哦，对了，索性你也别坐下吃饭了，让梨花班停一停，你上去唱得了！”彭舶本就是个仗势欺人的性子，今日见到许杭，忍不住发起了大爷脾气。

他那副狗眼看人低的嘴脸，在许杭眼里像毒药一样致命。他越是笑得恶心，许杭就越有将他推到池塘里的冲动。

因为，他是为数不多的知道自己那些年的耻辱的人。

十一岁那年，许杭父母双亡，离开川城，千里迢迢来到金甲堂投奔舅舅金洪昌，那便是噩梦的开始。

没有人知道金洪昌收养了许杭。

许杭在绮园里长大，整整七年没有踏出绮园一步。

金洪昌命令许杭做的第一件事，就是学戏。

唱戏，那分明是下九流的营生，最低贱的行当。许杭是被捧在手心养到这个岁数的，自然不肯。

于是,金洪昌就再没有和善舅舅的嘴脸,他把许杭拉到暗室里,拿鞭子抽，用夹棍夹，以金针扎……当然，这些都不是最可怕的刑罚，最可怕的是金洪昌罚他在雕着花样的冰块儿上跪着。

冰块儿森森的凉气透过膝盖,渗到骨头里,比什么鞭打都要疼,更要紧的是上头的花纹勒在皮肉上，像跪在刀子上一般。膝盖还不能挪动，一挪，花样就糊了，第二日若是金洪昌没看到许杭膝盖上带花样的伤口，还得再跪一天。

“我问你，学不学？！”许杭第三次晕过去之后，金洪昌揪着他的头发问。

许杭看着门缝外的绮园春光，觉得扎眼，浑身上下每个毛孔都在喊疼。许杭的思绪一下子飘得很远，然后又从很远的地方飘回来，最后他道：“学……”

从此，是经年的咿呀声，日日夜夜吊嗓子、走圆场、拈花指、描眉眼、舞水袖、背戏文。

唱错调，打；忘记词，打；眼神偏，打……就这么打着打着，戏才成了。

十六岁那年，许杭头一次登台亮相，凤冠配霓裳。

戏台子就在绮园内，台底下坐的个个都不是寻常人。

“俺也曾芰荷香效他交颈鸳。俺也曾把手儿行，共枕眠。天也，是我缘薄分浅。”许杭挽着水袖，轻轻一抛。

十几年前，四处打仗，乱得很，普通人逃命都来不及，哪里有闲心听戏，自然也就没什么戏班子，金洪昌本就想养几个穷人家的孩子来调教，正好这时候，许杭出现了。

他一副文文弱弱、世家贵族的样子，便是再怎么折辱打骂，骨子里那股清高的气质都不是穷苦人家的孩子能比得上的。金洪昌一眼就相中了许杭的风骨。

靠着许杭唱的戏，金洪昌得了名流权贵的庇护，做起了生意，日进斗金，横行鱼肉。

当夜，金洪昌很高兴，携着妻儿喝得酩酊大醉，踹开许杭的房门，指着许杭结结巴巴道：“你！明……明天……要，嗝，要好好唱……”

许杭蹲坐在床上，用清冷的眸子看着金洪昌的醉酒丑态，一点儿波澜也没有显露出来，等到金洪昌走了，才猛地从床上起来，跑到门外，匍匐在地上，干呕了很久很久。

那年头儿，各方势力都不敢相互得罪，谁先动手，都是在打对方的脸。

直到段烨霖的出现。

或许段烨霖有句话说得对，许杭该感谢出手相救的那个人是他，若不是段烨霖恰逢家中有些变故，故而借住在金燕堂，还不知是怎样的结局等着自己。

◇第二章　朱砂计

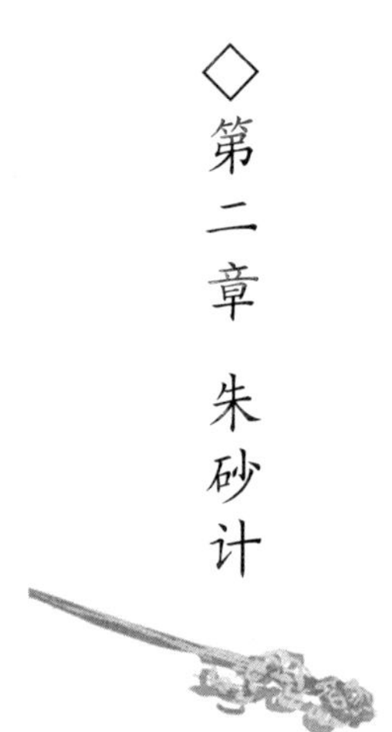

许杭没有忘记过任何一个在台下的看客，自然也包括面前的彭舶。

许杭微微比彭舶高一点儿，往前走了一步，嘴边是不屑和冷笑，他道：“你要说就尽管去说，今天是都督的生辰，谁若在他的宴会上闹事，我倒想知道，那人会是什么下场。”

彭舶被许杭噎了一下，脸气成了猪肝色，回道：“呵，高粱杆做眼镜——摆什么空架子！信不信我一根手指头就能捏死你？算了，我不跟你这种下九流置气，我这鞋下有点儿泥，你要是给我擦擦，我就当今天没见过你。”

说着，他撩起衣摆，把一只脚伸了出来，脸上肥肉颤抖，带着阴笑。

许杭冷冷地看着他，然后看向一旁，道：“抱歉，没带帕子，也没法儿给你擦。”

这是拒绝了。

彭舶今日还就要羞辱一下这个家伙，于是把脚凑上去，在许杭干净的衣衫下摆上肆意地蹭，把刚才踩的泥和灰都蹭上去，边蹭还边笑着说:“要什么帕子啊,这不就行了?嗯?擦得多干净!”

他这会儿蹭得忘乎所以,觉得许杭一动不动是忌惮他,整个人都沉浸在欺负别人的快感中。

等他擦得差不多,准备站直身体再教训教训许杭的时候,就听得后面有人中气十足地喝了一声:“你在干什么?!”

彭舶抖了一下,看过去,就见段烨霖从小门进来,怒目圆睁,大步走上来,第一件事就是看向许杭。在看到许杭衣裳上的污渍时,他的眼神立刻就变了。

“彭特助真是闲得很啊,不在前厅和别人喝酒,倒是在这儿和我的朋友说话。”

段烨霖的语气一点儿温度也没有,听得彭舶心里一阵凉。

彭舶赶忙把脚收回去,心里暗暗骂了一句“贱坯”,脸上却笑嘻嘻的:“哎哟,是司令的朋友啊。开开玩笑罢了,我方才没站稳,踩着这位许大夫的衣服了,司令总不会为了一件衣裳要抓我回去吧,哈哈!”

这个时候,他还没有意识到自己究竟做了一件怎样的傻事。

段烨霖慢条斯理地摘下手套,问道:“哦?那我要是真的就为了一件衣服要抓特助回去呢?”

“这……”彭舶噎了一下,然后挤出笑容,“司令真会开玩笑。既是司令的朋友,以后大家也就明白了,明白了。”

段烨霖把手套放到许杭手里,又说:“谁说我是开玩笑的?”

他的眼神瞬间变得阴鸷,如两支冷箭,嗖嗖射在彭舶身上。

彭舶没来由地打了一个寒战,方觉得段烨霖不是个正常的主,竟当真有要小题大做的意思,一下子急了,回道:“哟,司令这谱儿摆得略大了些吧。这要传出去,说司令你为了一件衣服要抓人,也没人敢说您什么,但要是说司令你为了一个戏子抓人,呵……难听了些吧！”

言语里暗暗威胁了一下，他又开始讨巧道：“喀，我这人说话就是直了些，您担待着点儿。”

段烨霖先是按兵不动，看着彭舶说，等到彭舶将所有的话都说完了，最后拱手准备走人的时候，才突然揪住他的衣领，扬起斗大的拳头，照着他的侧脸就是狠狠的一拳。

那一拳头下去，“噗”一下，彭舶吐出一颗门牙来。

乔松曾经说过，他陪段烨霖上山打猎的时候遇到野山猪，段烨霖一拳就将猪打晕了，不知道这一拳是不是和当时用的是一样的力气。

段烨霖松手的时候，彭舶的眼睛还滴溜溜转了一圈，“砰”一下坐在地上，捂着自己的脸哀号，半只眼睛眯起来，肿得根本睁不开，哎哟哎哟叫唤地，惨得很。

始作俑者打完又把手套戴上，系皮扣的时候，还了彭舶一句：“我这人打人就是疼一些，特助您担待着点儿。”随后他便带着许杭七弯八拐地不知往哪里走，最后在一个备膳的房间外停下。

他拉开门，把人拽进去，关门，落锁。

许杭差点儿被门槛绊了一跤，最后硬是站稳了。

段烨霖脸色阴沉，肌肉都是绷紧的，他问道：“你怎么在这儿？”

许杭回道：“顾小姐请我来听戏。”

段烨霖眯着眼，想起了上次在百花班的事情，略有不悦，问道：“为什么不告诉我？”

“你也没问，我为什么要说？”

这就是段烨霖最看不得许杭的一点了，什么都不说，猜不猜得出来得看运气。

“不是不让你来，我可以带你来，要是今天我不在，你就要受气了。”

“我还犯不着为他生气。”

“可我会生气。”段烨霖说，“他知道得太多了，当年我没把嘴巴封干净，现在要封他，还得费点儿力气。”

许杭到这会儿才正眼看段烨霖，问道：“你要杀他？”

段烨霖笑了一下，答道：“我在你眼里就这么杀人不眨眼？他现在从政外使馆，哪能说杀就杀了，你放心，我一定会让他管住嘴巴。”

许杭不说话了，眸子垂下去，让人看不清眼里的情绪。

“这里有水，你先冲洗一下，我去前厅等你。”段烨霖说完就出去了。

许杭打量了一下，这里是摆放菜肴的膳食间，灶台旁边就有水缸，他走过去，对着水面照了照，舀起一瓢水，连着漱了三遍口，然后才开始清理衣摆处的污渍。

在灶台边烘衣服时，他听到外头有丫鬟说话的声音。

两个小丫头说得正热闹呢。

“哎，冬杏，你看见了吗，段司令长得可真俊！”

“夏梅，你该不会是想当司令夫人吧？醒醒吧！”

“呸呸呸，小蹄子，看我不撕你的嘴！快把都督的酒壶端上去，双耳白瓷瓶的那只就是。”

冬杏走进膳食间，正要拿酒，就感觉到一阵风吹进来，凉飕飕的，抬头一看，秀气的眉毛拧紧，抱怨了一句：“这些粗心的烧火丫头，怎的窗户也不关，把酒都吹凉了！”

她嗔怪着关了窗，找到都督的那只酒壶，一瞥，却见灶台上有污渍。

她没太上心，捻了捻，拿粗布一抹，端着酒壶出去了。

前厅的宴席在梨花班唱的一出《定军山》中开始。

汪荣火今日穿得喜庆，坐在正中的花木雕龙凤椅上，身后是一排带枪的兵，他手里把玩着核桃，跟着哼唱了几句："这一封书信来得巧，天助黄忠成功劳。站立在营门高声叫，大小儿郎听根苗……"

段烨霖从正门进来的时候，汪荣火略有些肥硕的身子晃了一下，直到人走到跟前，才一副要起不起的模样，嘴上倒是熟络道："哟，段司令，招待不周，招待不周，快请坐！"

有人引段烨霖去边上的一桌，段烨霖瞥了一眼，自顾自走到汪荣火身边。

那排小兵都直起身子，拿枪的手紧了一下。

汪荣火略摆了摆手，让他们淡定一些。

段烨霖挨着汪荣火坐下，似笑非笑地将锦盒直接放到他面前，说："都督过寿，我带了礼物来。没什么好东西，今儿特意摘下来的果子，还新鲜热乎着呢。"

热乎的果子？

汪荣火放下手中的文玩核桃，用一根手指挑开锦盒，看见里头一片血肉模糊，瞳孔倏地一缩，然后不动声色地合上，目光回到戏台上，说道："劳烦段司令了，还亲手送了来。"

"都督的请帖都送到我小铜关'里面'来了，我不礼尚往来，岂不是怠慢了？"

"咱们都是打理贺州城的人，何必这么客气。"

"就是因为咱们都是为了贺州城，所以今日我才要来找都督。"段烨霖将手支在桌上，身子微微前倾，眼神如狼似虎，拍了拍锦盒，

"若是有对贺州城不利之人，在我这儿，就是这个下场。这贺州城以后能不能太太平平，就看都督是不是明白我的心了。"

汪荣火心里憋着一股气，面上还是笑如弥勒佛，他道："哈哈，段司令多虑了。咱们还是喝酒吧！"

他正要倒酒，就听到一个好听的女声说道："这天乍暖还寒的，都督和司令要喝酒，还是先热一热吧。"

顾芳菲姿态优雅地从远处笑着走来。

顾芳菲一出现，汪荣火便笑着同她打招呼。早年间，顾岳善同汪荣火官商勾结，赚了不少钱，因此澎运商会同都督的关系素来不错。

"顾小姐出落得越发标致了，快坐！"汪荣火客气了两句，吩咐底下人将麒麟温酒器端上来，打开盖子，将酒瓶置于其内，慢慢温着，又问段烨霖，"司令要不要也热一热酒？"

"不了，我习惯饮冷酒。"

汪荣火摸着温酒器暖手，眯着眼睛道："年轻的时候自然是生冷不忌，现在年纪大了，这五脏六腑都得金贵地养着，禁不起刺激。所以啊，咱们怕是没法儿共饮一壶酒了。"

段烨霖拿起酒杯放到唇边，没喝，听了汪荣火的话，便将酒往地上一倒，杯子倒扣在桌面上，道："共不共饮倒无妨，只是我从来不喝别人的冷酒，也不会让别人抢我的酒喝。"

二人对视半晌，目光中仿佛有火花四溅。

良久，等到酒热得差不多了，一旁的小厮上前把盖揭开，拿出里头的酒瓶，刚准备倒就闻到一股浓烈的腥味，呛人又冲鼻。

气味浓烈，盖子一打开，汪荣火和段烨霖就皱起眉头，过堂风一吹，这气味就在整个厅堂弥漫开来，所有人不禁拿袖子掩鼻，扭头看过去。

“什么味儿啊这是……”

“真是臭啊。”

“什么东西馊了？”

汪荣火一把抢过酒瓶，狠狠往地上一摔，骂道：“什么玩意儿？谁管的酒，都坏成这样了，还敢给我端上来！”

他这一发威，身后那排兵唰唰两下就端起了枪。一众在厨房做事的小厮和丫头忙不迭跪了下去，磕头求饶，哭着叫着说不知道。

这时，宾客席里走出来一个人，蹲下身，蘸了蘸地上的酒，放到鼻子下闻了闻，随后在众人惊叹的目光中站起来，向汪荣火作了个揖，道：“都督，这酒不是坏了，而是被下了毒。”

有毒？有人下毒？！

举座皆惊。

“你说什么？”汪荣火的眉毛几乎要竖起来，“你又是什么人？”

顾芳菲正要站出来解释：“都督，这是我的朋……”

段烨霖往前挪了半步，看了一眼许杭，道，“这是鹤鸣药堂的大当家，小铜关的军需合作药铺。”

汪荣火略点了点头，便喝令道：“把门都给我锁了，一个都不许放出去！”他又追问许杭，“你接着说。”

许杭略用手帕擦了擦指尖，继续道：“这里头加的是滴水观音的汁液，在冷酒里不会散发出味道，都督刚才热了酒，药性变异，所以气味才格外刺鼻。这种毒，少量误食，会引起咽部和口部不适，进食过多便会窒息，导致心脏骤停，最终死亡。”

不知是不是听者有意，说到最后两个字的时候，许杭的语气格外重些，听得满堂的人心脏都瞬间麻痹了一下。

汪荣火的胸膛剧烈起伏，他一下子抢过一个小兵手里的枪，嚓嚓两下上膛，对着人群左看右看，虎视眈眈道：“哪个不怕死的？啊！爆了你的头！”

宾客被吓得抱头尖叫，或弯下腰，或躲到桌子底下，生怕被那不长眼的子弹瞄中。

有一个被吓得魂飞魄散、哭得梨花带雨的丫鬟爬出来，道：“都督，不是我们干的呀！方才我们去端酒的时候，厨房的窗户是开着的！我看见酒壶旁边有东西，还以为是灰！这一定、一定是有人故意趁我们不在干的呀！”

“那你说，都看见谁进出膳间了？！”汪荣火用枪抵着那个丫鬟的头，凶神恶煞道。

“我……我没看见……”小丫鬟抖了又抖，嘤咛一下晕了过去。

汪荣火踹了那丫鬟一脚，怒道：“没用的东西！”他又指了指在场之人，“来呀，都给我搜身，我倒要看看是谁在找死！”

厅堂里乱哄哄的，即便有些人觉着十分尴尬，但架不住枪顶着脑袋，只能顺从地被人从头摸到脚。不一会儿，除了段烨霖、许杭和顾芳菲，其余人已经被搜了个遍，但一无所获。

管家走上前来，意有所指地说：“都督，能搜的都已经搜过了，没找着。至于这不能搜的……”

说着，他眼睛往段烨霖身上瞥去，意思很明显。

汪荣火眉毛一挑，咳了一声，故意不咸不淡地呵斥道：“不长脑子的蠢货，段司令怎么会做这种下作的事情！”

管家接着他的话往下演，点头道：“是，是，是，段司令自然磊落，架不住有人多想嘛……”

段烨霖岂能不知其深意，冷笑道：“若是要查，那便查吧，省得有些人心里不舒坦，看谁都脏。”

汪荣火故意装正义道：“司令这话可就见外了，我就是怀疑我自己，也不敢怀疑到您头上去。这贺州城谁不知道，司令要人脑袋，简直不费吹灰之力，哪里用得着这么麻烦！”

这番话，众人听着都觉得尴尬。听起来好像每个字都是在替段烨霖开脱，实则每一句都是一盆脏水，将他从头淋到脚。

再这么僵持下去，怕是要不好。

“其实，搜不到毒药的。”

许杭的声音再一次打断了眼前的双簧，汪荣火的目光又一次移到许杭身上。

“哦，此话何意？”

许杭徐徐道来：“滴水观音原本是观赏之物，都督的庭院之中就种有不少，下毒的人只要常来都督府上，就地取材便可。”

管家听了，点了点头，回道：“嗯，不错，庭院里确实种了一些。”

汪荣火“哼”了一声，道：“那岂不是查不出来？呵！宁可错杀，不可错放！”

众人又抖了抖。

“都督别急，请看，”许杭将自己刚才碰过酒的手指伸出来给面前的人看，两指指尖明显红肿，“滴水观音的毒沾到皮肤，不过片刻就会红肿瘙痒，都督只要让人看看谁的身上有这样的红肿，便知道谁是凶手了。”

直到这一刻，汪荣火才正眼看许杭。

此人通体气派，与药铺掌柜的身份倒是相得益彰，眼神像雀鸟一样聪慧而冰冷，汪荣火端详了几眼，没有感受到半分杀气，这才把视线挪开。

汪荣火半生经营，识人无数，总在刀尖上舔血，见着生人也有些草木皆兵，只要对方有半分杀意或敌意，他都会高度戒备。

至少现在，这个许杭看起来很安全。

当务之急，还是抓下毒之人。

汪荣火当即一拍桌子，喝道："听见没，去查！看是哪个龟孙子！"

于是又是一阵骚乱，不过这回倒是有结果了。

几个小兵拎着一个肥壮的人出来了。那人吓得屁滚尿流，嘴里还大喊着："不是我！不是我！这是误会！误会啊！"

小兵哪里管他鬼吼鬼叫，把人狠狠一丢。那人扑倒在汪荣火面前，胳膊露出来，从手心到胳膊肘，好几片红肿，和许杭手上的一模一样。

汪荣火命人抓着那人的头发一抬，认出了那人："彭特助？没想到竟然是你！"

原来是被段烨霖打了一拳，脸上的淤青还没完全消下去的彭舶。

"不是！不是！都督，我怎么会害您呢！"

"那你手上的伤口怎么解释！"汪荣火怒喝。

"这……这……对了，都督，我方才摔了一跤！这一定是那个时候沾到的！我，哎呀，我以为是被什么虫子给咬了，就没放在心上！我绝对没有害您，凶手一定是别人啊！"彭舶急得乱指，"您看，我脸上这伤就是摔出来的！段司令可以作证的啊！"

再怎么着急，彭舶也不敢说是被段烨霖打的，众目睽睽之下，都督已经对自己怀疑重重，要是再得罪段烨霖，那真是送死。

可惜，段烨霖并不买账，他淡漠地说："彭特助走路不稳，跌跌撞撞的，是不是撞在滴水观音丛里，我倒是没注意。"

话说得也没错，又不是园艺人，谁会多看路边的花草一眼？可是彭舶现在命悬一线，听得那叫一个提心吊胆。

这时，许杭貌似不经意地说了一句："宴会前，在庭院，确实见过这位特助。"

去庭院的人多了去了，可这节骨眼儿上添这么一句，可不就跟火上浇油一样。

彭舶大喊："我只是去看看花草和风景！我没下过毒啊！"

汪荣火把枪往那群下人身上指去，众人皆哆哆嗦嗦。汪荣火喝道："你们在厨房做事见到什么可疑的人没有？！"

跪在一旁的粗使丫鬟里有个猫着腰的，看了彭舶一眼，然后怯懦地出声道："这位……这位特助，央我带他去厨房取过药酒……"

又是致命一击！

彭舶脸色惨白，急道："别胡说！你可是看着我拿药酒擦脸上的淤青的！别的多余的，我可一点儿没干！是不是你自己做贼心虚？！"

那丫鬟生怕会引火烧身，见彭舶言语间要跟自己绑在一起，忙慌张地推脱道："没有，没有，没有！都督，我带他过去后就转身烧火了！他干了什么，我可一点儿都没看见！"

彭舶脸色惨白，宛如哭丧。

汪荣火的枪已经抵在了他额头上，只要一下就会毙命。

彭舶浑身僵硬，不敢乱动，生死之际，连喘息都不敢大一分力气。

"你无辜？谁能证明？逛个园子，好端端就摔了？还好死不死刚好碰着毒草了？那么多地方不去，偏偏去了厨房？我怎么就不信还有这么巧的事！"

“证明……证明……这……我……”

“砰！”惊天枪响！

所有人都颤抖了一下，心就跟掉进冰湖里一样。

彭舶身体一扭，倒了下去。

顾芳菲被吓得拿帕子挡住脸，一下子转身，甚至顾不得那人是谁，就把脸埋进那人的胸膛，整个人如惊弓之鸟。

好在那人足够绅士，不但没有推开她，反而很有礼数，站着不动，任由她动作，还在她耳边轻声安慰：“没事了，都督已经命人抬下去了。”

顾芳菲这才抬头，见是一个穿白色西装的男人，忙道歉：“抱歉，失礼了。”

那人只是笑笑。

汪荣火处理完人，将枪口擦得锃光瓦亮，显然心情好了许多，不屑道：“敢打我的主意？去！把院子里那些不干不净的草给我连根拔了！”

擦完了，他衣摆一撩，大手一挥，高声道：“今儿过寿，这点儿小插曲，让大家见笑了。来，换一出《四郎探母》，热闹些！来，来，来，都坐下，继续吃，继续喝！”

他一副轻描淡写的样子，好像不过打死了一只苍蝇。

可空气里的血腥味久久未散。

不过片刻，厅堂里又恢复了觥筹交错的景象。只是这表象之下，每个人都面如土色，台上的戏子都唱得战战兢兢，有几个人能真正食之有味就很难说了。

段烨霖看够了戏，也说够了话，对着汪荣火是一点儿胃口也没有。何况他现在憋着一肚子气，死死捏着拳头，必须得回家发泄。

“都督好好过寿吧，小铜关里还有事务等我处理。”段烨霖瞥了一眼许杭，加重语气，“许大夫也该回去了吧，我想，鹤鸣药堂的事务应该也不少。”

许杭便也向都督请辞。汪荣火略摆摆手，摆出一副恩赐的表情道：“恕不远送。对了，这位什么药堂的，许大夫是吧？今儿算你机灵，我这人赏罚分明，往后会让人多照顾你生意的。”

“都督抬举了。”

二人一前一后出了都督府的大门，福特车在前面等着。

段烨霖方才在人前维持的好脸色瞬间坍塌，打开车门，干脆利落地把许杭往里狠狠一掼，整辆车都剧烈地颠簸了一下。

乔松一见自家主子那张脸就暗道不好，忙从驾驶座下来，恭敬道：“这……司令，有什么话，你同许大夫回去慢慢说吧……”

“没你的事，自己回去！”段烨霖一把拉开乔松，自顾自上车，关门驶离。

车一直行，拐了好几个弯，在一个偏僻的拐角处停了下来。

段烨霖从驾驶座下来，直接往后座去。许杭试图打开车门，却被段烨霖一只手制住了。他阴沉着脸道：“现在知道要逃了？刚才不是很大胆吗！”

“许少棠啊许少棠，你可真有本事，在都督府都敢杀人，当我是死的吗？”

许杭道：“枪是都督开的，你冲我发什么火？”

“谁去的后厨房？谁动的酒瓶子？谁放的滴水观音？又是谁这么懂药性？”段烨霖说的每一个字都是审讯的口吻，好像此刻许杭就是他手里一个大逆不道的恶徒。

“呵。”许杭轻笑了一下，带点儿轻蔑的意味，“段司令，您的手脚也不干净。要知道，彭舶可是被你推到滴水观音丛里的。”

“承认了？”

“本来也没指望你看不出来。”

“你在汪荣火面前撒谎,真当自己命硬吗？今天如果我不在，稍有不慎，被拖出去喂狗的就是你！”

许杭满不在乎道：“撒谎？滴水观音吃多了的确会死，只不过我没说吃多少才会死。都督自己偏听偏信，与我何干？”

滴水观音要想致命，得要整整两酒壶才够，不过翻回去讲，许杭在宴席上说的那番话也的确挑不出毛病。

不过就是没说酒壶里的量根本不足以致命。

段烨霖额头上的青筋突突地跳，他怒道：“我看你是真被蒙了心了，竟敢在那样的地方随随便便设计一个从政的官员！许少棠，谁给你的胆子？！”

许杭轻蔑地笑道：“不是你说的吗，让他管好自己的嘴巴。”

“我说的是我会去管！谁准你动手的？！”

“我凭什么信你？”许杭轻飘飘一句话，让段烨霖的心头像是被铡刀铡了一下。

随后，许杭死死地瞪着他，在他被铡过的心头又撒了一把盐。许杭道:“四年前你就说过,不会再有人知道那件事的。你食言了。”

段烨霖咬了咬牙，知道自己理亏，只能拼命压下怒火。

“以后不准再做这样的事情，听到没有？”

许杭皱着眉。

段烨霖仍旧锲而不舍地追问道：“回答我，知不知道？”

“我只是想教训他……没想到都督会杀他……”许杭有气无力道。

于段烨霖而言，这已经是很好的回答了。

日子就这么不咸不淡地过了几天，几日之后，都督府的管家火急火燎地来到鹤鸣药堂，点名要许杭过府。

许杭拿了药箱就走，匆匆赶往都督府。

都督府里出事的不是汪荣火，而是他新纳的一房小妾。这小妾过府不过几日，长得自是如花似玉，原是城东酒楼的琵琶女，名阮小蝶，被偶然路过的汪荣火看上，强抢回来，养在府里。

不过这琵琶女倒是很有骨气，三天两头撞墙上吊，打死不依。汪荣火大约是真稀罕这阮小蝶的可人容颜，竟也每每都把人救回来了，还叮嘱人好生看着。

可寻死之人，怎么都能找着空子。今日一早，阮小蝶趁人不注意，灌了一大碗附子汤下肚，这会儿手脚冰凉，脸都青了。

许杭一到，就被人请进了阮小蝶的房间。

汪荣火在床边背着手来回踱步，急得满头大汗，一看见许杭就叫道："快！快看看能不能救回来！要是救回来了，以后在贺州城，我一定保你大富大贵！"

许杭上前搭脉，匆匆把了一下，然后问道："几时喝的？"

"也就一炷香的工夫。"

"厨房里有绿豆汤吗？"

"绿豆汤？"一旁的丫鬟冬杏瞪大眼睛问道。

"有还是没有？"许杭一面问，一面拿金针封住阮小蝶的心脉。

冬杏点头道："有……有的。今儿厨娘煮了一锅。"

"快去端一大碗来！"

许杭说得急切，冬杏连跑带爬，须臾之间就捧了一大碗绿豆汤来。许杭接过，对汪荣火道："都督，烦劳将夫人扶起来。"

汪荣火闻言，几步上前，轻轻扶起阮小蝶，让她靠在自己怀里。许杭捏着阮小蝶的下巴，轻轻一用力，迫使她张嘴，然后将绿豆汤用力灌进去，又给她拍胸顺气，令她不得不咽下去。

阮小蝶在昏迷之中喝下去不少，有些来不及咽下的便从嘴角流下。

等绿豆汤全部灌进去之后，许杭在她胸前用力地拍打几下，阮小蝶身子一翻，“哇”的一声，将喝下去的东西通通吐了出来。

冬杏手疾眼快，将痰盂递上，那些秽物就全进到了盆里。

等她吐得差不多了，许杭又给她灌了一碗绿豆汤，这回没给她催吐，而是让她缓缓消化。

这时，汪荣火再看过去，只见阮小蝶脸色稍霁，胸口剧烈起伏，整个人虽然还晕晕乎乎的，但是性命已无虞。

他长舒了一口气，给阮小蝶顺了顺气，然后让她平躺在床上。

“真是虚惊一场。”他感叹了一句，随后又对许杭道，“这就算无碍了？”

许杭这会儿开始细细把脉了，回道：“没有大问题，但还有点儿余毒，我再给夫人施针，开几服药，按时服用就没事了。”

“那就好，那就好，许大夫真是妙手回春，不错。”汪荣火有些赏识许杭。

许杭的脸上不见乐也不见喜，他专心给金针消毒，道：“施针时间有些久，我需得静心，都督可否清一清人？”

汪荣火大手一挥，把其他人都遣了出去，又说：“好，好，好，许大夫慢慢来，我在前厅给先生备好酒菜聊表谢意。”

乌泱泱一堆人即刻都走了。

红桃檀木的门一关上，听见脚步声远了，许杭才用金针在阮小蝶的人中一扎。阮小蝶娇小的身子微微一颤，眉头一蹙，喉间发出一声嘤咛，然后慢慢睁开双眼。

她的眼睛是很美的丹凤眼，只是此刻有些无神。

她先是恍惚地看着床顶，知觉慢慢恢复过来后，她伸出手看了一会儿，知道自己还活着，瞬间绝望地哭了起来。

她正掩面哭着，就听到一道清洌的声音响起：“你身子还虚，这么哭，很伤身的。”

阮小蝶侧过头一看，见床头坐着一个人，她吓得躲了一下。待看清那人手里的金针和脚边的药盒，这才明白过来，她问道：“你是大夫？是你……救的我？”

“大夫谈不上，鄙人姓许，不过开家药铺，略懂一点儿药性。”

“你为何要救我？！”阮小蝶有些激动，长长的指甲抠着许杭的袖子。

“我是大夫，救人是我的本分，你不谢我，反倒要怪我？”

阮小蝶气息不稳，却依然怒喝道：“我一心想死是我的事，你凭什么救我？！”

她哭得梨花带雨，泪珠顺着脸颊滑落，从下巴滴下去，整个人微微发抖，看起来像是怀着极端的怨恨。

“死何其容易，夫人为何这么舍得自己？”

“别叫我夫人！”阮小蝶听到这个称呼就想吐，“在这里……我生不如死……”

“哦？至少现在，都督看起来还是很心疼夫人的。这是好事。”

阮小蝶讽刺一笑，啐了一口，说：“你也要像那些人一样劝我放弃，劝我妥协？我呸！你今日救了我，我明日会做出更惨烈的事情来！”

她一副视死如归的模样，一点儿都不像寻常的弱女子，倒有点儿巾帼气度。

许杭长长地叹了口气，道：“你知道你死了意味着什么吗？”

阮小蝶含着眼泪抬头，不解地看着许杭，问：“什么？”

许杭垂眸看着她，看了好一会儿，才慢慢说：“你若死了，都督会难过几天，可惜几天，悼念几天，几天后，你尘归尘、土归土，下一个像你一样的女子会被送进府来，住你住过的屋子，躺你躺过的这张床，受你受过的那些屈辱。”

“那与我有什么关系？我一刻也忍不了在这个害死我爹爹的无耻浑蛋身边委曲求全！”

“那我就说点儿和你有关系的。”

许杭把工具都收起来，从袖子里拿出手帕，温柔地给阮小蝶擦拭眼泪，问她：“你那么恨他，却一直在做伤害自己的事，到了黄泉路上，你真的甘心过奈何桥吗？”

阮小蝶拧紧眉毛，疑惑道：“你……你这话什么意思？你不是他请来的大夫吗，为何说这些给我听？”

她仔仔细细打量眼前这个大夫，才发现这个人的嘴角此时竟浮起了一点儿笑意，她觉得此人并不简单。

“我是大夫，不过，在有些事情上，我也是个和你一样的人。如果是我，我一定会活得比我的仇人更久，即便沦落到像泥土里的蛆虫一样，我也一定要撑到亲手送那些害我的人进坟墓的那一刻。”许杭这话说得斩钉截铁，每个字都像打桩一样，死死钉在阮小蝶心上，她听得一愣一愣的。

此刻，这间小小的闺房竟莫名弥漫着一股诡谲的气息。

阮小蝶并不是无知妇人，她已经明白了许杭的用意，慢慢直起身子，眼神变得认真，声音有些沙哑，她道：“你……你也与汪荣火有怨？”

许杭轻轻地摇摇头，答道：“我只是觉得可惜，你年华短暂，不该如此易折。”

阮小蝶愤恨地捶了捶床板，咬牙道：“要是能杀他，我恨不得一口一口咬死他！可恨我……我什么都做不了。”

“这世上没有弱者，只有没决心的人。”

许杭打开药盒，从最底层拿出一个小小的棉布包，那棉布包有些破旧，还打着补丁，一点儿也不像许杭用的东西。

他把那东西放到阮小蝶的手里，定定地盯着她，像是挂上鱼饵等待鱼儿上钩的钓鱼人。

“希望这个礼物能让夫人您多一点儿活下去的决心。”

说完这话，许杭就离开了房间。

闺房里的阮小蝶脸上泪痕未干，有些紧张和慌乱地拆开棉布包——

里面是一根细长的、带血的琵琶琴弦。

阮小蝶拽紧了手里的棉布包，眼里有千万种情绪交织，最后化作一点点的生机，生生把这口气咽了下去。

段烨霖到鹤鸣药堂的时候，就看见伙计们将一箱箱的名贵补药往车上装。

看来是桩难得的大生意。

“这是哪儿来的财神爷啊？”他问道。

胡大夫忙站起来回话：“这些都是送往都督府上的，都督大手笔，这两日买的，都够药堂半年的流水了！”

“他？”段烨霖哂笑，“老家伙吃得了那么多吗？这是要修仙？”

“哎哟，您这话说得。这一来，他家夫人大病初愈，要好好补补；二来，都督夫妻琴瑟和鸣，补药自然要多用些。”

段烨霖皱了皱眉，他听许杭提起过，便问：“他家夫人就是寻死觅活那位吧？怎么，这么快就想通了？”

胡大夫摸了摸胡子，意味深长道：“俗话说，民不与官斗，斗来斗去，还是一个结果。这世道，和这些有权有势的争个什么劲儿呢？早妥协晚妥协，不都一个样儿，至少还白挣个富贵日子。您说是不是这个理儿？”

说完，他转身继续让药徒收拾药材去了。

段烨霖听完他方才那番话，觉得挺不是滋味的。

另一厢，都督府里，许杭刚给阮小蝶把完脉。

“夫人的气色看起来好多了。”

阮小蝶容光焕发，一身缎面旗袍把她包裹得婀娜多姿，她拢了拢头发，道：“这还得谢谢大夫的妙手。”

这时，汪荣火慢悠悠地走进来，中气十足地问：“怎么样了？”

阮小蝶款款起身，走到他身边，笑得很甜美：“都督……”

汪荣火勾了勾她的下巴，拍拍她的手以示亲昵。

许杭提笔写方子，问道：“夫人似乎还是有些睡不好？”

阮小蝶娇嗔了一下，回道：“可不，我认床得很，近来老是做噩梦，大夫您上回开的方子不错，停了之后就睡不太安稳了。”

汪荣火立马竖起眉毛，对许杭道：“那就再开几服，多开几服！什么金贵用什么！”

许杭唰唰几下写完，递给汪荣火，并说：“无须什么名贵的药，请都督给夫人多备一点儿朱砂，加在药里，碾成末服用就是了。”

“这还不容易，我一会儿就同管家说去，要多少有多少！”

许杭一面恭敬地递过去，一面抬头，眼神和阮小蝶的撞在一起，彼此心照不宣。

都是有盘算的人。

许杭回到金燕堂的时候，蝉衣赶忙上前对他说：“当家的，今儿可新鲜，家里来客了！”

来客？四年来，除了段烨霖，没人来过金燕堂。

他一面疑惑不解，一面走进大厅，就看见袁野笔挺地站在厅堂正中的一幅国画前细细地看。

他看得很仔细，以至于都没发现许杭走进来了。

“我这画经不起细看的。”许杭出声提醒袁野。

袁野猛地转身，笑道：“你回来了？”

许杭有一瞬间的愣怔，因为袁野的口吻亲昵得像是家人一般。

袁野又说：“这画有趣，用的是国画的颜料，笔触也是水墨意蕴，可是既不画山水，也不画花鸟，只这一片红彤彤中间飞出一只燕子，倒像是西方的抽象画。不知道是哪位大师的作品？”

许杭命蝉衣换好茶来。

“不是什么大师，是我乱画的。”许杭道。

袁野惊讶了一下，说：“是吗？那我可又要对你刮目相看了。”他喝了一口茶，“我刚回国，总共只见了你三次，可你每次都让我吃惊。先是在药堂，然后在都督府，现在又是在你府邸里，你真是与众不同。”

一直以来，许杭都对别人的赞誉不大感兴趣，夸也好，骂也好，他都不大在乎，便说：“袁先生来找我，是有什么事吗？”

“没事就不能来朋友家里坐坐吗？”袁野显得很惊讶。

许杭不知道该说什么。

袁野试探地问：“你该不会从未在家中招待过朋友吧？”

许杭摇摇头。

“那就好……”

“不是没招待过，而是我没有朋友。”

厅内瞬间安静下来。许杭知道自己这话说得过分，可是他不喜欢同人来往，伤不伤袁野的心倒也无所谓，只盼这袁野恼了，赶紧出去，还自己一个安静。

谁知袁野一点儿不悦也没有，还笑得更大声了，他说："那好，从今以后，你便有朋友了！"他从西装的内口袋里拿出一支银色的钢笔，那钢笔比市面上的要细小一些，通体干净，顶上镶嵌着一枚硕大的如鸽子蛋一般晶莹剔透的宝石，一看就价值不菲。

"既然说做朋友，那肯定要有见面礼。我没别的嗜好，就喜欢收集钢笔，这是我留学时特意请人打造的，我想你应该习惯用毛笔写字，但出门在外，总有不方便的时候，这钢笔送你，应该有些用处！"

许杭愣怔着看了他一会儿，神情有些古怪，问："你一向这么喜欢同别人做朋友吗？"

袁野明白，像许杭这么冷漠的人，大抵很不习惯自己的热情。不过，他很少这么贴人冷脸，只是乱世之中，有骨气的人少见，他喜欢有风骨的人。

能得人才做朋友，贴回冷脸又何妨？

"我这钢笔不白给。往后我若是有个三灾两病的要找你，你可不能收我钱。这样总行了吧？"

话说到这里，许杭收下了，拿在手里把玩。

"这上头的宝石好像从没见过。"

"那是钻石，洋人喜欢钻石胜过宝石。"

"钻石？听起来很刚硬的样子。"

"你还真说对了，原石就是金刚石，那可是最硬的石头，所以洋人总喜欢拿它送给心仪的姑娘，表示忠贞的感情……你别误会，我送你绝对心思单纯！"

许杭听罢，一笑了之。

等送走了袁野，许杭把门一关，把钢笔随意地搁在了笔筒里。

把这满是棱角的石头比作爱情，真不知道第一个做出这种比喻的人脑子里在想些什么。

越刚硬的东西，越危险才对。

这时，门外传来两声敲门声，蝉衣在门外细声细气地问道："当家的，您前几天要我去请的园艺匠人都来了……"

她深吸一口气，才继续说："有人来问，院子里那几座荒坟……要怎么处置？"

那几座坟是金洪昌一家的，四年前许杭特意让人将他们葬在这里，说来，他已经四年没去看过了。

坟在绮园的林子深处，又偏又荒。

许杭站在几米外，冷眼看着，甚至不肯往前多走半步，像是生怕脏了脚一般。

金洪昌死于许杭从小铜关出来的那一天。

那一天，段烨霖给了许杭两杯酒。

他说："这里有一杯生酒和一杯死酒，我让你选。"

许杭明白，段烨霖原本可以不用给自己这个选择的机会，但他还是多此一举了。

许杭坐在椅子上，接过生酒，一点儿犹豫都没有，问段烨霖："你能给我什么？"

段烨霖反问他："你想要什么？"

"我一无所有。所以，不是我想要什么，而是你能给我什么。"

听了这话，段烨霖眼里有了点儿自信的光，他起身，掸了掸灰，说："我明白。"

是夜，全贺州城的人都道，段司令好大的手笔，包了全城最贵的烟花请所有人看。在一整晚如新年般热闹且震耳欲聋的烟花声中，一队扛着枪的兵冲进金甲堂，进行了一场无人知晓的血洗。

金洪昌被士兵拿枪逼出来的时候，刚从澡池里出来，身上只围着块大浴布，进门看见横七竖八的尸体和满堂的血，以及坐在堂中面不改色地喝茶的许杭，直接跪下，差点儿昏厥过去。

他哭着号着，连滚带爬去到许杭脚边，一边抽自己耳光，一边用狠话骂自己，拼命求饶。

他怕死，很怕很怕。

“少棠啊，少棠啊……我可是你母亲的亲哥哥啊！我是你亲舅舅啊！舅舅知错了，舅舅……舅舅掌嘴！舅舅以后什么都听你的，做你的奴才！”

丑态横生，令人作呕。

许杭默默地看了一会儿，然后身子略微前倾，对金洪昌柔声道：“亲哥哥？我只记得，当年你生意失败，穷困潦倒，来蜀城找我母亲，她二话不说就拿出全部嫁妆助你东山再起，才让你打下今天的家业。她是真拿你当亲人的，可你对我却是做绝了。”

金洪昌把头磕得咚咚响，鼻涕眼泪一起流出来，哭道：“是舅舅糊涂了！舅舅错了！您……您大人不记小人过！”

“可我本就是个小人，也不屑做什么大人。”许杭把茶放下，往椅背一靠，“舅舅，你还记不记得去年表弟落水而亡的事情？”

金洪昌愣了一下。

许杭说的是金洪昌的独苗，金文祥。金文祥只小许杭两岁，被宠得没边，在家横行，在外霸道。当然，他对许杭也是呼来喝去，随手打骂。忽有一夜他喝多了酒，失足落水死了。

“表弟死的时候，我就在岸边，他一直叫你的名字，所以我想，表弟他是希望你下去陪他的。”

金洪昌骇然，他身上没穿衣服，已经扑簌簌往下掉汗，凉飕飕的。他心底五味杂陈，不知是因丧子之痛还是仇恨之切，纠结到最后，还是败给了求生之欲。

他哆哆嗦嗦道："都……都是我造的孽，我赎罪，就当你表弟他替我赎罪了，行不？你放过我，我这辈子再也不出现在你面前，好不好……"

"好啊。"许杭答应了。

金洪昌喜出望外，眼泪都止住了，不敢相信道："真……真的？！"

"我当然可以原谅你，舅舅，"许杭笑得很灿烂，像戏文里写的温润公子，可说出的话却异常可怖，"可是，我母亲原不原谅你，就劳您亲自去问问她吧。"

"砰！"

许杭没有再给金洪昌说话的机会，摆摆手，一个小兵便麻利地上膛开枪，对着金洪昌的肩膀就是一枪。

"啊！"杀猪一般的嚎叫。

随后，好几个士兵连着补了好几枪，折磨了好一会儿，他才终于断气。

士兵清理残局的时候，问许杭怎么处理，许杭倚着门，双手环抱着自己，望着天上五彩斑斓、肆意张狂的烟花，轻飘飘地说："就葬在绮园吧。"

许杭要让金洪昌看着自己挣下的家业最后都落到别人的手里。

许杭要让金洪昌看着曾经属于自己的一切最后成了他的坟墓。

许杭要让金洪昌看着飘零无依的他最后如何绝地反击。

四年了，想来他也该看够了。

许杭最后给园艺匠人下了命令："把这里夷为平地吧。"

是夜，段烨霖到金燕堂的时候，许杭正坐在床边一面泡着脚，一面看医书。

段烨霖走上前，道："以后泡脚时就别看医书了，水冷了也不知道。"

他低头看见许杭的脚指甲参差不齐、有棱有角的，像被狗啃了一样，忍不住笑了。

许杭的弱点不多，剪不好指甲算是一个。他能把厚厚的草木根切得像纸片一样薄，却剪不好自己的指甲。

这时，许杭开口："你同洋人打交道多一些，替我张罗几件首饰。"

"要首饰做什么？"

许杭打了个哈欠，回道："顾小姐替我的药堂介绍了不少生意，我若一点儿表示也没有，也显得太刻薄了。洋人的东西我不大了解，你看着挑吧。"

段烨霖想了想，道："洋人的东西你不懂，金银首饰我也不懂，我看还是让乔松去拿一些时新的珠宝款式，你挑了送给她吧。"

这日一大早，小铜关里收到一条劲爆消息。

乔松嘴里的早点还没吞下去，听到消息，抹了抹嘴巴就冲到段烨霖的办公室，大喊："司令，刚扣了一艘船！船舱里和甲板下全是走私品！"

段烨霖眼睛一眯，背脊挺直，怒道："谁这么不要命？看来是嫌子弹不够吃了。"

乔松皱着眉头道："这倒有些难办了，是都督的船。"

"他？"段烨霖敲了敲桌面，"量大吗？"

"倒是不大，看着不像是卖的。"

“这老家伙净和我对着干，呵，难怪他火急火燎地要找人杀我。”

“司令，这话什么意思？”

段烨霖做了个抽烟的动作，道：“最近，他也迷上了这个。”

乔松恍然大悟，紧接着搓了搓手，问：“那这事是先压着，还是处置了？”

“当然要处置，我下的令，怎么能反悔，全给我处置了，事儿不要悄悄办，就是要那老家伙知道。”

“是！”

段烨霖走到窗口，看着窗外有些灰蒙蒙的天，今日是阴天，有些倒春寒。贺州城能不能度过这场倒春寒，迎来真正的春天，他得好好想想。

好好想想。

鹤鸣药堂今日又给都督府送了好些补药。

许杭看着那些药被装上车，等都督府的人走了，才对胡大夫说：“今儿是最后一次给他们送了，从明儿起不用准备了，你也通知掌柜，不必再多进货了。”

胡大夫很诧异，问道：“这……都督府上不需要了？”

许杭的眼神很坚定，他答道：“对，他不需要了。”

说着，许杭拿了几个方子，出门往顾芳菲家而去。

顾芳菲好几日前就托人带话给许杭，让他去家中做客，许杭推说得空了再去，今日就算是得空了。

顾芳菲一早就在门口候着，远远见着黄包车就走上前迎人，一直把许杭领到大厅，又是泡茶又是上点心，还让丫鬟拿了条薄薄的鹅绒毯子给许杭垫着坐，可以说是贴心得紧。

"许大夫肯来，我很开心。"

"顾小姐太客气了，我都有些不好意思了。"许杭轻笑一下，从怀里拿出方子，"上次你问我，有什么中药能用到你的化妆品里，我替你列了一些，这是三白和七子白的药方，要是你卖得好，我再开一些给你。"

顾芳菲接过来，看了一会儿，认真地收好，回道："许大夫的医术和人品，我一百个放心。"

二人又谈了好一会儿，天文地理、时事政治，无话不说。顾芳菲本来以为，像许杭这样的人，思想多少会有些迂腐，没想到几番言语下来，她发现许杭不仅无所不知，还极为开化，说到时事痛点，更是能针砭时弊，令人咋舌。

她留许杭吃晚饭，许杭也没推辞。两人用完晚饭又聊了许久，等丫鬟把茶换成牛奶，顾芳菲一看外头，天都黑了。

她再看手表，七点。

这时，许杭才提起："前几日我让人送来的项链，不知道你喜不喜欢？"

顾芳菲笑得开心，答道："自然喜欢，一看就是最新的样式，倒是我白拿您这么贵重的礼。"

许杭露出放心的表情，回说："那就好，我还担心你不喜欢。哦，对了，"许杭从怀里拿出一个锦盒，"上回送项链的小厮办事不利索，把这配套的耳环给落下了，今儿我顺道带给你，你一起戴着，看合不合适。"

顾芳菲双手接过，然后喊楼上的丫鬟把卧室里的项链拿出来。

小丫鬟小跑着端着首饰盒出来了，可是下楼梯的时候，突然觉得膝盖抽疼了一下，像被人捏住了骨头似的，然后小腿一麻，身子一扑，从楼梯上滚了下来。

“啊——”

她整个人四仰八叉的，项链也跌出了盒子，摔在地上，断了。

顾芳菲和许杭脸色一变，马上上前把人扶起来。顾芳菲上下打量了那丫鬟一番，问：“你没事吧，摔疼了吗？”

许杭贴心地替她掸了掸膝盖上的灰。

小丫鬟跌得不厉害，没破皮也没淤青，站起来拍拍衣服就好了，只是低头看见那条断了的项链，当即就哭了，边哭边说：“这……这项链……小姐，对不起，我不是故意的。我也不知道怎么好好走着，腿就麻了……”

顾芳菲忙掏出手帕给她擦眼泪，宽慰道：“没事，我看见了，你不是故意的。”

安慰了小丫鬟两句，顾芳菲才俯身捡起项链，果然，整条项链都裂开了，宝石也有些磨损，看起来没法儿戴了。

顾芳菲有些抱歉道：“都怪我保管不周，糟蹋了您的心意。”

许杭接过项链，仔仔细细看了一会儿，说：“问题不大，我认识一个手艺匠人，若拿去给他修，修好了会跟新的一样。”

“真的吗？那匠人在哪儿，我马上去找他！”

许杭又道：“还是我去吧，两三个小时就能修好，到时候我再送回来给你。”

“那多麻烦您啊，还是我去吧！”

“天已经黑了，你一个姑娘在外不方便，况且去那儿的路我熟。”

顾芳菲只能说：“那我让司机送你去。”

许杭想了想，应道：“也行。”

十分钟后，一辆福特车驶出顾家大门，车轱辘转得飞快，直往夜色深处而去。

今夜冷，月亮明。这样的夜晚倒是很适合出门办事。

车子一直开到东来巷子口，在一个红灯笼下停住，许杭下车，拿了几块银元对司机师傅说：“里头店小，您就在对面馄饨摊吃个夜宵等我吧。”

司机老刘笑呵呵地接下，回道：“没事，我就在车里抽袋烟，眯一会儿，您慢慢来，我等着。”

许杭转身，一步步往巷子深处走，很快就没入了无边的黑暗之中。

老刘掂了掂银元，塞进口袋，掏出烟袋，点火，长长咂了一口。

这天可真冷。

朱门酒肉臭，路有冻死骨。雕梁画栋处，未必是梦乡。

菱角镜前，一双柔荑打开黑漆描金嵌染牙妆奁，摸过顶上“福寿如意”的字样，拉出第一层，拿出赤红色的指甲油，在指尖涂抹。

细刷子一下一下，描得美艳，再用香水瓶在耳畔点一下，阮小蝶对着镜子倾城一笑，甚是满意。

今日是个好日子，值得打扮，得喜庆。

她拿出柜子里新做好的桃红交领袄子，将盘扣一颗颗仔细扣好，最后从一个破布包里拿出琵琶弦，给支架上的琵琶换上，单手抱琴，袅娜多姿地往一间房走去。

推开房门，一股浓烈的烟味扑面而来，阮小蝶冷不丁被呛了一下，但她丝毫不改面色，笑着走进去。

罗汉椅上躺着刚抽完烟的汪荣火，他半耷拉着脑袋，云里雾里，不知今夕何夕。他努力眯起眼，看见一个美好的身影，痴痴笑了一下，握着她的手亲了好几口，嘴里喊道：“宝贝儿，今儿给爷唱什么？”

阮小蝶将汪荣火手边空了的烟袋装满烟草，递到他嘴边，这才抱着琵琶坐到他对面的凳子上，轻拢慢捻，娇声道："都督听了就知道了。"

一曲琵琶几多情。

美人一张口，听得人骨也酥酥皮也麻。

"可怜奴，气喘喘心荡荡，嗽声声泪汪汪，血斑斑泪滴奴衣裳……"

这是越剧《断肠人》的唱段。

这袋烟汪荣火抽得猛了，觉得眼前更是迷离一片，白茫茫的，看不清，只知道阮小蝶一双手像蝴蝶一样上下翻舞，在琴弦上跳跃。

"生离离离别家乡后，孤单单单身在他方。路迢迢远程千万里，渺茫茫不见年高堂……"

这时，琵琶声顿时一转，颇有铁骑突出刀枪鸣之感，唱词也变得生冷了许多——

"虚飘飘逼我走上黄泉路，倒不如让你早点见阎王！"

"铮"的一记尾音，曲终声断。

汪荣火被这一声惊了一下，睁开眼，见阮小蝶还是那个姿势、那张笑脸，柔柔地看着他。

他长长地吐了一口气，放下烟袋，想直起身，可手撑了好一会儿，竟然怎么都直不起身子。他笑着道：“宝……宝贝儿，扶我起来，刚才抽大了，手麻得很。”

阮小蝶轻轻放下琵琶，走到汪荣火面前，居高临下地望着他，问：“都督是不是觉着手麻脚麻，还冰冰凉凉的，心口也像压着石块一样，喘不上气，就连说话也有些费劲？”

汪荣火听到她这话，竟像中了魔咒一样，一条条都应验了，他身子抖了抖，越来越不受控制。

“我……我这是……”

“嘘，都督别怕，也别动。”阮小蝶笑得像聊斋里的狐妖，“我觉得，一会儿要发生的事，都督还是躺着更方便，很快的。”

这个时候，汪荣火若还觉察不出危险就太迟钝了。他努力地想翻身爬起来，可是他越着急就越动不了，他想出声喊人，却发现喉咙出不了声。

“啊——来……来人——”声音细微得还不如蚊蝇。

他想去摸枕头底下的枪，却被阮小蝶先一步抢到，直接抵在他头顶。

他骇然失色，这是他离死亡最近的时候！

阮小蝶如猫捉老鼠般用枪在他脸上拍了拍，戏弄道：“都督是不是很不舒服？”

汪荣火只能点头，他很生气，但他现在只能像鱼肉一样任人宰割。他在心里想，只要他能活下来，他一定要将这贱人碎尸万段。

“都督病了，病得不轻，”阮小蝶放下枪，一边云淡风轻地说，一边退到一边，拿出怀表看了看时间，“只可惜这世上无药可治您，所以我来帮都督，一定让都督舒舒服服地上路。”

东来巷口。

老刘这一觉睡得很不踏实，大约是冷风吹的缘故。

他是被许杭敲车门的声音惊醒的，一骨碌坐起来，看见车外许杭惨白的脸，吓了一跳，忙把车门打开，喊道："哎哟！对不住，对不住！睡迷糊了。"

许杭钻进车里，裹了裹衣服，笑道："没事，东西修好了。现在已经二更天了，咱赶紧回去，您也好回去休息。"

"都二更天了啊……"老刘咂了一下嘴，"怪不得这么冷。"他一瞥，看见许杭手背上有黑色的污渍，便把自己的手帕递过去，"哟，您这是在哪儿蹭的？擦擦吧。"

许杭抬手一看，眼神顿了一下，然后接过老刘的帕子，用力擦了擦，答道："匠人家里灰尘满天的，不小心蹭到了。这帕子我带回去洗干净了再还你吧？"

"瞧您说的，一块帕子不值钱，您扔了就成。"

许杭没扔，揣在了怀里。

回去的路上，许杭没有再多说一句话，只是背靠着车座，闭上眼睛，整个人很疲惫的样子。

天气冷一点儿，人就懒一些。

乔松日日都起得很早，他要赶在段烨霖到小铜关前，先将每日的事都安排好。

这日，车开到一半，堵了。乔松眼皮直跳，感觉不妙。

他放下咬了一半的包子，停车下去看，只见前面乌泱泱一群人挤在都督府门口。

又出了什么幺蛾子？

他好容易挤到人群的最前面，就见都督府的府兵全跑了出来，站在门前，扛着枪，一副如临大敌的模样。他正准备问，就见管家老远冲他跑过来。

“乔副官！乔副官！不好了！”

管家脸上布满惊恐，死死抓着乔松的军服不撒手，把乔松抓得很疼。等听完管家声嘶力竭喊出来的内容之后，那点儿疼，他已经完全不放在心上了。

惊天奇闻！

他露出不亚于管家的惊讶，却没有乱了方寸，马上冲回车上，一踩油门，车子就飞了出去。

这边，段烨霖才刚刚睁开眼睛。

下一刻，夺命般的敲门声惊得人身子一震。

除了敲门声，还有乔松大叫的声音——

“司令！司令！出事了，司令！”

乔松是有分寸的人，轻易不会这么没规矩。

段烨霖利索下床，披了一件外套，走到门边开了门，问：“什么事情这么十万火急的？”

乔松一脸大汗，显然是下了车就往里跑，他大喘着气，皱着眉道：“是都督！都督出事了！”

听到“都督”两个字，段烨霖不悦道：“他一天到晚就闲着惹事，你就是说他死了，我也不觉得新鲜。”

乔松“哎哟”了一声，紧接着说：“司令，这回你可真说对了，他还真就是死了！”

段烨霖瞬间抬头，惊讶道：“你再说一遍！”

“我刚才路过都督府门前，管家冲出来跟我说，丫鬟早上一进房就看见都督死在自己的床上！现在就等您去主持大局呢！”

老实说，汪荣火死不死的，段烨霖不关心，甚至他若是真死了，对段烨霖来说还是件好事，可是他死得如此突然，段烨霖心中不禁五味杂陈，只觉得一片乌云罩顶。

事出突然，必有蹊跷。

“行，你先回小铜关，带人过去稳住现场，别让流言蜚语在城里乱传，我马上到！”

“是！”

段烨霖急急忙忙地走了，连早饭也来不及吃。

蝉衣端早点进来，放下餐盘，道：“当家的，您尝尝，难为今天小厨房还熬了鲍鱼粥呢！”

许杭自顾自端起粥喝了起来，眉眼间带着放松，吩咐道：“今天厨娘做得好，你去账房拿点儿银元奖给她们。再有，把柜子里新制的衣服熨一熨，一会儿我出门穿。”

蝉衣应了一声，然后用餐盘掩着嘴笑道：“当家的今儿心情是真好，可是有什么喜事？还是得了什么好东西？”

许杭瞥了她一眼，揶揄道：“贼丫头，是喜事，这就把你许配出去，你说是不是好事？”

“哎呀，当家的竟和我们开起玩笑了！”蝉衣故意恼道，但心里是高兴的。许杭的年纪其实同她差不多，她伺候了许杭四年，总觉得许杭的性格太过凉薄，甚少玩笑，多少有些惋惜，今日难得见许杭肯多说两句，所以就如捡了钱一样惊喜。

俗话说，几家欢喜几家愁。

此刻愁云满布的，莫过于都督府上。

段烨霖赶到的时候，全都督府的下人都已经被关押在院子里，进进出出的除了警察、士兵和法医，还有袁野。

袁野站在门外，手里拿着小本子正记着什么，抬头看见段烨霖，立刻走上前喊道：“司令。”

"你怎么在这儿？"

"听到消息我就赶来了，怎么说都督和我父亲也算有些交情，想来看一看，要是能帮上什么忙就最好了。"

段烨霖走进房间，一股浓重的血腥味呛得人难受。当兵的人从战场上下来，什么场面没见过，但是摸着良心说，这样的场面也实在是少见。

床上的汪荣火身子呈"大"字打开，眼睛瞪得很大，仿佛死不瞑目。

妙的是，他的心脏上笔直地插着一支黄金打造的精致发钗，日头照进来，钗身带着诡谲的美艳。

可以想象，昨夜这里上演了一场多么惊艳的谋杀！

段烨霖转头问乔松："说说看，都发现了什么？"

乔松一开口就好像能破案一般："至少，有一个人肯定脱不了干系了。"

"谁？"

"都督的小妾，阮小蝶。"

段烨霖又问："人呢？"

"不见了。"

不见了就是跑了，跑了就是畏罪潜逃，畏罪潜逃就是凶手。

若是遇上个葫芦官，直接就可以结案了。

段烨霖眯了一下眼睛，又问袁野："你也说说吧。"

袁野打开他的小本子，涂涂改改了几笔，然后皱着眉，条理清晰地说："我进来以后，先后问了管家和几个下人的口供，大致是这样，昨夜最后一个进房给都督送茶的是一个叫冬杏的丫头，她说那个时候是夜里八点半，阮小蝶在给都督弹琵琶。后来九点半的时候，她想给都督送安神香，却被阮小蝶拦在门外，说都督已经睡下，不需要了。后院的一个家丁说，他起夜如厕的时候，听到都督房里传来阮小蝶的琵琶声，那会儿约莫是九点，若是这样算起来，都督应该是在九点到九点半之间出事的。”

乔松打断了一下：“丫鬟倒罢了，经过正厅能看到钟表，后院的家丁怎么那么清楚时间？”

“他说自己日日都是那个点醒来如厕，已是习惯了，我问了和他同房的人，的确如此。”

这时，段烨霖已经翻看完了汪荣火的尸体，他见的死人颇多，虽然没学法医专业，但是也懂不少。

他戴上手套，一下子就把金钗拔出来，放到眼前细看，又用手指比了一下，说：“这就有意思了。”

“什么？”乔松不懂，探头去看。

段烨霖指了指金钗插进汪荣火体内的部分。

那部分约莫是半截小指的长度。

袁野眯着眼看了一下，摸了摸自己的下巴，道：“这么短，是插不到心脏的，而且以这个角度和金钗的完好度看，很像是人倒下以后再插进去的。”

段烨霖点点头，继续道：“死前伤，心脉与皮肉会收缩，也会很快凝血，死后伤却不会。所以这是死后扎进去的。你们说，这个凶手杀人便罢了，还要特意来这么一手，不是很有意思吗？”

岂止有意思，简直就像是一种仪式。

这时，乔松把那个叫冬杏的丫头叫过来，问道：“这是你们夫人的发钗吗？”

冬杏摇头道：“不是的，从未见过。”

“你确定？”

“夫人的首饰盒都是我收拾的，这金钗我真的不曾见过！”

段烨霖看到金钗上有淡淡的红色痕迹，一时间看不出是沾染了什么，又递给冬杏，让她仔细看，冬杏到底是个女儿家，一眼就瞧出来，只是胆子小，所以说得小声："这看着像是夫人的蔻丹油……"

几人又去打开阮小蝶的妆奁看，里头金银珠宝都在，一点儿也没带走，一个小抽屉里果真躺着一瓶红色的蔻丹油，一比对，颜色丝毫不差。

管家指着那东西就说："看看！证据确凿！就是她杀的人！司令一定要把人抓回来枪毙！枉我家都督那么宠她，谁知道竟是这么狠毒的女人！"

这边管家号得颇为难过，可是段烨霖却迟迟没有发声，他在屋子里转了一圈，东瞧瞧西看看，又摆弄了几下汪荣火的尸体。

房间里没有任何财物遗失，甚至连桌上的银元和票子都没拿走，唯独琴架上的琵琶不见踪影。

他看了好一会儿，才找了一张干净的椅子坐下，一抬头就和袁野对上了目光。

袁野一下子就明白了段烨霖的意思，合上本子，笑道："看来我和司令想到一块儿去了。"

"你也觉得太蹊跷了？"

袁野点头应道："岂止，甚至可以说太明显了。"

段烨霖单手支着桌面，回说："是啊，所有的证据都明明白白地指向阮小蝶，可是有几件事却说不通。第一，都督再怎么养尊处优，曾经也是拿过刀枪的，阮小蝶一个柔弱女子，怎么杀的人？第二，房里除了鲜血，没有打斗的痕迹，也就是说，都督毫无还手之力就被杀了，而整个都督府居然没一个人听到动静，这又是怎么做到的？此外……"

他努了努嘴，示意众人看尸体，解释道：“都督的四肢、动脉全被割破了，而且每道伤口只用了一刀，是被生生放干血死的。这么娴熟的手法，可不像是一双只会弹琵琶的手干得出来的。”

管家擦掉眼泪，大惊失色道：“这……这么说，还有帮凶？！”

这时，在都督府巡逻的一个小士兵跑进来，气喘吁吁地喊：“司令，后院有发现！后门被撬了！”

众人顿时一个激灵，段烨霖把现场留给他人看守，乌泱泱一群人往后门而去。

都督府的后门往常都是不开的，常年用一把虎头锁从外头锁着。门看着倒是干净，定期有工匠来整修，但是锁头从未换过，如今生锈了，都有些斑驳了。

段烨霖站在门前仔细看，那锁是被硬撬开的，锁孔长久不用，锈得很厉害，敲一敲，锁孔里有黑色的粉末状物落下来，拿指头一捻，滑溜得很，也脏得很。

“这锁放得有意思，不在门里在门外，等着人来撬吗？”

管家上前解释说：“司令不知，风水师傅说，此门大凶，恐有血光之灾，严禁开启。都督让人打造了一把大锁，从外头锁住，又把钥匙给熔了。后来这锁经受风吹雨打，里头都锈蚀了，就算有钥匙，只怕也不好开，也就没理会它了。”

此门大凶，还真是一语成谶。

袁野注意的不是锁，而是锁旁的门沿处，见门沿处有指甲盖大小的漆脱落，便问：“门上似乎有刀划过的痕迹？”

乔松把脸凑上去，看到那一小块地方刮痕很明显，也道：“这门上的漆看起来新上不久，不会那么容易脱落，看来是故意刮掉的呢。”

段烨霖便说：“门是新漆的，可是锁是旧锁头，有人用石墨润滑锁孔，以便撬锁，可是撬锁以后被石墨弄污了手，手指头在门上印下了痕迹，多半是指纹吧，所以才将它清理掉。”

“嗯，说得通。”

“如果这个假设成立，那么阮小蝶可就更清白了。”

乔松也点头说：“这门是从外头锁的，自然是有帮凶来与她接应了！”

段烨霖眉头紧锁，声音低沉：“不仅如此，你想，夜半三更，昏暗无光，一个深夜要杀人的凶手，在临走的时候，能细心到把门上那一点点的石墨痕迹都处理掉，又怎么会粗心到在金钗上留下那么明显的指甲油呢？这可真是个够聪明也够有心的主。”

“也就是说，他在引导我们把阮小蝶当成凶手？那……那现在先去抓谁啊？”

“当然是抓阮小蝶。无论如何，她一定参与了。”

乔松立刻站直身体，应道：“我明白了，我马上让人在城里搜查，再去火车站和码头查！”

袁野补了一句：“还有，马上连线其他城的火车站，派警员蹲守。一个年轻貌美的女人，还带着一把琵琶，应该挺扎眼的。”

乔松得令，风风火火地就要走。段烨霖将他拦下来，拉到一边低声耳语：“若真的抓到了，悄悄带回小铜关，我只想知道真凶，不会让她给那老家伙偿命的。”

“明白了。”乔松戴上军帽出去了。

段烨霖脱下弄脏的手套，扔到一边去。今天的天灰蒙蒙的，空气略有些潮湿，很不舒服的感觉。虽然眼下半个贺州城的兵都出动了，可他有种预感，这事儿不简单。

他闭上眼捋了捋思绪，然后叫上袁野。

“走吧，去看看法医验出了什么名堂没。”

小铜关的军属法医齐齐上阵，紧锣密鼓地先把第一份初步的检查递交了上去。法医陈生拿到报告就去见段烨霖。

段烨霖翻了几页，说：“你说吧。”

陈生道：“是汞中毒。”

“汞？”

陈生像个老研究员一样说道：“尸体局部红肿、压痛、易流血，口腔黏膜呈棕红色，能在发炎的齿龈上见到汞线，口舌黏膜肿胀及疡较为厉害。经过初步化验，能确定死前有大量汞摄入。”

“不是流血至死吗？”

“死因确实是失血过多，但是中毒也是事实。”

袁野听了，翻了翻自己的笔记，跟着问：“这种毒有什么表现？”

“汞中毒会引起肾坏死病变，神经方面表现为头昏、倦怠、嗜睡或兴奋，全身极度衰弱，重者陷入昏迷，休克而死。”

“昏迷和休克，这就对了。”袁野做回忆状，“司令，我记得管家说，都督近来一直有些精神萎靡，应该是慢性中毒，再加上死前大量摄入汞的话，就可以解释为什么都督毫无反击之力就被杀害。”

段烨霖敲敲桌子，指了指门，吩咐道：“把门外的管家叫进来。”

门一开，管家垂着头谦卑地走进来，给段烨霖鞠躬。

“汪荣火最近的吃喝用度，阮小蝶可有经手？”

管家仔细想了一会儿，答道：“都督这人谨慎，您也知道，即便他再宠那女人，也从没放下戒心。虽然她偶尔会下厨，可我总会派两个丫鬟全程盯着，绝无做手脚的可能。”

段烨霖皱了皱眉头，道：“一次例外也没有？”

“绝无！”管家信誓旦旦，“都督只会让她夹菜倒酒、煮茶点烟，凡是他看不见的，也一定会让下人盯着，从没有半点儿不对劲的地方。再说了，那些东西阮小蝶自己也吃，也没见哪里不对。”

这就很有意思了。

没有下毒的机会，这毒又是怎么进入身体的？

这时，陈生补了一句：“其实，单纯的汞是很少见的，不可能轻易拿来当毒药，应该是所用的东西里面含有大量的汞。”

“什么东西会含有大量的汞？”

“食物里不多，其他的……哦，对了，中药的话就很多了。以朱砂、轻粉、白降丹、红粉等为代表的一些中药都含有重金属汞。”

“朱砂？！”管家猛地睁大眼睛，像是想起了什么。

陈生很淡定，继续在那里背医书：“朱砂的主要成分为硫化汞，少量的朱砂可以清心镇惊，安神解毒，可是稍微多一点儿就有害了。”

袁野觉察到管家的异样，忙问：“你想到了什么？”

管家连忙拱手道：“阮小蝶近日一直以睡不安稳为由，让都督购买大量的朱砂！现在还剩下好多，去查她的房间，想必还能找到几瓶！”

段烨霖对陈生发问：“若只是治失眠，可用得了那么多？”

陈生摇头，不大肯定地说：“我非中医出身，不确定它究竟是外敷还是内用。不过若是内用的话，这量都够都督死好几次了。”

袁野觉得这事大有文章，问道：“连你这法医都知道的常识，卖药的难道会不知道吗？怎么，从未听开药的大夫提起过吗？”

管家摇头道：“这个我倒真没听许大夫说过，不知他是否单独和都督提过。”

“许大夫”这三个字，一下子让房间里两个人的耳朵都竖了起来。

“你刚才说的是谁？”

“许大夫，鹤鸣药堂的，府里的药都是从那儿进的。”

段烨霖的脸色沉了一下。管家见状，立即醒悟过来自己说错了话。鹤鸣药堂是军需指定的药堂，他要是说许大夫有问题，岂不是在说这是段烨霖指使的吗？

以前他仗着都督的名头作威作福，可今时不同往日，段烨霖已然在贺州城一家独大，可千万不能得罪，于是连忙改口：“这……可能也说过，我记……记不得了。”

这时，只听“咚咚”两下敲门声，门一打开，乔松气喘吁吁地跑进来，大喊：“司令，有发现！”

段烨霖往椅背一靠，命令道：“说。”

“今日凌晨，有个女人买了全天各个班次的火车票去各个县市，可是弟兄们埋伏了一整天，眼睛都盯瞎了也没看到人！沿途所有站点的警员也回话说没有抓到人！”

倒是有点儿反侦查意识，竟使这种障眼法。

“伪装得还挺厉害。继续找，给各城警局都发逮捕令，她总不会永远都躲着。”

段烨霖陷入沉思，这事一环扣一环，安排得如此紧凑，是有人帮她，还是她真就这么聪明？

这时乔松又说：“还有一件事，发现了一个和阮小蝶有关的人！”

“谁？”

“阮小蝶的父亲！”

听到这话，管家骇然大惊，支支吾吾地说：“什么？！他……

他不是死了吗？”

其实，汪荣火强抢阮小蝶，打死其老父的事情，段烨霖略有耳闻。

除了汪荣火之外，管家这种为虎作伥的狗腿子也实在是天理不容，想到这里，屋里的人都忍不住嗤之以鼻。

乔松白了他一眼，继续说：“起先是火车站的人说，买票的女人买的都是双份票。我审问了都督府的几个家丁还有城隍庙附近的乞丐才发现，当初那几个家丁听管家吩咐，把阮小蝶的父亲扔到林子里的时候，人还没完全断气，后来被人救下。一个乞丐看到有人背着他出了林子，哦，对了，我将那个乞丐当作证人带回来了！”

管家拍了一下大腿，像被踩着了尾巴的猫一样，咋呼着就跳起来，竖着眉毛道：“定是这老不死的同那女人里应外合，谋害都督！这简直是铁证！除了他们父女，谁还与都督有仇有怨！”

乔松连眼神都懒得给管家，心里暗想，贺州城里想都督死的没有一万也有八千，他这话传出去，不知要笑掉多少大牙。

袁野倒先安抚道：“你先别急。若按你之前所言，阮小蝶出不去府，又被人盯着，那老人家要如何躲过重重关卡，才能进到府里给阮小蝶传信呢？这事儿还大有文章呢。”

管家听了，也觉着甚是有理，嘟囔两句就闭嘴了。

此时，电话铃响起。

段烨霖伸手拿起听筒，电话是门禁室的监察兵打来的——

“司令，许大夫来了，在外头等着呢。”

若是寻常时间，许杭进出自是无须通报，但今日小铜关特殊，段烨霖下令闲杂人等一律不得入内。

“许杭来做什么？”

“许大夫说，是关于都督命案的。”

段烨霖不明白许杭是怎么和这件事扯上关系的，但既然他亲自来了小铜关，那肯定不简单，于是说道：“放行吧。”

电话挂了以后，乔松已经把外头走廊里的乞丐叫进来了，那乞丐约莫三十岁光景，衣衫褴褛，一进来就对着屋子里的人三拜九叩。

段烨霖直奔主题道：“听说你看到有人救了阮老汉？那人长什么样子？你认识吗？”

乞丐点点头，又摇摇头，回道：“夜里黑，那人又一直低着头，我实在没看清长相。”

“那你怎么知道被救的人是阮小蝶的父亲？”

乞丐拍了拍腿，忙道：“哎哟，他们父女走街串巷卖艺，我们都是老熟人了，那一身打扮，隔老远就能认出来，错不了！”

袁野换了个思路，问：“那你说说那人的特征。”

“特征，特征……”乞丐眯起眼睛，好似很认真地回想，这时，门一开一关，许杭从外头走进来，乞丐灵机一动，指了指许杭道，“反正就是清清瘦瘦、文文弱弱，跟这个大夫差不多吧。”

他没意识到自己这话是什么意思，乔松反而激灵了一下，马上板起脸，咳嗽一声，严肃道：“怎么说话的！”

乞丐吓了一跳，大概想到这人身份不简单，忙佯装打自己脸，找补道：“哟，大老爷见谅，见谅！我瞎说的！我……”

“你别吓他，他也没说错。”许杭伸手拦了拦乔松，然后淡然地上前一步，语气很自然地说，“不是什么像我这样的人，而是那个人就是我。”

“啪嗒”一下，袁野的钢笔掉到了地上。段烨霖一下子坐直身体。所有人都看着许杭，仿佛许杭说了什么骇人听闻的事情。

“你说什么？！”

“阮小蝶的父亲是我救的。我就是来说清楚这件事的。”

段烨霖的呼吸沉重了几分，语气变得强硬：“事无巨细，说清楚些。”

许杭的口吻像和尚念经一样无甚起伏，认真交代道：“都督寿宴次日，我知晓他强抢少女之事，从城隍庙后救下阮老汉并带回药堂给他治病。前两日他悄悄走了。今日我听见街头巷尾都在传都督家的小妾杀了人，我怕这其中有所关联，想了想，觉得应该来解释一下。”

“完了？”

“完了。”

袁野摸了摸自己的鼻子，问：“他走了以后，你不知他的踪迹？他也没有说过自己的打算吗？”

“没有。”

好像没有什么有价值的线索，无非是肯定了阮小蝶杀人的动机而已，只是这新加的故事总觉得还没被挖透。

管家恶意揣度道：“这么简单？你若无所图，为什么要救人？”

管家现在是真心想找出凶手，他的急迫并非来自忠心，而是来源于想早日让都督的死盖棺论定。他是签了终生契的，都督无子嗣，这一死，契约作废，他便可离府而去，再谋生路。

可若是一日不结案，他就一日脱不了身，所以谁是真凶他不关心，是不是冤枉他也不在乎，能早点儿让司令抓个人了事才是重中之重。

许杭冷笑了一下。

管家不解道：“你笑什么？”

许杭冷冷地盯着他，说：“我只是笑，有人杀人放火、逼良为娼的时候没被问为什么，而我救人一命却要被指责，这世上还有这种道理？”

“你……你……”管家吃瘪，支支吾吾，最后干脆凶道，“你为何不告诉都督，朱砂是药也是毒物？朱砂的量也实在匪夷所思！”

许杭从怀里掏出几张单子来，回说：“这话可就严重了，朱砂的方子确实是我开的，可是要买的量却是都督自己定下的。正好，原本我也觉着这案子迟早会来药房排查，我还带来了药方和订单，以便你们随意去查。”

许杭把东西搁在桌上，随后眯着眼睛，带着几分不屑看向管家，道：“至于它是毒物这件事，你又不是都督的耳朵，怎么知道我没说过？况且都督已经死了，我说没说，没有人能证明，这莫须有的罪扣得也容易。”

一句话而已，更何况说话是最留不下证据的，除了死去的都督，谁都无法证明。这个道理很浅显，管家若再死咬不放，就十分不讨好了。

“你……哼，我是说不过你，反正你接触过阮小蝶的父亲，必有嫌疑！司令，你定要好好查查许大夫昨夜人在何处！”

段烨霖看了看那些药方和订单，每一张上都有都督的私印，每一笔药物进府都依着规矩，就连那多到不正常的朱砂，也都是都督亲自批的。

知道许杭不喜欢同乌七八糟的事情搅和在一起，段烨霖本想开口给许杭解围，好把许杭摘出去，谁知许杭竟自己开了金口。

许杭说：“真是不凑巧，都督出事之时，我与别人同在，实在分身乏术去犯案。”

管家鼻孔朝天，质问道：“谁啊？谁能证明？”

许杭道："顾家小姐，顾芳菲。"

袁野唰唰几下翻开自己的笔记，问道："昨夜九点半之前你一直与她在一起？"

"昨夜我在顾家做客，顾小姐摔坏了项链，我去东来巷子找孙师傅修理，回到家已是半夜了。"

"劳烦说说具体时间。"

"出门之时……约莫是七点半，在孙师傅那儿一直待到九点半才离开，来去都是由顾家司机接送。"

袁野细细想了想距离与时间："若是这个时间属实的话，那就绝无可能。"

管家一下子跳起来道："哎，这不就是空口白话！得有人证才行！"

段烨霖也生怕这小人会出去瞎说，总之还是要让他心服口服才行，于是下了命令："袁野，去查给他看。"

袁野驱车先去了顾家，顾芳菲今日恰巧不在，袁野留了封信，从司机和丫鬟的嘴里记下了昨日的一些事情，的确和许杭说得不差。

随后他又去了东来巷子，找到孙氏手艺铺。

孙师傅本名孙西畔，早年间在边郊一带走街串巷摆流动摊子，修理首饰是一绝。

他人不高，很瘦，精神头极好，十根手指像细柴一样，脖子上挂着一副眼镜，头发理得很短。铺子里面摆着各种各样的工具，以及不少贵妇们拿来修理的贵重首饰。袁野进门的时候，他正拿着一个磕破了边角的镂空金镯子细细打量。

"先生修点儿什么呀？"孙西畔以为他是客人。

袁野不想摆出办案的姿态，于是拿出自己的一支钢笔，问："这个能修吗？"

孙西畔忙摆手说："术业有专攻，我只看得懂洋人的首饰，可修不来这么贵重的东西。"

袁野笑道："这银做的外壳，用的年头儿久了，有些花纹磨损严重，您给翻新一下就成。"

孙西畔笑笑，说："这行，您坐下，立刻就好！"

他接过钢笔就伏案忙活起来。袁野在他对面的一张小椅子上坐下，先是四处看了看，然后状似不经意地问："您这儿最近生意可还行？"

"我这生意啊，永远不会热闹，也永远不会冷清。"

"您是专修洋人的首饰还是专修咱自个儿的首饰？"

"瞧您说的，天下间的首饰啊，它变来变去，不就是那些玩意儿？宝石玉器、金银铜铁、珍珠琉璃……哎呀，都一样，都一样！"

袁野换了一个坐姿，回道："哈哈，是吗，看来是我不懂门道。不知道您最近可有修过什么贵重首饰？"

"哎呀，这可就多了，我一时想不起来……"孙西畔正在给钢笔抛光，停了一下，说，"昨晚还修了一个洋首饰呢！现在这些个洋人，卖的东西一点儿也比不上咱老手艺人亲手做的东西。"

他絮絮叨叨地说着。袁野已经问出重点了，忙追问道："昨夜？谁大半夜还来修首饰？"

"就后面那条街，鹤鸣药堂的许大夫！"孙西畔也是个爱说闲话的，一开了话匣子，不用袁野问，也能滔滔不绝，"这许大夫着实不错，昨夜来我这儿坐下以后，就一直坐在这儿等我，陪着我修完了才走。我呢，是个慢性子，本以为许大夫一定会等得不耐烦，谁知道他竟一句抱怨也无。喏，他就坐你现在这位子。”

“那许大夫是何时来、何时走的？”

孙西畔有点儿犯难，回忆道：“来的时候只记得天黑了，我倒是没注意，走的时候是二更天吧。”

二更天，也就是九点半左右。也就是说，许杭离开的时候，都督的尸体都凉了，自然不会是许杭做的。

袁野逼近一分，继续追问：“许大夫坐下来后就一直没离开过？哪怕出去透个气，解个手？”

孙西畔头也没抬，直接道：“没呢，一看就是个性子定的，我还怕他闷得慌，让他先回去，我隔天送到府上。他非不肯麻烦我，硬是耐心等着！”他说了一通，才觉着不对劲，“哎，先生，您怎么关心这么多？”

袁野敛了一下神色，答道：“哦，这许大夫是我朋友，昨日想请他喝酒，他却推托说自己有事，不来，所以今儿听你提起，我就问问，看看他是不是诓我来着。”

“这样啊……来，好嘞，您看看满意不？”

翻新的钢笔闪着银色的光泽，孙西畔的手艺果然名不虚传。

袁野收了笔，很快就回了小铜关。

今日这一出，总算是在管家的心不甘情不愿中结束了。

许杭前脚回到金燕堂，段烨霖后脚就到了。

他进门就问：“你今天不打算同我解释一下？”

蝉衣端着茶站在门外，本想进去，许杭对她摆了摆手，她见氛围有些不对，担忧了一下，只好端着茶又下去。

“解释什么，该说的都说了，还是说你觉得袁野查得不仔细，想自己亲自查一查？”

段烨霖拿了张凳子坐在许杭面前，说：“我不是在怀疑你，你别一说话就夹枪带棒的。”

许杭不吭声了。

段烨霖又道：“你救了阮老汉，这我是信的，可我不明白，一向不屑于解释的你，今日为何主动来小铜关？”

“说到底，你还是不信。”

“你难道真的不知道阮小蝶要杀汪荣火吗？”

“我想不知道也难。”许杭轻笑了一下，“我日日给她把脉，她那双眼睛里全是仇恨。不过话说回来，她是夫人，我是大夫，她想要什么，都督吩咐什么，我便给什么，何必给自己添烦恼？”

段烨霖问：“也就是说，你早知阮小蝶的居心？”

“我知道是一回事，说不说是另一回事。”

明哲保身，这是字面上的意思。段烨霖听出来的意思是，许杭打心眼里瞧不起汪荣火，所以即便一早就看出阮小蝶用朱砂是醉翁之意不在酒，却也不会拆穿。

“那他们父女潜逃何处，你可有消息？”

许杭讥讽他道：“若是你明儿要去杀人，难道今日会扯着一个不相干的人说，给自己留祸患？”

听到许杭这么说，段烨霖松了一口气，道：“算了，这事儿你知道得越少越好。记着，方才那些话，你知我知，不可再和旁人说，免得被人拿去做文章，泼你脏水。”

许杭点了点头。

凌晨的渡口像一只张大嘴的鲨鱼。

一艘船停在岸边，寥寥几个工人在准备开船，都显得有些意兴阑珊。

远远的，有一辆拉货的牛车慢慢靠近码头，随后码头边一个穿黑斗篷的人冲了过去，将牛车上的一位老人扶下来，二人对视一眼，抱头哭作一团。

斗篷滑落，那人正是阮小蝶。

“爹爹！看到那琴弦，我便知道你还活着，老天有眼，咱们可算熬出头了！”

老人也是垂泪不已，转身朝牛车上的一个人影跪了下去，感激道：“这还要谢谢您啊，您可真是活菩萨！若有来日，老汉给您当牛做马也要还今日恩情！”

车上那人脸上没什么表情，显得有些凉薄，说：“快上船吧，再迟就走不了了。”

阮小蝶有些担忧道：“恩人，虽然您先前说让我买火车票当作烟幕弹，可是这样真的就可以安全离开贺州城吗？”

车上那人又说：“你放心，这船已经被搜查过了，没有再查的必要了。你们上船之后，找个机会下船，不要惹人注目。往西北的城市去，司令的权力还够不着那儿。”

“嗯。可是……”阮小蝶有些踌躇，好看的眉眼拧在一起，“恩人，您真的无碍吗？若是东窗事发，我们一走了之，您可、可怎么办……”

“这个不是你需要担心的事。”那人对着手哈了哈气，“你只要别再出现在贺州城，就不会东窗事发。你也不需要叫我恩人，我帮你也有自己的目的。”

阮小蝶感激地看了那人一眼，她知道，这话是在宽慰她不要有愧疚和不安。她人微言轻，无能为力，只能跪下重重磕头，坚定无比。

“恩人交代的事，小蝶一定会办到的！”

阮小蝶扶着自家爹爹，匆匆离去。

自此，贺州城少了一段曼妙的歌声和一双灵巧的手。

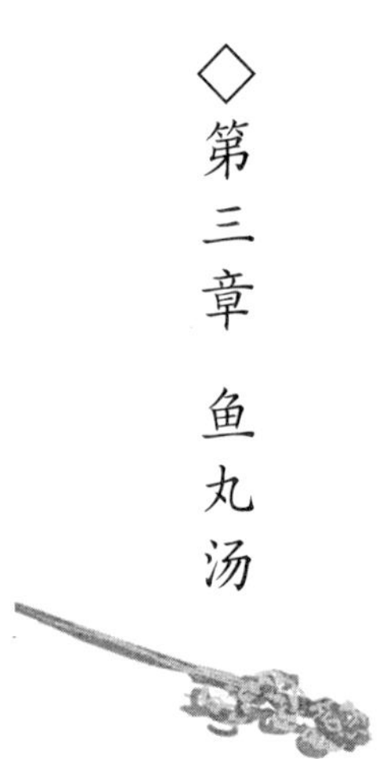

◇第三章 鱼丸汤

贺州城这几日还是没什么大变化，汪荣火一案还是一团乱麻，抓不到凶手，上面又一直催，汪荣火的尸体也不能下葬，就在冷库里冻着。

原本这事报上去，最惊讶最震惊的是调查局，局长袁森极度怀疑段烨霖是因为和汪荣火的私人恩怨故意拖着，数次发电报、打电话，厉声责问。

段烨霖起初还解释一两句，后来也懒得搭理了，干脆让袁野去和他父亲交代来龙去脉。

说来也怪，自从袁野将都督案中的几个疑点证物交上去后，袁森那边就消停下来了，不再催着段烨霖抓凶手，反而急着让他结案。

当他们要求袁森退回证物以存档备案时，却发现寄回来的东西里独独少了那支金钗。

这件事越发匪夷所思起来。

就在段烨霖和袁森来回折腾时，许杭去了趟法喜寺。

法喜寺是贺州城香火最少的寺庙，坐落于半山腰，山路难行，风景却是极好的。

许杭还没进门，就看到在门外十米远的一棵树下站着一个穿黑色衣服的女人。她很高，衣服裹得很紧，能看得出她的曼妙身姿，头上是一顶很大的洋式礼帽，半张脸被遮住，礼帽上垂下的黑纱都没能掩盖住她妖艳的唇妆。

她在那儿抽着烟。

抽烟的女人真罕见，特别是抽得这么美的。她昂着脖子，吐出的烟圈仿佛都写着“优雅”两个字，从她微抬的下巴就看得出她是个傲慢的女人。不过，她的傲慢不是黑天鹅那种高贵典雅，而是如野玫瑰一般带着侵略性。

终于，她抽完了，把烟头在树干上一摁，丢在地上，踩着高跟小皮鞋踏进土里，然后走到一旁的流水泉眼旁，用瓢打了水，漱了漱口，这才往里走。

许杭在外转了一圈才进去，就见刚才那女人不知何时擦掉了口红，摘下了礼帽，端端正正地坐着，乖巧柔顺的样子，与方才判若两人。

真是一个有趣而奇怪的女人。

许杭一向对陌生人不大感兴趣，但不知为何，他总觉得好像在何处见过这张脸，只是想不大起来。

一直等到日上当空，许杭才和长陵说上话。

长陵是一个弃婴，被上任住持捡回来收养，借住在寺庙里，替现任住持操持打点些许事宜。

长陵性子恬静，许杭又来得频繁，二人算是旧相识。

“许大夫，”长陵为许杭沏了一壶茶，“最近发生什么事了吗？我看你面色忧愁，是有什么烦恼吗？”长陵心如明镜，他虽不知许杭因何而困，但知许杭心如沟壑，深不见底。

许杭闻着茶香，觉得这儿很安逸。然而，这种安逸只是一种短暂的逃避，许杭明白，于是问道："俗话说，以德报怨，做人应以宽恕为己任。可是我做不到，我不甘心的事情仍有许多，你觉得我是对还是错？"

长陵回道："你可知知足的意思？"

"是要我适可而止？"

"不是。"长陵伸出手指，蘸了蘸茶水，在桌上写下这两个字，"知，是知道；足，是脚下。你要时时刻刻知道自己的脚站在什么地方，不要心比天高，也不要妄自菲薄，永远知道下一步踏在何处，这就够了。"

许杭盯着桌上那两个字，直到它们蒸发，消失不见。

许杭从不心比天高，也从不妄自菲薄，只是，许杭也从不知道自己的脚站在什么位置上。

原来如此。

又是一日大早，天气开始回暖，人也醒得早一些。

蝉衣想趁着今日有太阳，把许杭的厚衣服都拾掇起来，再把春装都挂起来晒一晒，去去霉气。

她正忙着，就听见外头喧哗得很。这喧哗把在院里给花草浇水的许杭也惊动了。

许杭倚在门边一看，竟是一队军人。

从这队军人身上的军装来看，显然不是贺州城的兵，他们簇拥着一辆车，护着它缓缓向前，车队领头的人骑着马，军装上的徽章像是军级的，这一路可谓赚尽了眼球。

不过一看到那张脸，许杭就眯起了眼睛。

段战舟，他怎么来了？

段战舟是段烨霖的堂弟，许杭见过段战舟两次，这人是个不折不扣的被宠坏了的世家子弟，上阵杀敌虽然不含糊，却是一根筋，认死理，脾气暴躁易怒，做事不顾旁人感受，所以许杭不是很喜欢他。

当然，在段烨霖面前，段战舟还是要吃点儿瘪的。

许杭第一次见段战舟是在他与参谋长的干女儿的结婚典礼上，第二次见他则是在他新婚妻子的葬礼上，前后不过十天。这也是当时疯传一时的故事。

算起来，段战舟已经有一年没来过贺州城了，如今像他们这种有身份的人，是不可以轻易走动的。

蝉衣也站在那里看热闹，许杭便吩咐道："晚饭让厨房多做点儿菜。"

蝉衣点头，问："是要来客人吗？"

许杭说："对，不速之客。"

果然，到了晚饭时分，不仅段烨霖来了，段战舟也带着人进了金燕堂。蝉衣被吓了一跳，没想到早上还风风光光在外招摇过市的人，晚上就到家里来了。

段战舟很不客气，一进门就脱下外衣，四处打量了一下，颐指气使道："啧，许杭，你这金燕堂是不是缺钱，什么好的摆设都没有，平白糟蹋了这个好园子。"

不等许杭回答，段烨霖就先撑了回去："不喜欢就出去，还非要跟过来蹭饭。"

三人在桌边坐下。

"我是护送袁森来的。都督之死，袁森很上心，所以要亲自来看看，可能会在贺州待一段时间。"段战舟一边喝汤一边解释。

段烨霖给许杭夹菜，瞥了段战舟一眼，说："这只是其一吧。

至于你自己，只怕是军长这个职位满足不了你的胃口，现在都督这个位置空出来，你敢说你没心思？”

“知我者，莫若堂哥也。是，你想想，我要是留下，你岂不是如虎添翼？”

“如虎添翼没感觉，徒增烦恼倒是真的。”段烨霖很不给面子，“对了，袁森为何对都督的死这么上心？”

段战舟一下就把筷子放下，道：“我给你看样东西！”他往身上一摸，这才想起来，外套方才脱在外面了，于是对着外头一喊，“谁拿着我的衣服？给我送进来。”

很快，一个穿着蓝色衣衫的下人低着头从外面进来，把衣服递上。

谁知段战舟一看见这人，立刻拉下脸，一把拽过衣服，狠狠踹了对方一脚，将人踹翻在地。

“谁准你碰我衣服的！”

许杭和段烨霖相视一眼，皆是一惊。

再看被踹的下人，很瘦弱，肤色偏黑，两边嘴角都有约一寸长的陈年伤疤，像是被什么烫伤的。

那人很快就站了起来，面上没什么表情。

眼尖的许杭看到，那人的胳膊擦出了血。

段战舟拍了拍自己的衣服，好像被这人碰过就脏了，然后厉声呵斥：“不是让你少动我的东西吗？听不懂人话吗！”他极为愤怒，扬起巴掌就要打下去。

“住手！”

许杭摔了勺子，制止了段战舟的举动。

段战舟这一巴掌没能打下去，整个人很不悦，眉毛都仿佛竖起来了似的，回道：“我打人，你插什么嘴？又不是打你的下人！”

“这是我家，要打也别在我眼前打。”许杭显然已经不悦了。

段烨霖跟着瞪了段战舟一眼，教训道：“你给我收敛点儿。”

两个人撑他一个，段战舟认输，很不耐烦地摆手道：“算你今天运气好，滚！”

那人的目光在段战舟身上停了停，他一声不吭，乖乖出去了。段战舟这才从衣服兜里拿出一张照片，递给段烨霖看。

那照片拍的是一张手写的字条，字迹张狂，上书：“请务必查出此物主人，切记暗访，不要声张。”那几个字是用红色的墨写的。

“这是谁写的？”段烨霖问。

“袁森写的，我偷偷拍下的。他让一个私家侦探去查那支金钗的主人，且对这事异常关心，那天一看到金钗，脸色都变了！”

段烨霖拿着筷子的手停住了，道：“汪荣火因此而死，袁森如此不淡定，看来汪荣火是谁杀的，他必知一些内幕。”

“他让私家侦探去查，却不让警察去查，说明他不想这件事被人知道，那肯定是见不得人的事。”

“咱们还是静观其变吧。”

这二人在那儿旁若无人地聊，许杭就低着头认真吃饭，等他们聊得差不多了，才抬起头说：“你们慢慢吃，我先走了。”

段烨霖对许杭说：“对了，小铜关还没打扫出新房间，你这儿空屋子多，先让他们一行人住一晚？”

得，今日怕是金燕堂有史以来最热闹的一天了。

许杭给段战舟一行人安排的房间在绮园最边上，因为嫌他们吵闹。反正只住两三日，段战舟也不大介意。

沐浴完之后，许杭想起方才受伤的那个下人，便拿了去疤的雪花膏送过去。没过多久，许杭就回来了，低着头，神色有点儿僵，似乎在想什么。

段烨霖看出不对，问："怎么了？困了，还是冻着了？"

许杭摇了摇头，想起刚才无意间撞见的一幕，他轻咬了一下下嘴唇，装作不经意地问道："那个下人……是什么人？"

"你怎么问这个？"

"你堂弟似乎很讨厌那人，既然讨厌，那为什么又带在身边？"

段烨霖当许杭是同情心泛滥，解释道："还记得战舟那刚过门就去世的妻子吗？"

"丛薇？"许杭依稀记得这个名字。

"嗯，那是她亲人，丛林。"

当初，丛薇和段战舟的婚事虽然有父母有意撮合的因素，可也是段战舟自己去向参谋长求的亲，让他把干女儿许给自己。按理说，段战舟至少应是喜欢丛薇的，丛薇死了，他即便不善待她的家人，也不至于欺负她的亲人。可是从刚才的事看，段战舟对丛林简直是深恶痛绝。

看出许杭的不解，段烨霖叹了口气，继续说："丛薇是丛林杀的。"

何其耸人听闻！

许杭的睫毛颤了一下，没想到其中竟然还有这么扑朔迷离的故事。

他问："丛林杀了自己的亲姐姐？"

"是，事后问其动机，丛林只说是因为喝醉了，可是那天丛林根本没喝酒。战舟本来想杀了丛林的，可是丛薇临死前的遗言，再加上参谋长的偏袒，硬是保下了丛林的命。当时这事闹了很久，战舟的脾气你也知道，所以最后丛林虽然活下来了，但被罚吞炭，以示警告。他嘴边的伤就是那个时候留下的，喉咙大概也烧哑了。战舟把丛林放在身边当下人一样折磨，算是种发泄吧。”

这事真是匪夷所思，而且中间有太多说不通的点，许杭总觉得很奇怪。

看着许杭皱起来的眉头，段烨霖忍不住道：“他的事我都不管，你也别想太多了。另外，过段时间，我要出趟远门，你照顾好自己。”

“嗯。”许杭从不问段烨霖去哪里，去做什么。

段烨霖自己解释道：“我去蜀城。”

许杭浑身僵了一下。

段烨霖问：“你想要什么特产？”

一阵沉默过后，许杭才轻哼一声，然后开口说：“没有。我什么都不需要。”

翌日晨起的时候，许杭推开门就闻到院子里新开的芍药散发出的香气，蝉衣捧着一盆从院子里挖的芍药，高兴地进来说：“当家的，今年绮园的芍药开得可好了！”

那芍药呈怒放姿态，粉黄相间，正是“钗葶抽碧股，粉蕊扑黄丝”，果然比往年的要好。

许杭低下身子闻了闻，说：“以贺州的气候，能开出这样的芍药，已经是难得了。”

蝉衣把花盆摆在屋子里，笑道：“我是没见过比这更好的芍药了，当家的见过？”

“蜀城的芍药是最好的。一花两色，品类也多，有鹤落粉池、贵妃出浴、冰山献玉……花开满城的时候，比丹桂还香得多。”许杭似是陷入了回忆，脸上浮起笑意。

“被您说得我都心痒死了，定要找个时间亲眼去看看！”

许杭的眼神马上暗了下去，他呢喃道：“看不到了……已经没有了。”

蝉衣还没来得及问许杭为什么，就见段烨霖带着段战舟从外面走来，于是赶紧先布餐去了。

段战舟连连打着哈欠，似是昨夜没睡好。

段烨霖说他：“怎么，你莫不是认床？”

“认床倒不至于，”段战舟擦了擦眼角，对许杭说，“你这房间的门是不是有问题啊？明明我昨晚都关好了，早上起来一看，竟是开着的。”

许杭古怪地看了他一眼，问：“你说的是哪间房的门？”

“什么哪间，不就你分给我的那间吗。”

“啪！”段烨霖拍了段战舟的后脑勺一下，训道：“让你睡就不错了，还挑三拣四的。”

等他们二人去餐厅里用早点的时候，许杭预备先去药堂，路过正厅，就见丛林站在厅堂中央，正看着那幅浴火飞燕图出神。

听到脚步声，丛林转过身来。两个人对视了一眼，眼神里头有很多说不清楚的意味。

丛林勾着唇笑，给许杭行了一个礼，然后从怀里拿出那盒用完了的雪花膏放在许杭手里，再行礼，擦身往外走。

一上午平平静静地度过，到了中午，药堂来了个“贵客”。

正是段烨霖。

他提了一个笼屉到药铺里来，许杭一见着他就往后堂走，段烨霖也跟着进去，把帘子放下。

一直走到小院子里，在石桌旁坐下，许杭才问道：“今天怎么过来了？”

段烨霖将那个笼屉放到桌上，带着笑容说道："给你带了个礼物。"

礼物？不过年不过节，送什么礼物？带着好奇，许杭掀开了笼屉的盖子。

一股热气冒了出来，内里是一碗汤，汤色澄清，躺着几枚鱼丸，圆滚滚的，呈半透明的玉白色，汤面上漂浮着青葱头，一看就很有食欲。

这不是贺州城的小吃，而是蜀城的小吃。

看清楚的瞬间，许杭整个人僵在了原地。

段烨霖将汤端出来，拿勺子舀了舀，笑说："你啊，从不告诉我你的生辰，自己也不过。昨日我问蝉衣，蝉衣说你从未提过，只是每年这个时候，你都会说想吃鲍鱼鱼丸汤。我想或许今天就是你的生辰，所以特地请人在贺州城里找了个祖籍是蜀城的老人家，请她做了一碗。你尝尝看，即便今天不是你的生辰，也可当尝尝鲜。"

其实事实远没有段烨霖说的这么轻松，贺州离蜀城远得很，哪里会这么好找会做鱼丸汤的人？他甚至派人去周边的县市多番打听，才终于找到一个，高价请人连夜坐火车来，只为做这一碗汤。

此时的段烨霖难得缺了点儿眼色，他没发现从一开始许杭的脸色就很不对劲，甚至愈加难看。许杭盯着那碗汤的模样，就像在看一碗毒药。

段烨霖不解，还说："快吃吧，不烫的，再不吃就凉了。"

许杭终于拉下了脸，手上一用力，把整碗鱼丸汤打翻在地。

瓷碗砸在地上，登时就碎了，有几块瓷片滚了很远，汤汁溅脏了两个人的裤腿。

段烨霖瞪大眼睛看着地上，又把目光从地上移到许杭的脸上。

许杭转身要走。

段烨霖怒道："你什么意思？！"

"我不想吃。"

"我不是三岁稚子，你这理由骗不了我，你对我有什么不满，说出来就是了！"

许杭快快道："不是你的问题，是我不识好歹。"

"许少棠！"段烨霖终于破功了，狠狠把人掼到墙上，挂在墙上的药包都落到了地上。

"咚"的一下，是段烨霖的拳头砸在墙面上的声音，那墙粗糙，上头还有细小的砖石颗粒，段烨霖的手背上一下子就出血了。

两个人都不说话，久久沉默。段烨霖头顶好似有一把火烧，又如生吞了岩浆一样，从里到外都是蚀骨的火气。他死命往下压，死命压，直到剧烈起伏的胸膛终于平静下来，他才开口。

"你该知道，如果我想查，你对我而言就是透明的，可我知道这是你最大的忌讳，所以我等你亲口说。可是你不能一面什么都不告诉我，一面又责备我的无知，明白吗？我现在再问你，你愿意说吗？"

段烨霖说到"查"这个字的时候，许杭的十指紧紧抠住了墙面，等他说完后一句，才慢慢松开。

大概是这番话终于撬开了贝壳的一点点缝隙，许杭的语气也终于软了下来。他闭着眼睛，轻声说："段烨霖，你能不问吗？"

还是拒绝，段烨霖有些灰心和失望。

地上的鱼丸已经凉透，段烨霖踩过去，走了。

好一会儿之后，外头的药徒才战战兢兢地进来看了一眼，试探地问："当家的，您……您是和段司令拌了嘴不成？他走的时候脸色黑得……哎呀，这儿是怎么回事？我来收拾一下吧！"

“不必了，我来收拾。”许杭摆摆手让他下去。

许杭捡起地上的一颗鱼丸，放在掌心里，手握成拳。

段烨霖走了，离开贺州城，出公差去了。

他大约是真的生气了，许杭心想。

鹤鸣药堂最近卖的药里，治跌打损伤的占大头，就连胡大夫也说，怎么近来断胳膊断腿的愈加多了？

后来细细一问，才知是城里刚兴起的打擂引发的。

打擂台就是比武，不过这玩意儿也分三六九等。上等的打擂，那都是数一数二的武馆里出来的顶级武人，公开下战书，公开打斗，大家点到为止，绝不出人命；中等的呢，略次一些，是一些新出头的小武馆为了提升名气而设，自然损伤居多；最次的就是黑擂台，只要报名就能上台，这种擂台多和赌坊联系在一起，为的就是以命赌钱，上台的人大多要签下生死契约，划清责任。

这种事说起来并不合理，可是民不纠，官不察，于是就这么出现了一片灰色地带。

这日，许杭刚刚在药堂里坐定，袁野就飞似的从外头冲进来，气喘吁吁地抓起许杭的手就往外跑，边跑边说：“快！快和我救人去！”

许杭还没反应过来，就被袁野拽到了一处黑擂台边上。这地方是一个废弃仓库改建的，屋顶还是茅草做的，脚下是坑坑洼洼的黄泥地，里头人头攒动，空气浑浊，简陋而肮脏。

里头的人大多都穿得破旧，擂台一边设着赌桌，台上打擂的人的名字都写在上头，各自都押着不少钱。

许杭到的时候，一个穿灰色小褂的大汉正被一个留着八字胡的男人踩着胳膊，狠狠蹍了一脚，大汉发出凄厉的叫声。

袁野冲上去就把那男人推开，然后把那汉子扶起来。

许杭蹲下，隔皮截肉一点，就说："骨折了，得先赶紧接上！"

许杭冲着人群中一喊，有人好心递了两块短木板上来，许杭从自己的衣衫下摆撕下布条，双手飞快地卡住那人的胳膊，咔嚓两下，将断骨先接上，再上夹板。

绑好以后，他对袁野说："暂时先这样，得赶紧送到药堂去！"

袁野把大汉那条完好的胳膊架在自己肩上，把人支起来就想往外走，没想到却被那个留八字胡的男人拦住了。

"谁准许你们走了？我还没有打完。"

"他已经认输了，你已经赢了！你还有什么不满意的！"袁野怒道。

"不，不，不，我和他签的是生死契，谁死了，才算结束。"那人笑得很恶心。

"这擂台本就不合法，要是再闹出人命来，麻烦的是你。"

男人哈哈大笑，鄙夷地说："闹出人命又怎么样，我和他可是立了生死契的，他就算死了，也赖不到我头上！"

身上扛着的人进气少，出气多，袁野怕耽误了，便说："让开，我懒得和你废话。"

男人想了想，让开了。袁野刚往前走一步，那男人就伸出脚绊了那个大汉一下，两个人重心不稳，一齐倒在地上。男人又一脚踩在许杭刚刚包扎好的地方，就见木板断裂，掉落，大汉发出一声凄厉的喊叫："啊！"

男人笑着踱了几下才挪开脚，假惺惺地说："真是不好意思，不小心的。"

袁野瞪大了眼睛，怒道："你！"

这时，男人突然觉得膝盖一疼，猛地把脚一收，低头一看，见上面插着一根金针，他把金针拔出来，就听到许杭清冽的声音响起：“这贺州城还轮不到你放肆。”

男人很生气，转头一看，见许杭个子小小，身形瘦弱，嗤之以鼻道：“怎么，不服气就上台打，如果我输了，我也可以任你们处置。”

袁野生怕这男人会动手，连忙站起来护在许杭前面，如母鸡护雏一般，凛然道：“请别太过分！”

谁知那人猛地抓住袁野的衣袖，侧身来了一个过肩摔，袁野整个人在空中划出一道弧线，背部狠狠砸在地上，激起一层灰尘。

他摔完，拍拍手，耸耸肩，做作地说：“哦，抱歉，我这是条件反射，你没事吧？”

神情和语气贱得让人牙痒痒。

许杭冲上前扶起袁野，查看他的情况，问道：“没事吧？”

袁野咳嗽两声，回道：“没事，应该只是破皮了。”

这时，那个男人又在背后喋喋不休道：“呵，文弱书生，娘儿们唧唧的，一点儿力气都没有，就凭你也敢对我说三道四？”男人环视一圈，语气鄙夷，“你们这擂台，你们这贺州城，怕是没有一个能打得过我的！”

在场的人听了，脸色都不太好。

许杭面色不虞，跟袁野继续给刚才那个大汉处理伤口，对那个男人的话置若罔闻。

他们的不回答却助长了男人的嚣张气焰，他甚至走到门边，靠在一边的门上，嚣张地说：“想走？打过我再说。”

袁野捏紧了拳头，目光如能喷火。

许杭冷冷地看着他，说：“你再不识相，小心后悔。”

“你们打架的本事要是有嘴上功夫的万分之一就好了，也就说得好听，实际上都是没用的窝囊废。”男人嗤笑。

许杭没吭声，袁野则气炸了，大声道：“你说什么呢！”

对方火上浇油道：“怎么了，我说错了吗？”

“你再说一遍！”许杭轻声开口，语气带着危险的意味。

“哟，还生气了？”男人猥琐地笑笑，“越是软骨头，就越怕别人说……”

他还没说完，变故就发生了——

许杭猛地上前，拿住男人的一只胳膊，带着寸劲往下一摁，腿在他膝弯处一扫，男人狠狠地跪趴下去。

虽然没料到开头，但是有武术底子的他赶紧翻身起来，可没想到许杭的动作像闪电一般，迅雷不及掩耳，等他看清的时候，许杭已经单膝压在他的胸膛之上。

胸口的空气一下子被挤出去，他被撞得眼前一黑，这才意识到，这一下顶在了关键地方，大约就是中医说的穴位，惹得他手脚发麻。

更要命的是，许杭立刻拿起了方才断裂的木头，尖头对着他的脸，直直就要插下来。

那眼神，那动作，没有半点儿犹豫！来自死亡的威胁一下子让他如灵魂出窍了一般，整个人定在原地不敢动。

就在那木头要扎上去的一瞬间，袁野吓得大喊出声：“许杭！”

恍如惊天回魂，许杭眼神一动，手也偏了一下，错开一点儿角度，木头几乎贴着男人的脑袋插在泥土地里。

只差一寸，就出人命了。

饶是如此，男人的一点儿头发仍被削掉了。男人满身冷汗，衣服都湿了，自以为是的表情被惊恐彻底取代。

许杭再度拿起木头，捏着对方的下巴，把沾着泥土的木头塞到他嘴里，不屑道：“我们贺州城的人，你惹不起。”

那种窒息的感觉终于消失了，男人后知后觉地吐出嘴里的东西，对着许杭一行三人的背影骂骂咧咧道：“你……你们竟然敢侮辱我……”

这时，人群里走出来一个人，声音铿锵有力：“健次，够了。”

许杭回头看了一眼，是一个穿着黑色风衣的女人，就是在法喜寺见过的那个。没想到她和那个男人是一路的，只不过她的口音一点儿也听不出来。

叫健次的那个男人十分不服：“惠子，他们这是……”

“闭嘴！”叫惠子的女人脱下手套，狠狠甩了那个男人一耳光，五个印子印在他右脸颊上，他刚把头转回来，惠子反手又是一耳光，“真丢脸。”

健次心有不甘，低下头，仇恨地看着许杭。

惠子打完了，又把手套戴上，走到许杭面前，带着歉意说：“这次的事情是个意外。这些钱就给这位受伤的先生看病用吧。”

许杭没接，拒绝道：“不必了。”

回到鹤鸣药堂之后，许杭让药徒去给小铜关报信，令乔松去查封了那个黑擂台。至于那个大汉，许杭让专治骨的李大夫给他看了一下，又送了他几包活血止疼的药，听他千恩万谢许久，才把人送走。

袁野也在那儿涂药，因为伤在背上，所以他脱了上衣，等药干透。他仍在想刚才的事，忍不住道：“没想到你还有两把刷子呢。”

许杭一边捣药，一边说：“只是那人没准备罢了。”

袁野点了点头，说：“谢谢你啊，帮了我一个大忙。”

“我还没问你为什么会在那个地方。”

“哦，我不是在查都督的事吗，到处都没有线索，就想着去一些平常忽略了的地方看看，或许会有发现。”

许杭把药倒在瓶子里，问道：“你对都督的事可真上心，查出什么线索来了吗？”

“没有，我只是觉得，凶手一定还在贺州城里。”

“为什么这么说？”

“首先，这不是激情杀人，而是有预谋地杀人。阮小蝶从来没有出过府，能与她一起做这种事的，一定是与她常来往的人。再者，插金钗这么有仪式感的举动，对凶手而言一定有非常重要的意义。不过说到底，也只是我的一点儿猜测罢了。”

许杭点点头道：“那祝你早日找到凶手。”

背上的药干了，袁野穿上衣服，系扣子的时候才想起来什么似的道：“刚才那个女人，我好像在哪里见过。”

“大约在报纸上见过也不一定。”

离开鹤鸣药堂，袁野坐上自家的车，头靠在椅背上，久久沉思。

他一直在回想之前的事，许杭拿着尖木头，瞬间释放出来的杀意让他无法遗忘。他相信，许杭不是出于愤怒才发挥得那么好，更何况，那个叫健次的人既然敢在擂台上叫嚣，一定是个练家子。

一招制敌，至少得有点儿真功夫。

那不是平常的许杭。

可是心里有个声音在不停地说，那才是真正的许杭。

袁野脑子里突然蹦出一个惊人的猜想，就连他自己也被这个猜想吓到了，连连摇头，觉得不可能。

这时，驾驶室的司机转过头来，笑得露出了虎牙，问道：“少爷，去哪儿？”

“小井？”袁野很惊喜，“你怎么来了？”

小井是袁野家保姆的孩子，从小和他一起长大。

小井撇撇嘴，说："少爷，你不厚道，回国了也不跟我说。这不是老爷这次来贺州，我就跟着来了，以后有什么事吩咐我就行！"

"那你真是帮大忙了，以后可辛苦着呢。"

"没问题！"

小井问他去哪里，他内心挣扎了一会儿，最后报了一个地名。

都督府此刻已经辉煌不再，门可罗雀。门上贴着封条，很多人觉得忌讳，哪怕路过门前，也躲得远远的。

袁野还想来看看有什么遗漏的证据。他承认自己对许杭有点儿怀疑，或许许杭知道一些事情。

他一面觉得自己怀疑朋友很可耻，一面又实在忍不住往这方面想。许杭露出凶相的那一瞬间太令人震撼了，让他不由自主地对其存有怀疑。

来到都督府门前，他伸手想撕下封条，就听见有人叫他："袁先生？"

他回头一看，是个穿着鹅黄色洋裙的女人。

女人走上前，笑得温婉，打招呼道："真的是您！您好，我是顾芳菲。"

袁野记得她，在都督的寿宴上，他扶过顾芳菲一把，于是很绅士地说："顾小姐，您好。"

顾芳菲开心地说："一直很想谢谢先生呢，上次您来家中，我不在，为此我惋惜了很久，今天务必给我一个请您喝咖啡的机会！"

离都督府不远的地方正好有一家洋餐馆，袁野也不急这一时半刻的，便说：“该是我请客才对。”

二人在餐馆里落座，两杯热腾腾的咖啡端上来。这里环境优雅，小提琴手拉的曲子悠扬动听。

顾芳菲先开口道：“袁先生还在查都督的案子吗？”

“是啊，这事儿陷入了瓶颈。”

顾芳菲脸上带笑，颇有深意。袁野看出来了，便问：“顾小姐有什么看法吗？”

“看法倒谈不上，只是我一向不耻都督的所作所为，虽然以杀人作为报复手段的确不对，可这件事，我还是站阮小蝶。”

袁野听完，也笑了笑。

顾芳菲面露疑惑，问道：“袁先生可是觉得我说错了？”

袁野忙摆手说：“不是的，其实这就是法治和人治的不同罢了。我在英国遇到过一件事情，小姐有兴趣听一听吗？

“愿闻其详。”

“这件事的起因是一个私自制造毒气的化学家为了验证自己制出来的成品的效果，在一辆公车上投毒，造成一人死亡、十八人终身伤害，情节恶劣。此事一登报，民怨沸腾，所有人都请求法院处死那个化学家，你猜结果怎样？”

顾芳菲想了想，问道：“难道这样都没能处死他？”

“他的辩护律师据理力争，最终给他免了死刑，判处终身监禁。民众不服，甚至有人在结果公布之后于庭外殴打律师，最后连警察都出动了。法院大惊，法官出来解释。那番话，我印象深刻。”

袁野喝了一口咖啡，继续说：“法官说，法律就是法律，做出终身监禁的判决是因为法律规定如此。如果民意可以改变判决，那么法庭、法律、法官甚至警察和政府都没有存在的必要。我们会努力争取法律的改进，但膨胀的民意就是暴乱。”

顾芳菲深深颔首，她明白了其中深意，回道：“所以，都督死得不冤枉，但这不是最好的解决之道。阮小蝶的可怜之处，就在于这个世道还不够公平。”

“其实，如果是我，我也会想办法为阮小蝶争取一条生路，但我希望能够以正当的手段去达成。”

顾芳菲用手支着下巴，说：“我很欣赏先生的观点。”

袁野略皱了下眉，然后帅气一笑，道：“总是先生小姐的，好像很生分，你不介意的话，我们就以名字相称？”

“当然。”

两个人嬉笑着聊了一会儿，这时，有个穿碎花裙、提着花篮的小姑娘走过来，脆生生地对袁野说：“先生，买朵玫瑰给你女朋友吧？我这玫瑰花还带着露水呢！”

这一声“女朋友”可把顾芳菲的脸都说红了，她赶紧出声：“小妹妹，我们不是……”

“你这花多少钱一朵？”袁野和善地问。

“五个铜板。”

“篮子里有多少朵？”

“还剩八朵。”

袁野从口袋里拿出一个银元给她，说：“我都要了。”

小姑娘捧着银元，惆怅道：“我……我找不开……”

“不用找，都给你了。”

小姑娘大喜过望，连连鞠躬。

“谢谢先生！先生，您真是个好人！”她掀开布，想把花拿出来，想了想，最后把整个篮子递了过去，“您给的还是太多了，这样吧，我把这个篮子也送给您，这是我母亲编的，可结实了！”

袁野揉揉她的头，柔声说：“好，我家正需要一个呢。”

等小姑娘一蹦一跳地走远了，袁野把篮子推到顾芳菲面前，说：“这玫瑰确实不错，我就占个便宜送给你，你别嫌弃。”

顾芳菲哪里会嫌弃，袁野这一番举动，既贴心地解了小姑娘的围，又让顾芳菲心里暖了一阵，实在是难得的高情商。

回国以来，顾芳菲既见过杀伐果断的段司令，也见过无恶不作的汪荣火，还认识了孤僻清冷的许杭，但她觉得，像袁野这样的谦谦君子最让人如沐春风。

她拿起一枝玫瑰，轻轻折断一截花梗，然后将花插在高高盘起的头发上，问道：“合适吗？”

袁野点头说：“好看。”

顾芳菲将手放下来的时候，一根忘了被除掉的刺划了她的指甲一下，顾芳菲略有所感，看了手指一眼，果然，食指的指甲上有一道划痕。

“嗯？”她轻叫出声。

袁野忙问：“可是受伤了？”

“没有，只是指甲油被划花了。”

为了证明自己真的无事，她还在袁野面前亮了一下手。谁知就是这一眼，让袁野的眼睛顿时放出一丝精光来。

“你们用的蔻丹都这么容易被划花吗？”

顾芳菲叹气道：“可不是，尤其是最近出的那几款，颜色好看是好看，就是太不牢固了，我这种不需要干什么活儿的人，一天下来也得去补一次，太容易脱落了。”

袁野提了个要求：“能借你的手给我看一看吗？”

虽不知袁野此话何意，但顾芳菲还是犹豫着把手递了过去。袁野低头一看，见她指甲上的蔻丹已经被划出一小块一小块的碎片，轻轻一搓，更多的碎片就如粉末一般脱落，掉了袁野满手。

“我知道了！”袁野陡然出声，一副恍然大悟的模样。

下毒的手法原来是这样！

小铜关的实验室里，法医忙碌地走来走去。

几个钟头后，陈生拿着报告走出来。袁野连忙站起来，就听陈生肯定地说：“你的猜测是对的，阮小蝶房间里的那瓶蔻丹油里含有大量的朱砂，可以说那就是用朱砂做的蔻丹油！”

袁野以拳击掌，高兴道：“总算是破了一个难题。”

被袁野从餐馆拉到都督府，又拉到小铜关的顾芳菲这下总算听明白了，问道：“你火急火燎的，就是因为猜到了都督是怎么中毒的？”

“是。管家说，阮小蝶亲手做东西时都有人看着，而蔻丹只要轻轻用指腹一搓，朱砂就会沾在手指上，阮小蝶利用这一点，无论是做膳、倒茶、添菜甚至点烟，都能下毒。她一个琵琶女，手指最为灵活，稍微遮掩一下，一定不会让人察觉。”

顾芳菲惊诧于如此迂回且精妙的杀人手段，但是她转念一想，又道：“可是这样也只是确定了阮小蝶是凶手，于追踪她的去向无益。”

陈生急着把报告递交到调查组去，听了顾芳菲的疑问，便笑道：“谁说没用，有了这铁证，至少这案子就能结了，大家也就能休息了！”

袁野坐在一旁的长椅上揉着眼睛，陈生一走，他就对顾芳菲说：“今天幸亏你给我启发，看来你真是我的福星。”

顾芳菲哭笑不得道：“反正我是一头雾水，不过能帮到你，我就认了这份功劳吧。”

她认真地看着袁野的脸，把袁野看得有些诧异，问她：“怎么了，我脸上有东西？”

“不是，我只是觉得你很细心，探案组的人忙前忙后，还不如你慧眼如炬。”

“嗯，我也觉得他们没了我真是亏大了。”

二人相视，皆捧腹大笑起来。

他们这边正为案情有进展而欢喜，殊不知另一边拿到最新报告的调查组高层将这份文件移交给袁森后，得到了最新的指令。

局长办公室内，袁森脸色沉沉如雾霭，灯也没开，只有窗外漏进来一星半点光，反衬得他格外瘆人。

“马上结案，凶手就是阮小蝶，让这事盖棺论定。”

不容置疑的命令让所有人都紧张了一下。

调查组面面相觑，硬着头皮说：“这……段司令还在外……”

袁森狠狠拍了一下桌子，声如洪钟道：“就是趁他在外！笨！”

“是！我马上去办！”

一群人鱼贯而出，不敢再有半刻的耽搁。一室幽暗里，袁森眼神狠辣阴毒，死死盯着案头上的那支金钗。

有些事情就该待在黑暗之中，永远都见不得光。

见不得光的还有一件事，不过是发生在另一个人身上的。

又到深夜，丛林端坐在床上，却没有躺下去，直到门被推开。

来了。丛林心里暗道。

那人一把摁住丛林的脖子，丛林的肩膀血一下子就溅了出来。

下一刻，一个毫不客气的巴掌带着戾气打在丛林的脸上。

丛林开始慌张，手臂开始剧烈挣扎，却被无情地反剪在身后，随即另一边脸又被扇了一巴掌。

如果丛林能像正常人一样发出叫声，那么此刻一定有凄厉的惨叫传出来。

无助的结果是妥协，每一次都是这样。

反抗无果，那就闭上眼睛吧。

等到他再次睁眼，已经是天亮了。

明媚的阳光让丛林闭上眼睛，房间里依旧只有他自己，没有别人，还有满地狼藉和满身新伤。

丛林收拾房间的时候，发现书架上有本书掉下来了，是一本白居易的诗集，他翻到其中一页，见上面写着：

花非花，雾非雾。
夜半来，天明去。
来如春梦几多时，去似朝云无觅处。

丛林扯出一点儿悲凉的笑意。

真应景啊。

天气渐渐暖和起来了，蝉衣早上坐在小板凳上做针线活儿的时候还在念叨：“司令都离开七天了……”

说来也巧，今日正是段烨霖回来的日子，也是段战舟一行人预备搬出绮园的日子。

许杭原本是不想去火车站的，只是被段战舟连推带拖，最后没办法，只能跟着去了。

火车站里没有别的人，这趟火车是专供，站台上除了段战舟、许杭和丛林，只有远处站着的一排兵。

随着一声拉长的鸣笛声，轰隆的火车声势浩大地驶入站台，许杭看着那滚滚车轮掀起的尘土，想到了自己当年风尘仆仆从蜀城赶来的情形。

一样的行程，却是完全不一样的心境。

段烨霖的车厢在中间，因此火车进站后驶了很久都未停住。

许杭定定地站着，看着火车出神，大约是太过于放松，以至于有一双手绕到了他背后，他也没发现。

突然，一阵推力从背后传来，许杭往前一扑，几乎要撞在行驶的火车上。

段战舟这时正巧扭过头看着远处，听到一旁许杭的低呼，吓得忙伸出手去，可惜距离太远，赶不上。

若是撞了上去，滚入轨道之中，则必无法生还！

千钧一发之际，许杭本想壮士断腕，以胳膊去挡冲击力，至少换得安全，却被另一只细瘦的胳膊快速地拉住了胳膊，往回一拽。

许杭只差一寸就要撞上火车，又受了这来回的猛力，一时没站稳，跌坐在地上，幸好胳膊上那只手还未松开。

“许大夫，可不能太出神呢。”一道低哑的声音在许杭耳边响起，那是许杭从没有听过的难听嗓音，音量小得唯有他们二人能听到。

许杭偏过头，就看到丛林那张如小丑一样的脸。

“你不是哑巴。”许杭心脏猛跳，压低声音回道。

丛林扯出一个笑脸，说：“你我都是伪装的。”说完这句话，丛林赶紧收回手，退到一边，假装乖巧地站好。

段战舟这时才走过来，把许杭扶起来，问道：“你没事吧，怎么好端端的突然摔了？差点儿没把人吓死，幸亏有人站你身边拉住了你！”

许杭用余光扫了丛林一眼，然后掸了掸身上的灰，答道：“没睡好，有点儿晕。”

许杭不会供出丛林，他知道丛林这是在警告自己如果把之前看到的事情说出去，对方就会下杀手。

至于后面那句话的深意，究竟是在探究，还是真有底气，尚且还要推敲。

不过至少许杭已经明白，丛林不是暗箭，而是一匹明狼了。

火车越驶越慢，最后像匹老马一样长长地吐了一口气，彻底停住了。

车门缓缓打开，车里走出一队兵。

最后一个走出来的是段烨霖，他脸上的胡楂长了一些，皮肤也黑了一点点，他大概没想到许杭会来接他，笑着将自己的披风扔到段战舟手里，然后走到许杭身边，高兴道：“怎么来了？”

许杭咳了两下，说：“回来了就赶紧回去吧，站着这儿吸尘土做什么？”

两个人往车停的方向走，走了一段距离，许杭偷偷回头一看，似乎是因为丛林离段战舟太近，又惹了他的厌烦，正被他狠狠责骂。

后来车队出发，段战舟不让丛林上车，把丛林一个人丢在了火车站。

滚滚灰尘之中，丛林额前垂下的碎发挡住了他心事重重的眼神和深沉的脸。

贺州城袁府，袁野怒气冲冲地跑进袁森的卧室，一推开门就责问道：“爸，你怎么能让人结案？！”

袁森刚起床，人还在床上坐着，看见袁野这副模样，摆出一副严肃的面孔说：“没大没小，不知道敲门吗？”

袁野冲到他面前，质问道："我之前就问过你，你不说，现在又这么草草结案，你在这其中究竟扮演着什么角色？"

"小野！"袁森怒视他一眼，"你这是在把你父亲当作犯人审问吗？"

盥洗室里的袁夫人听到争吵，赶紧走出来当和事佬，劝道："哎呀，你们爷儿俩多久才见一面，能不能少说两句，让我这老太婆多活两年？老袁啊，这孩子一向好奇多问，你好好跟他说一说不就好了！一家人，别吵架，有什么话好好讲。"

袁森闻言，脸色缓和了一些，走过去拍拍袁野的肩膀，解释道："小野，官场上的事情并没有那么简单。这看起来是一桩杀人案，可谁知道里面牵扯了什么利害关系？我让这件事赶紧翻过去，就是不想让它再发酵。"

"若真如你所说，那你偷偷让人查又是为什么？"

"你怎么知道的？谁让你进我书房的？！"袁森噎了一下，脸色又变了。

"你果然有事瞒着我。"袁野说得斩钉截铁，"你不说，我自己去查。"

袁森眉间皱起川字，严肃道："这件事已经板上钉钉，不容翻案！你也不许再查！听到没有？"

袁野看了袁森一眼，一言不发地离开了卧房，气得袁森在后面跳脚，袁夫人一个劲地安慰。

袁野出了袁府，小井看见他怏怏不乐，连忙迎上去问道："少爷怎么了，脸色这么差？"

袁野张了张嘴，意识到小井什么都不懂，说了也是白说，便又咽了回去。

都督的案子查到现在，他才终于明白那个凶手的厉害之处。

他把阮小蝶是凶手的证据做得太足、太满，就像预料到了上层的处置方式一样，给他们充分准备了能定罪结案的证据。

凶手真是该死的贴心懂事。

眼下他真的不知道是该继续查下去，还是置身事外，父亲的态度让他觉得里头的黑暗怕是如山高水深，深不可测。

小井看出他不愿意说，安慰道："少爷一向很聪明，有什么事想不明白也别急，慢慢想，小井相信没有什么能难倒少爷。"

这安慰虽然没什么用，但心意还是让人感动的。

袁野笑了笑，说："嗯，我知道。"

"少爷是在烦案子的事情吗？"

"是啊……无从查起。"

"没有怀疑的人吗？一个都没有？"

袁野想到那个清瘦的身影，便说："倒不是没有怀疑的对象，只是……对方的不在场证据很充分，原本不该再有所怀疑的，可是我总觉得哪里不对劲。"

"究竟是哪儿不对劲啊？"

"你说，一个人又不可能分身，那他是怎么做到在有限的时间里从一个地方到另一个地方去杀人呢？这完全不可能啊……"袁野越想越觉得自己真的是在钻牛角尖，"不可能，不可能，唉……最近事情太多，我越来越容易瞎想了。"

小井忙说："那少爷还是别想了，我们做点儿开心的事情好吗？少爷去朋友家做做客，或者看看电影、听听书？"

朋友。

顾芳菲。

脑子里不自觉地就蹦出这个人来，仿佛是一片迷雾中的一盏明灯，让袁野暂时有了一点儿方向感。

法喜寺。

许杭正一笔一画地抄写《心经》，每抄完一张就放进火盆里烧掉。许杭不是坐着，也没有跪在蒲团上，而是跪在坚硬的地面上。

长陵走进来的时候，看到第一根蜡烛都快烧完了。

“许大夫今日又是为什么苦罚自己？”

许杭没有停笔。

“因为我没能克制住自己。”许杭想起了去黑擂台那日与健次的交手，“我本以为自己不会再因为那种人、那种话而失去理智，现在想来，我还是定力不够。”

长陵将许杭手里的笔夺下，问道：“那抄了这许久，你可觉得心境平和了？可觉得定力提升了？”

许杭眨了眨眼，说：“至少给自己一个教训。”

长陵拿过一张新的纸，落笔若游龙，飘逸洒脱，他道：“其实你一向都看得很明白，所以我觉得这种惩罚方式并不适合你。别的人或许是不自知，但是你贵在自知，只是还不够通透罢了。”

他把写好的纸递给许杭。

许杭接过一看，写的也是《心经》，只不过从长陵的字形上能看出他的练达，不像自己的字，方方正正，如囚于混沌之中。

因长陵递东西的举动，许杭闻到了他衣袖间的气味，不是禅院里的香火气，也不是他常熏的香，倒有些像女人的脂粉味。

“你的身上好像沾了些别的气味。”许杭说道。

长陵倒是很坦荡，直接道：“近来总有一位小姐来听经，身上总是香气浓郁，便是寺院里的檀香也压不住那个味道。”

女人？

许杭试探地问道：“可是那个穿黑衣的女人？”

长陵回答：“确是黑衣。”

那应该错不了，就是她了。

长陵给许杭拿了一盒新茶叶，将人送到寺院门口。

段烨霖的车就在山脚下停着，他站在一片草地上，手里拿着枪，对着远处飞快奔跑的田鼠扣动扳机，田鼠的身子飞了出去，砸在地上。

“你的枪法很好。”许杭很少夸赞段烨霖。

段烨霖竟然把枪递给许杭，问他：“要不要试试？”

枪握在手里，沉甸甸的，许杭端详了一会儿，然后将枪口顶着段烨霖的胸膛，说：“你不怕我对你动手？”

“不怕。”

对手越坦荡，越容易让人失去兴趣。许杭移开枪，看着远处的一棵树，眯着眼睛瞄准。

段烨霖见许杭的手有些不稳，便指导道：“呼吸平缓一点儿，手端牢，看准即发。”

“发”字一落，子弹就出膛了。可是那一瞬间，许杭用力一甩枪，用左手摁着自己的右胳膊，眉头一皱，好像触电了一般。

子弹自然也失了准头，打在树边的田埂里。

“怎么了？”段烨霖紧张地给许杭查看，“没用过枪的头一次使，怕是被后坐力伤到了。”

许杭动了动，没什么大碍，便说：“我不擅长这个，还是不玩了。”

等许杭坐进车里后，段烨霖问：“今夜的拍卖会上有一大块难得的犀角，你有没有兴趣同我一起去？”

犀角，《本草衍义》有记载，以磨服为佳，入汤，散则屑之。

那是极其难得的药材。

若真如段烨霖所说，倒是值得一去。许杭也就顺便问了一句：“在哪儿办的？”

“领事馆。”

“为什么在那儿？”

“因为主办方是个叫惠子的女人。”

领事馆的晚宴正如火如荼地准备着，顾家的小宴席也准备得很贴心。

虽然袁野是突然拜访，可顾芳菲却欢喜得不得了，甚至把顾岳善私藏的好酒都拿了出来。

“袁野，欢迎你来。”顾芳菲酒量不错，酒风也很好。

袁野忍不住说道：“早知道顾家待客这么周到，我就早点儿来拜访了。”

两个人喝了一会儿酒，聊了一会儿天。袁野倒也坦诚，径直说了一些令自己烦恼之事。顾芳菲给不出建议，就会宽慰一二，能说点儿什么的，便知无不言。

正当二人聊得火热时，丫鬟从楼上慌忙跑下来，喊道：“哎呀，小姐，小少爷又要把戏跑出去玩了！”

顾芳菲一听，赶紧放下酒杯，站起来，用恨铁不成钢的语气说道：“这个孩子，真是的！你们都快去找！”

下人们赶紧出门分几路去找。

袁野见状，关心道：“怎么了？”

顾芳菲有些不好意思地解释：“哦，是我弟弟。现在的孩子，真是个顶个的鬼精灵！为了偷偷溜出去玩，早早把作业做好，骗我说自己在房间里温习功课，然后趁我们不注意，从窗户溜出去了。他指望着回来把作业一交，当我们不知道他这出金蝉脱壳呢。算起来，这是他今天第三次耍这种把戏了！”

袁野忍不住哈哈大笑道：“你弟弟可是个人才，别骂他了，这么聪明的孩子，可得好好培养。”

“不说他了，咱们继续聊咱们的。”

二人再度坐回桌前，拿起酒杯碰在一起时，一阵石击钟鸣的声音好似在袁野的脑海里响起，他的大脑瞬间清明了，连带着整个人都顿了一下。

“早早把作业做好……”他嘟囔着这句话，眼神有些涣散。

顾芳菲见他突然出神，诧异地伸手在他眼前晃了晃，喊道：“袁野？袁野？”

“啊……哦！不好意思，我突然想到一件事情。”袁野匆匆喝完杯中的酒，眼睛转了转，问道，“对了，上次你说是许杭帮你找匠人修的项链是吗？”

“是呀。”

“那能让我看看那条项链吗？”

可巧顾芳菲今天正好戴着，她从脖子上把项链摘下来，托在手心，说：“当然，只是不知道你这是？”

袁野接过去看了一会儿，回道：“听说这家店的项链都是限量款，现在怕是买不到了，我母亲的生日快到了，我想着如果好看，便找人做条一样的。”

说完，他低头仔仔细细地翻看起项链来，那认真的样子倒把顾芳菲看乐了，她道：“你要是真的看上了，就带回去描一份，我反正不急着戴它。”

袁野又看了一会儿，才说：“那倒不用，其实我母亲偏爱珍珠，还是另选一条的好。我觉得这项链还是你戴着好看。”

他走上前，想给顾芳菲重新戴上。顾芳菲轻轻撩起后颈处的散发，她感觉到袁野离自己很近，近到他的气息都喷洒到了她的肌肤上，顾芳菲忍不住面上一热。

因为项链的扣子很小，袁野有点儿笨拙，扣了好一会儿才扣上，指尖不小心触碰到了顾芳菲的皮肤。

顾芳菲激灵一下，猛地转头，鼻尖和袁野的鼻尖轻轻一碰。

一阵桂花香飘进袁野的鼻子，香味淡雅，一点儿也不庸俗。

顾芳菲低着头说：“谢……谢谢。”

袁野竟也觉得有些不好意思，忙道：“喀喀，没事。”

好在二人没尴尬太久，下人们就把小孩儿找回来了，原来他正在那儿爬狗洞，就被逮了个正着，浑身上下都是泥巴，脏不拉儿的。

“你啊你，让我说你点儿什么好？”顾芳菲走上前，指头点在自家弟弟的额头上，“听着！以后晚上七点以后不许出门！”

“哼！凭什么！凭什么！”小孩儿很不服气，上蹿下跳的，“我们班上的小风每天都陪他爸爸出去敲竹卖馄饨到三更天呢！”

“他那是懂事，给家里干活儿，你这是皮。”顾芳菲轻轻捏了一下他的小脸，然后让丫鬟把小家伙领回房间里去。

小孩子再哼哼唧唧，也只能心不甘情不愿地走了。

顾芳菲处理完小的，回头看那大的，就见袁野支着下巴，又开始发呆了。他不仅发呆，嘴里还念念有词，手指头在自己的下唇上摩挲着，仿佛在推演什么。

顾芳菲只当他是想案子想魔怔了，刚要出声，就听袁野一拍桌子，喊道：“我知道了，是障！”

“什么？”

袁野没回答她，有些兴奋地走过去，一下子握住她的手，激动道："你真的是我的启明星。现在我有点儿事要去验证一下，咱们改天再喝。"

懵懵懂懂之间，顾芳菲点点头。袁野快步走出了大门。坐在驾驶室的小井远远看到袁野走来，一骨碌坐直，打开车门。

等袁野钻进车里，他就脚踩油门，开得飞快。

"少爷，看你这么激动，是想到什么了吗？"

"我想出来那个时间的局了。"

来顾家之前，因为禁不住小井这个好奇鬼几次三番的询问，袁野已经将都督之死案的细节逐一说给他听了，他也很感兴趣，现在一听袁野这话，也激动了起来，连忙问："真的吗？那你快说给我听，我想了半天也没想透呢！"

"是障！"

"障？"小井稀里糊涂的。

袁野理了理思路，解释道："我们先假设这个人是凶手。如果说九点到九点半之间，他的借口是在匠人家里修项链，那么他要想离开，就一定要在时间上做手脚，也就是说，他一定在九点之前离开了。"

"那也就是说，匠人是帮凶？"

"不，匠人不一定是帮凶，但时间可以是。"袁野用右手手指敲着自己左手的手背，"我一直忽略了一个细节，匠人家里是没有钟表的，他当时跟我说的是二更天，而顾家的人跟我说的是西洋表的时间，所以我猜想，如果有人在打更上做手脚，那么匠人便会信以为真。"

听到打更声，谁都不会多想，匠人理所当然地信以为真。

原本应该在九点半打的二更被提前到九点，那么不在场证明就充分了。

小井恍然大悟，可随即又陷入另一个疑问。

“可是匠人的时间足足少了半个小时，他就……就一点儿感觉也没有吗？再说了，他修了那么多年东西，一条断裂的项链要修多久，心里总会有点儿数吧？”

袁野嘴角一勾，道：“这就是另一个障了。”

“嗯？”

“如果匠人修的根本不是那条坏掉的项链呢？”袁野给了小井一点儿提示。

“什么？我……我还是没明白。”

“我也是刚才才有这个大胆的想法。”袁野诱导小井往下想，“你想，如果今天晚上你原本要用这辆车送我去一个地方，但是很不巧，这辆车被你弄坏了，你既不想我发现以后责罚你，又不能耽误我的事，你会怎么做？”

“我会租一辆一样的车先瞒过去。”

“就是这个意思！”

这个比方已经打得十分恰当且通俗易懂了，小井的大脑飞速地转了转，倒也不负袁野所望，开了点儿窍，他接话道：“你是说，凶手借口去修断裂的项链，但是他事先准备了一条一模一样的、只是破损没有那么严重的项链去给匠人修，这样就缩短了在匠人那里耗费的时间，又让匠人做了自己的证人？天哪，这、这法子也太精巧了些吧。”

袁野点点头，声音沉了下去：“是精巧，如果不是今天在顾家意外地得到启发，我也是全然想不到的。”

小井猛地刹车，转过头说：“那咱们得赶紧回小铜关啊，这事不就……”

他一开口就后悔了，因为他想起来早上袁野心情不好就是因为这个案子已经被草草结案了。

袁野倒没想到结不结案的事，只是摇摇头，又推翻了自己的结论。他道：“可是……我没有证据。”

“你刚才说得不是很合情合理吗？怎么这会儿又说不对了？”

袁野往后重重一靠，揉了揉太阳穴，嗓音有些沙哑：“你忘了这有个前提是假设这个人是凶手。我方才所做的一切推理，都是基于我先臆断了凶手的身份。这其实并不科学。我没有任何证据能证明这个人真的如我所说杀了都督，说白了，我是先定罪，再为了圆我的想法，而给这个人画了谋杀线路图。”

按照这种思路，即便袁野怀疑的是管家，是孙匠人，是顾家的司机，甚至是顾芳菲，都可以画出一条合情合理的谋杀线路图。

他之所以怀疑许杭，也无非出于一种感觉，而这种感觉其实也可能是一种“障”。毕竟，许杭可以因为同情而帮助阮小蝶，可以因为善良而包庇阮小蝶，但实在没理由去杀汪荣火。

以他对许杭的认知，许杭不是那么冲动的人。

小井也陷入了沉思，问道：“现场就没有任何能够直接锁定凶手的证据吗？”

“要是有，就不会拖这么久了。”

现在袁野心里憋着一缸的情绪和秘密，如酿酒一般越积越多。如今结案已经是板上钉钉，段烨霖回来后知晓了也没有发作，这件事显然不会再翻起什么风浪，他调查至今，无非是想知道真相而已。

可是，自己的父亲好像也牵连其中，他没法儿那么畅快地去查了。

不过，他还是想亲自问问许杭，他当许杭是朋友，只要许杭开口，他都会选择相信。

“开车，去领事馆。”

◇第四章　缠枝坠

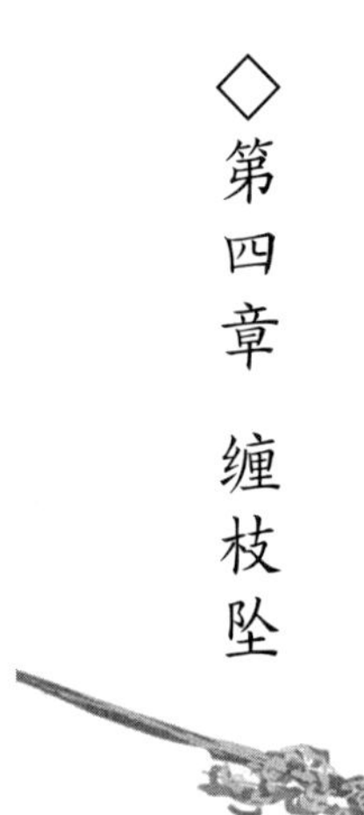

领事馆的宴会办得奢华无比。

这次拍卖会，惠子不仅准备了藏品，还开放了渠道，让民间私藏家可以带藏品前来鉴定，若是鉴定出来确为好物，也可一并加入拍卖行列。

许杭和段烨霖到场的时候，惠子刚刚亮相。

今夜的她尤其美，一身黑色鱼尾长裙，配上长长的袖套、黑珍珠耳坠、朱红的唇膏，袅娜地从楼梯上走下来。

最漂亮的是她脖子上戴的画珐琅缠枝花卉纹蝶式吊坠，听说也是今晚要拍卖的藏品之一。

她一下来就像沾了温水的棉花一样，软乎乎地融进了那群看迷了眼的男人之中。无论是富甲一方的商会会长、身着警服的警察局局长，还是文质彬彬的特派员，此刻都像小鸟一样，围在她身边叽叽喳喳地争脸。

惠子似乎被那个特派员逗得很开心，微微扬起下巴，掩嘴笑得极灿烂。

“特派员这句话可真是在嘲笑我，贺州城的贵妇人那么多，哪里会被我比下去。”说完后，她轻轻贴上去，靠近他，吐气如兰，眼睛狡黠得像猫，“不过您这么说，我很开心。”

那个特派员不自然地咳了一下。

惠子又端着酒去了另一个角落，对着一个默默看着她的穿西装的男人巧笑嫣然道：“我的鞋子有些不合脚，我能在你旁边坐一坐吗？”

那个男人脸一红，赶紧站起来，把凳子拉出来，做了个请的动作。

惠子拎着裙子坐下，坐定后顺势握住了那个男人的手。男人的脸更红了。

惠子咬了咬下唇，说：“谢谢你，你真好，一会儿要记得来请我跳舞，别忘了。”

那个男人如被蒸熟的虾一样面红耳赤，忙不迭点头。

进门不过十分钟，许杭看见这个女人像花蝴蝶一般在不同的男人之间周旋，寥寥几句便能收割他们的灵魂。遇见腼腆的，她就巧妙主动；遇见大胆的，她就欲拒还迎；遇见严肃的，她就端庄高雅；遇见热情的，她就活泼大方。

千面一人，变化多端。

如果说风月楼的莺花有见人说人话见鬼说鬼话的本事，那么拿她和莺花们比，对她实在是一种侮辱。她俨然是贺州城的一朵交际花，睿智的大脑，高傲的气质，即便做出诱惑的姿态，也不会显得放荡。

当然，她是男人眼中的蜜糖，却是女人眼中的砒霜。

许杭侧过脸对段烨霖说：“她倒有意思。”

段烨霖问：“见过？”

“嗯，每见一次，都不一样。”

段烨霖转身对乔松低语："这儿鱼龙混杂，我若是不在的话，你一定要跟好许杭。"

乔松点头应道："是！"

惠子刚和一个法国人贴完面，转身就走到了段烨霖和许杭的面前。

许杭也好奇，她究竟会用什么样的手段来对付贺州城最出名的段司令。

出人意料的是，惠子一敛方才所有的性感，很正经地伸出了一只手，说道："终于有幸见到段司令，您能光临，是我的殊荣。"

语气平淡得如白开水。

段烨霖的手象征性和她碰了一下，他回道："幸会。"

她转身便走，丝毫没停留，直奔他们身后的一个富商。

"看到了吧，这是个修炼成精的人。"段烨霖在许杭旁边评价道。

许杭也看出来了，惠子对段烨霖没兴趣，因为她一眼就看出段烨霖是不会因她的谄媚有丝毫动摇的。不在做不到的事情上枉费时间，只把力气用在能成功的事情上，确实是个很通透的聪明人。

此时离拍卖会正式开始还有十五分钟，觥筹交错之间，有个人气喘吁吁地从门外闯进来，面露不悦，手里抱着一个锦盒，一看到惠子就冲了过去。

那人一见到惠子就破口大骂："不识货的女人！我这个可是价值连城的古董！你们从哪里请来的假专家，竟然说我这个不值钱？！今天你们一定要给我个说法！"

他的嗓门粗且大，像破锣一样，听得人耳朵难受。领事馆里顿时安静下来，数百双眼睛盯着男人看。

几名卫兵见势不妙，正要上前把人拉走，就见惠子敛了笑容，摆出高傲的姿态，摆了摆手，问道："请问先生贵姓？"

"免贵姓庞！"

惠子款款上前道："庞先生，中国有个词叫以礼相待。可是以您这样的礼数，即便您的东西很贵重，我也可以让人撵你出去。不过，既然你不服气，趁现在大家都在，你不妨拿出来给我们看看，如果真的是鉴定有误……"她打了个响指，一个侍者拿了一瓶酒上来，"我就干了这瓶酒给您赔罪。"

庞先生是个大老粗，一听人家一个女人都这么说，自然底气十足地说："成！一言为定！我要是错了，你就把这酒浇在我头上！"

话既出，庞先生马上打开自己带来的锦盒，将里头的宝贝端给大家看。那是一个青瓷枕头，上面是一幅寒山拾得子图和一首狂草诗。

他还在那儿显摆道："看看啊，都开开眼！这可是皇家最受宠的小公主下葬的时候枕的枕头，看看这色泽，这可是上好的青瓷！虽然年头儿近，但这是御赐之物，再加上用它之人，算不算得上是无价之宝？"

他说得煞有介事，不少人都带着点儿怀疑交头接耳。

谁知惠子"扑哧"一下，笑得很不客气。

庞先生自觉受辱，怒道："笑什么，你可是不信？"

惠子走上前，一把夺过他手中的枕头，放在手里，边把玩边说："若是说青瓷，先生这件东西的确还算不错，应该是个好窑出产的。但在宫里头，哪怕是娘娘们用的枕头，也该是青玉做的，更何况你说的还是最受宠的小公主。"

她围着庞先生转了一圈，讥讽道："再有，你编故事也要编得像一点儿，你这枕头，谁知道是给谁用的？”

庞先生被她说得支支吾吾，他知道的这些都是从卖给他东西的古董商人那里听来的，他一个没文化的大老粗，哪里知道这么多，便恼羞成怒道：“你！你说不是就不是了？”

惠子单手托着枕头，一反手，那枕头就会落地，她道：“看得懂上面的诗吗？几叠鸳衾红浪皱。暗觉金钗，磔磔声相扣。这是欧阳修的《咏枕儿》，说的是他与莺花云雨之时，金钗与瓷枕碰撞发出声响。你说，哪个不要脸的人会把这带着淫词艳语的枕头放进棺椁里陪葬？庞先生，对不住啊，你这玩意儿顶多也就是从前哪个达官显贵送给情人的，恕我们要不起。”

“哈哈哈！”人群中爆发出阵阵嘲笑声。

一席话说完，惠子手一抖，那瓷枕砸到地上，瞬间裂成碎片。她佯装惊慌地一掩嘴，然后转身说：“啊，不好意思，我失手了，健次，快去库房里把那个我不要了的粉瓷孩儿枕送给庞先生，那个名贵多了，庞先生大概也看得上。”

这侮辱人的功夫十分到家。

庞先生眼看自己要被赶出去，索性也豁出去了，大骂道：“你不过就是个臭娘儿们，懂个屁！大家别听她信口雌黄！”

惠子懒洋洋地打了一个哈欠，听到他这话，背脊绷得紧紧的，一抬眸，那鹰视狼顾之相竟然生生把庞先生这个大男人给吓着了。

她竖起一根指头，左右摇了摇，说：“那我就再纠正先生最后一个错误吧。惠子是我改过的名字，我的本名叫作文惠，而姓氏嘛……”

似是要说出什么惊世骇俗的话，她昂起头，像不容人侵犯的女神一般，端起那瓶酒，走到庞先生面前，把那瓶酒从他头顶浇下去，一滴不剩，最后一句话字字铿锵有力。

“与你口中那位皇家公主的姓氏一般无二。”

庞先生彻底闭嘴了，被人拖出去的时候还大张着嘴巴。

一场闹剧结束，现场很快被清理完毕，花蝴蝶继续四处飞舞。

许杭也被她最后那句话惊着了，原来她还是贵族出身。

音乐换了个节奏，场灯暗了一下便再度亮起，随即拍卖会开始。

段烨霖原本是想带许杭来看看那件犀牛角，若是喜欢，便买下来，可是他没想到，自打拍卖会开始，许杭就一直直勾勾地看着惠子，好像她身上有什么迷人之处。

段烨霖问：“看什么这么专心？”

许杭把脸转回来，回道：“没什么。”

敷衍无比的回答。

话音刚落，“砰”的一声，一颗子弹击中段烨霖边上的地板。

“啊啊啊！”现场之人被吓得心脏怦怦跳。

段烨霖手疾眼快地拉着许杭往边上一闪。

又是一声“砰”，这回子弹击中了吊灯，整个会场陷入黑暗之中。

“杀人了！救命啊！”

“快逃啊！门在哪里？！”

现场开始变得混乱，人挤人，人撞人，随后是酒瓶碎裂声、凌乱的脚步声，以及桌椅翻倒的声音。

段烨霖像只警犬一样精神起来，眼神霎时一凶，在黑暗中带着许杭东躲西藏，同时出声叫道：“乔松！”

乔松在黑暗中闻声摸索而来，应道：“司令，我在这儿！”

“你保护好许杭，找个安全的地方躲着！我去抓杀手！”

段烨霖交代完，拔出腰间的枪就冲进了黑暗之中。

会场里混乱不堪，不知道是谁关了门，不少人因看不清而四处撞来撞去。

“啊！别踩我！”

“开门啊！救命——”

段烨霖听声辨路，挑人少的地方持枪靠墙走，突然听到嘈杂声中有一道细微的扣动扳机的声音，他往地上一滚，刚才待过的地方就有两颗来自不同方向的子弹射过来。

杀手不止一个！

段烨霖不敢停下，赶紧顺着台阶往上跑，然后躲在一根廊柱后面，他趴在地上，耳朵贴在地板上听脚步声。

嗒嗒，嗒嗒，嗒嗒嗒……

除了四处逃窜的人的脚步声之外，有几个人的脚步声格外沉重。他在心里估算了一下，杀手至少有三个人。

他站起身，缓缓睁开了眼，现在他的眼睛已经有些习惯在黑暗中视物了，依稀能看到人影。他看到远处的地上有别人仓皇逃窜时掉落的外套，忙匍匐前进将它拿起穿上，伺机反击。

这群杀手是冲他来的，从刚才开始，他们总共开了四枪，三枪都是瞄着他的脑袋。这些人不是领事馆的人，他们不会蠢到在自己办的拍卖会上下手，况且他也听到了惠子让手下去找军队护场的命令。

看来，今晚得留活口问幕后黑手是谁。

换了一身装扮后，段烨霖直起身子试探着往前走。突然，他绷紧了身体，因为他觉察到前方的拐角处有人在靠近。

他把枪立起来，放慢了脚步，可怕的是，对面那个人好像也放慢了脚步。

千钧一发，以快为尊。

段烨霖迅速贴墙，蹲下身来，沿着墙根一点点挪，挪到拐角的墙根处，把枪端在身前，眼睛往上看，果然就见一个小小的枪头贴着墙面，露出了一点儿头。

就是现在！

他朝上猛地一开枪，那把枪就被打飞了，来自手上的震力让那个杀手猛地往后一倒，随后马上转身跑了。

段烨霖紧跟着开了一枪，只听一声“啊”，那个身影闪入走廊尽头。他再追上去，那人已经不见了踪迹。

跑得真快，段烨霖心想。

另一层楼，乔松带着许杭走进一间无人的房间，这房间有月光照射，勉强能视物。

许杭只走了两步就转过身说道：“这屋子看起来怪吓人的，我们还是换一间吧。”

“许大夫，现在情况紧急，您还是委屈一下吧。”

“我不想躲着。”许杭竟然在这种危险时刻发起难来。

乔松有些无奈，刚想劝点儿什么，就发觉不对劲。许杭现在是背对着窗户，正对着乔松的，借着月光，乔松看见许杭的嘴一张一合，似乎在说什么，却没有发出声音。

他睁大眼睛仔细看，看着看着，随后一个字一个字还原许杭的唇语。

帘、后、有、人。

乔松浑身一僵，如被施了定身术，余光往许杭身后的窗帘看去，果然看见一个黑洞洞的影子，一动不动的，月光下还有一个小小的闪着金属光泽的玩意儿，大概是枪，枪口对着他们。

冷汗涔涔往下滴，乔松一只手悄悄往腰间的枪摸去，嘴上说道：

“不过，您要是真的害怕，那我还是带您去找司令吧。”

“好。”许杭很淡定地说，然后信步走出房间，顺便带上了门。

他们摸黑走了好一会儿，乔松才大喘气道：“呼……许大夫，您的眼睛可真尖，刚才真是命悬一线！”

“现在也是命悬一线。万一那个杀手觉得杀了我们才能安心呢？快走！”

像是印证许杭的话，黑暗中，一道细微的开门声响起，许杭猛地扑向乔松，乔松只觉天旋地转，头撞在地上。

“嗖！嗖！”两颗子弹擦过他们头顶射进墙里。

此处竟然有两个杀手！

乔松还没反应过来，便觉腰间一松，许杭不知何时抢过了他的枪，以肉眼看不清的速度上膛，带着雷霆的魄力横空一扫，直指前方，开了一枪。

“啊！”一道沉闷的呼痛声响起。

下一刻，他们就听到血液喷出、肉体接连砸在地面的声响，那种命悬一线的感觉在黑夜里被无限放大，让人毛骨悚然。

他们保持着此刻的动作，不敢动弹，直到对面彻底安静了。

如果现在灯火通明，就能看得见乔松的脸上写满了不可思议。那么精准的枪法，那么熟悉的动作，黑暗之中，一枪毙命，一箭双雕，对方还是两个业务纯熟的杀手，许杭究竟是怎么做到的？

不可能是侥幸，那稳如磐石的动作，一看就是有功底在身的。乔松自问在方才那种情形下，他也不敢保证能做到这种程度。

也就是说，论枪法，许杭可能在他之上。

许杭收了枪，扔回乔松怀里，淡定地起身道：“走吧。”

这时，二人忽然听到一阵脚步声，顿时宛如被踩住了尾巴的猫一样耸起肩膀来，两双眼睛锐利如刀，冲着声源而去，只看见一个模模糊糊的高大身影。

“袁野？”许杭先认出了人。

那人顿了一下，然后快步上前关切地问道：“是。是许杭吗？”

真的是袁野。

许杭摇摇头，但是想到这里太黑，于是开口说：“你怎么在这儿？”

“我……”袁野觉得此刻不是说明自己来意的时机，“我也是来看藏品的，不过我来得迟，你没发现。”

“那你来得可真是不凑巧。”

“也是……”

许杭正打算说一起找个地方躲一躲，结果越过袁野的肩头，他看见有一个躺在血泊里的杀手晃悠悠地抬起了手，准备伺机动手。说时迟那时快，许杭猛地一把抓住袁野的领带，往前一拽。

袁野摔趴在地，躲过一枪。

“喀喀喀！”袁野被勒得一口气险些没上来。

“乔松，开枪！”许杭不敢耽搁，立刻提醒乔松。

然而，乔松的枪还没拿起来，又一声枪响，那个杀手倒了下去。

开枪者的脚步声铿锵有力，他跑到杀手身边，伸手探了探心脏，确认已死才走过来说：“没事吧？放心，这人已经死了。”

是段烨霖。

许杭、乔松和袁野全都松了一口气。太平的时候没感觉，只有此刻，大家才真切地体会到，这个守护贺州城的男人究竟有多么强大。

段烨霖依旧没有放松警惕，他道：“过来的路上，我开枪打死了两个，这里两个，我想……应该还有一个。”

“你怎么知道？”

“脚步声不一样，一开始有一个在我手下负伤，溜走了。”

“那咱们还是先下去吧。”

四个人相互照应，小心翼翼地往楼下走。

此刻，大厅里，惠子站在角落里，脸色阴沉，身前是那个叫健次的男人在保护她。

“出去报警的人还没回来吗？”她问道。

健次答道：“应该在回来的路上了。”

一场好端端的拍卖会竟发生这种事故，惠子自然心里不悦。

就在她扶着额头头疼的时候，一只手从她背后靠近，悄无声息地接近她的脖子。

惠子顿时感觉脖子被狠狠一勒，然后是链条断裂的声响，紧跟着脖子一轻，她摸了一下，吊坠不见了！

她刚想转头就被人推了一下，整个人扑在健次身上。

健次扶住她，问道：“怎么了？”

“有小偷！小偷抢走了我的项链！”

“砰”的一下，大门被人从外面撞开，无数举着火把的人从外面跑进来，将黑黢黢的领事馆照亮。众人先是惊慌失措地尖叫，看清情形后才有劫后余生之感。

救援军到了！

紧锣密鼓地排查、救援、安抚之后，一直到三更天，领事馆的残局才被收拾好。

所有的达官贵人都围坐在大厅之中，领事馆里清理出了三具尸体，身上没有任何标志性的印记。

带兵来的是段战舟和一个身穿唐装的人，那人蓄着长胡子，有几分仙风道骨的样子，可那双布满老茧的手却有砂锅一般大，是个练家子。

段烨霖一看见那人就恭敬道：“乔四叔。”

这个乔四叔，全名乔道桑，是段烨霖父亲生前的拜把兄弟。段烨霖的生父去世之后，乔道桑教会了段烨霖一身本事，如严父，也是一个苛刻的老师。不过，乔道桑是真的打从心眼里疼爱段烨霖的。

段战舟说道：“领事馆的人来不及到小铜关求救，先去了四叔那儿。四叔揪了一批离得最近的巡查哨兵先来，又派人来找我做后补，怎么样？都没事吧？”

乔松走过去，回话道：“这里的人都排查过了，没有杀手混在里面，需要让兄弟们送他们回去吗？”

段烨霖刚想点头就被人打断了。

“不能！”出声的是惠子，她板着脸走过来，重复了一遍，“不能放。”

“惠子小姐有什么高见？”

“杀手跑没跑，这事儿我不管，可是贼没有跑，一定还在这里。”

“贼？”大家听得云里雾里。

惠子身后的健次走出来解释说：“刚才在黑暗之中，有人趁机偷走了我们惠子的项链。”

众人往惠子脖子上看去，那条蝴蝶缠枝珐琅吊坠果然不见了。不过今夜生死一劫，谁还会在意这种身外之物。

段战舟有些不屑地说：“大概是混乱中掉了吧。”

惠子认真地说：“有人从我的脖子上抢走了它，那个感觉我很清楚。我希望大家不要误会，我不是一个小气的人，如果哪位先生或者小姐喜欢那条项链，我可以拱手相送。不过，我惠子的东西只能是我主动送，绝对不能是被抢走的。”

一番话说得很有皇家霸气。

人命关天之时，实在没人理会这种偷窃的小事，段烨霖便问：“那你想做什么？”

“搜身。”

话说到这里，目的就很明显了。

惠子显然不相信他们的排查，她甚至怀疑今晚是他们自编自导的戏码，所以她想自己动手调查，看看今夜那些杀手是否真的不在人群之中。

吊坠是否丢失不重要，这只是能让他们借题发挥的理由而已。

如果在现场的人身上搜出了那个吊坠，那就更有意思了，在场的都是各界知名人物，这无异于给了他们一个搅弄风云的借口。哪怕他们知道惠子别有居心，也找不出搪塞的理由，因为这会显得他们理亏。

乔道桑是这里辈分最大的，他宛如佛像一般的面庞上不见任何情绪，只说：“那就搜个安心吧。”

惠子略一点头表示谢意，指头一勾，几个人就分头去搜。

段烨霖没兴趣掺和这破事，想先送许杭回去，便和许杭往人少的一边走去，他看到许杭的拳头握得紧紧的，似乎牢牢抓着什么玩意儿。他用身躯挡住别人的视线，低头一看，竟是那个吊坠！

“你！”段烨霖左右一看，满眼不可思议，急忙把人拉到一辆车后面，用气音说，“是你拿的？”

许杭的手再度紧了紧，握拳至心口处，嘴巴抿紧，眼神淡然，点了点头。

“你疯了？”段烨霖不敢出声质问，只能从牙缝里挤出一星半点的声响。

他看到许杭这个样子，就明白许杭是不会交出这件东西的，可此刻也不是细细盘问的时候，搜查的人一会儿就要来了。

段烨霖去掰许杭的手，想拿走项链，可许杭的手就像被铁水封牢的雕塑一般，怎么都掰不开。

段烨霖气得厉声道：“你想留下这东西就赶紧给我！”

许杭手一抖，犹犹豫豫地慢慢打开了。段烨霖一把抢过，塞进自己的口袋里。

这时，那个叫健次的人走到了他们面前，一双贼眼不怀好意地看了看许杭，对手下命令道：“这人，仔细搜。”

两个下属凑上去，许杭一动不动，任他们搜。他们仔仔细细找了一会儿，然后对健次摇了摇头。

健次似乎有些失望，愤愤地瞪了许杭一眼，然后看向段烨霖。

段烨霖双手抱胸，问：“怎么，要搜我吗？”

两个下属有些犹豫，健次却不可一世道：“既然要搜身，当然都要搜一遍，谁知道会不会有什么意外发现。”

段烨霖冷笑两声，不屑道：“那我怎么知道你们是不是贼喊捉贼呢？”

健次张开双臂，说：“那司令你也可以来搜我呀。”

“小偷要偷东西，难道还会当着主人的面偷不成？”段战舟站在一边，很犀利地讽刺道。

“你！”健次气得想要动手。

段战舟不甘示弱地说：“怎么？小偷要打人了？”

段烨霖假惺惺地呵斥了自家堂弟一下，然后说道：“你要搜就搜，搜出来了，我随你处置，搜不出来，呵……别说我不给你们面子。”

健次最受不得这种刺激，挽起袖子就想动手。

“健次！”惠子出声拦住他，所有去搜身的人都已经向她禀报过了，既没有发现人群中藏有杀手的证据，也没有发现吊坠的踪迹，她只能适时收手，“段司令，抱歉，我们没有怀疑您的意思。”她凑上前去，压低声音道，“看来今晚都是误会。”

段烨霖换了个站姿，显得有些不耐烦，直接道：“那你们闹够了吧？”

惠子端庄地颔首，仿佛很懂礼数一般，说：“请您包涵。”

段烨霖给所有人打了个响指。

乔松得令，大喊道：“收队！”

一场闹得不可开交的乱子总算收场了，不过今晚对每个人来说都是失败的。无论是想借助拍卖会笼络人心的人，还是想借机暗杀的神秘杀手，抑或是想查清真相的探查者，都以失败告终。

军队分批次护送宾客离开，看着载着许杭的福特车开走，小井问袁野：“少爷不问了吗？”

袁野定定地站着，目光又似放空又似深沉，蓦地想到生死攸关之际许杭毫不犹豫地伸出援手，那些怀疑和探究，他实在是问不出口了。

他总有种自己在以小人之心度君子之腹的感觉，明明先开口说做朋友的是自己，可是疑神疑鬼的人也是自己，反倒是许杭，虽然素来冷淡，但关键时刻一点儿也不含糊。

“算了，不问了。”袁野做好决定之后，感觉自己轻松了一点儿，“不管是或不是，我还是觉得有这个朋友挺不错的，犯不着为了一个死去的都督和朋友生了嫌隙。”

小井看着袁野眉间连日来的愁意消散不少，打心底里为他感到高兴。

另一边，乔道桑的车载着段烨霖和许杭先到了金燕堂，放下许杭之后，乔道桑金口一开："烨霖，你去我那儿坐一会儿，我有话跟你说。"

许杭看了一眼乔道桑，佛相道骨，可从他捋须的动作，以及眼底深藏的愠怒和威严，便知是要发难了。

段烨霖嘱咐许杭早点儿休息，车子轰鸣一声，马上就开远了。许杭的目光追着车子，直到它变成芝麻大小，仍然没有收回。

金燕堂的灯一直亮到早上。

蝉衣进门送洗脸水的时候，发现许杭竟坐在桌边睡着了，身上的衣裳还是昨天那件，桌上的蜡烛都烧没了。

"当家的？"她轻唤了一声，许杭惊醒。

许杭猛一抬头，揉着眼睛问："他来了吗？"

"谁？段司令吗？"蝉衣放下脸盆，"没有来呢。"

许杭探头一看，太阳都升起来了，他总觉得有些不妙，便往外走。

蝉衣大叫："当家的，脸还没洗，您这是去哪儿呀？！"

这一喊还真把许杭喊回来了，许杭转身冲进来，拿了架子上的医药包揣进包里就又跑走了，任蝉衣怎么叫唤都没回头。

许杭叫了辆黄包车跑到小铜关，看守的人没拦就让他进去了。他跑到段烨霖的房间，甚至没敲门就想进去，可门是锁着的。

段烨霖从来不锁门的。

许杭只能转而敲门，敲了一会儿才听到锁舌里传来"咔嗒"一声，门打开，段烨霖穿着整齐，看到许杭，他惊讶地挑眉道："你怎么来了？"

许杭侧身进屋，抓着段烨霖的衣袖就要扯。段烨霖连连后退，一把摁住许杭的手，笑道：“你这是干什么？一大早的来跟我打架吗？”

“你昨晚去做什么了？”

“去乔四叔那里叙叙旧。”段烨霖一面说一面从兜里拿出那个蝴蝶吊坠，“你是来拿这个的吧？收好了，别给别人看见。”

那个蝴蝶吊坠许杭的确很想要，可是他此行的目的不在此。许杭佯装伸手去接，在触碰到的前一刻，手却转了方向，抓住了段烨霖的衬衫，随即狠狠一拽。

“刺啦！”

衬衫破裂，露出绷带，绷带上还能看得出血迹，显然是新伤。

许杭的瞳孔缩了一下，这似是在意料之中，他说道：“我猜得果然没错……”

段烨霖被许杭看穿了伪装，颇为惊讶，慌得伸手去遮。许杭推开他的手，让他坐在长椅上，拿出怀里的医药包说：“我替你重新包扎。”

段烨霖长叹一口气，脱下破掉的衬衫。许杭小心地替他解下绷带。

段烨霖背对着许杭，问道：“你是怎么知道的？”

“你从前和我说过那个乔四叔。”许杭剪开不好撕扯的地方，看到那些伤口都似藤条抽打造成的，大大小小二三十道，虽然未伤筋骨，却皮开肉绽。

“你说你四叔少时是闯江湖的，坑蒙拐骗皆干过，后来才从军。你父亲死前托孤，他义气得很，一向对你严格，若是偶有犯错，必会体罚。”

这事儿原本段烨霖只是当闲谈给许杭讲过，若不是昨夜乔道桑那张脸黑得吓人，许杭也想不起来这茬儿。

以老爷子那走江湖的阅历，段烨霖那点儿小动作怎么可能瞒得过他老人家的法眼？他没当面戳破，一来是护短，二来是想关起门来教训。

不过老爷子会下这么重的手，许杭还是有些意外的。

段烨霖笑了笑，说："四叔是怕我没了分寸，所以管教管教我。你别看这伤口吓人，其实他下手有分寸，我并不疼，没大碍。"

许杭给伤口撒上药粉，冷冷地说："我是大夫，伤重不重，我有数。"

段烨霖吃了个瘪，安静下来不说话了，任由许杭将他大大小小的伤口都处理了一遍，再用新绷带缠好。

许杭小声说："对不起，是我给你添麻烦了，你本可以不用受罪的。你不问我为什么那么做，不怀疑我吗？"

段烨霖坦坦荡荡地说："不是你说希望我不要问你吗？我不怀疑你。"

许杭垂下头，微微有些发抖，好似在做心理斗争，然后松了口气，说："那是我已故的母亲戴过的配饰，是从她娘家带出来的。蜀城大乱的时候，家中被一抢而空，这个吊坠也不知去向。"

"所以你昨晚才会一直看着惠子？"

"嗯。"

段烨霖道："你可以告诉我的。"

许杭回道："我不想别人知道。"

好一会儿之后，许杭才想起另一件事，问道："昨晚要你性命的是谁？抓到了吗？"

"还没有，慢慢查吧，总会查出来的。"

乱世之中，到处都是危险，谁是执刀人并不重要，重要的是能不能躲过所有的明枪暗箭。

不过许杭有一件事压着没说，昨晚有一个杀手，他认出来是谁了。

段战舟近日在城里大肆搜查那些杀手的下落，忙得天昏地暗的。或许就是因为太忙了，段战舟总是记不起一些小事情。

譬如他早晨醒来的时候,发现自己竟不是睡在自己的房间里。

他拍了拍脑袋，想起昨晚和乔四叔多喝了几杯，后来的事情就记不大清了。

一旁的盥洗室里传来水声，门一打开，穿着宽松上衫的丛林走了出来，脸上还在滴水。

段战舟一下子拧紧了眉头，语气不善道：“这是你的房间？我怎么会在你的房间？”

丛林站在原地，战战兢兢地摇了摇头。

段战舟一上来就掐住丛林的脖子，把丛林像小鸡一样拎起来：“幸亏你哑巴了，不用听你这张嘴说什么让人倒胃口的话！”

丛林的脸憋得通红，嘴巴一张一合，看起来很难受的样子。

段战舟气不打一处来，狠狠地踹向丛林，怒道：“现在知道害怕了？呵，你对丛薇下手的时候，怎么胆子没这么小？嗯？！”

丛林一直这么忍着，直到段战舟说出这句话的时候才抬起头来，眼眶里含着泪花。

段战舟这才突然想起来，这个他厌恶至极的人，今年也不过十七岁。

十七岁，应该是个还容易害怕、容易受伤的年纪。

这时，门被轻轻敲响。

丛林赶紧撒了手，缩到一边的角落里去。段战舟开了门，门外是许杭。

许杭没进去，只是在门外一瞥就知道里面是什么名堂，解释道："一大早听到这儿很吵，所以来看看。"

段战舟手插口袋，回道："这儿是小铜关，不是你的金燕堂，这回我教训我的人，你没话说了吧？"

"本来就跟我没什么关系。"许杭看了看蹲在角落里的丛林，丛林也抬头看向许杭，"不过既然你这么不待见丛林，那我借来用一用，去我的药堂搬搬草药，你没意见吧？"

段战舟一把抓过丛林朝门外的许杭一丢，"砰"的一下关上了门，说："带走，带走，我巴不得看不见！"

许杭一路扶着丛林坐上黄包车。

丛林原本等着许杭先开口，可是许杭气定神闲，丛林只得先打破僵局，问他："你是特意来找我的？"

许杭笑而不答，一直到回了鹤鸣药堂，到里间拿了瓶血竭粉放到丛林面前，说："拿去治治身上的枪伤吧。"

屋顶的一只麻雀恍如受惊般离去。

丛林眼神收紧，问道："什么意思？"

"你手肘上的疤痕，是你还住在金燕堂的时候，段战舟推你撞在火盆边烫的，伤口是半月状。巧了，在领事馆那晚，路过窗前时，我看见有个杀手的手肘上也有这么个疤。丛林，你是个聪明人，我们不用说得那么累。"

两个人带着试探互相对望，丛林轻笑出声，干脆大大方方地脱了外衫，露出肩膀上的枪伤，用嘴咬开瓶盖，将药粉倒上去。这么粗鲁的手法该是很疼的，丛林满头大汗，却没有吭一声。

是个狠角色。

丛林上完药，舔了舔自己的下唇，问："那你为什么不告诉段司令，让他来抓我？"

“抓你就等于打草惊蛇，我更想知道你在为谁卖命。”

“难道你现在不是打草惊蛇吗？我已经暴露在你面前，要么我杀了你，要么你杀了我，难道还有别的可能？”

“当然有。”许杭站起来，从内堂里拿了一件自己的旧衣裳给丛林，让丛林换下被血污了的衣裳。

“不管你上面的人是谁，显然都是与段家人为敌，而我能肯定的是，即便被识破，你也不会回去禀报你的主子。我说得对吗？”

丛林脖子一梗，如被掐住了七寸。

许杭了然于心，食指轻轻敲着桌面，说：“所以我才没有告诉段烨霖，你的尾巴已经藏不住了，留着你比杀掉你更有用。”

丛林听着听着就笑出了声，道：“许杭，你不告诉段司令，其实是出于私心吧？从看到你的第一眼起，我就明白，你是个比我藏得还深的人。我对段家人出手是因为上头的命令，可你想对段家人做什么？”

“这个不用你管。”

丛林歪着头，好整以暇道：“当然用不着我管，可我凭什么告诉你我的秘密？你大可以把我交出去，任他小铜关有什么刑罚，我也不会说的。”

许杭的身子往前倾了一点儿，他说：“你是个专业的杀手，严刑拷打对你当然无用，可是你想过没有，一旦你没了，你上面的人就会派一批新的人来对付段家人。到那个时候，你要怎么保护你想保护的人呢？”

这个道理，丛林不是不明白，刚才硬装出底气无非是想忽悠许杭，可是没想到许杭已经看穿。

“你想知道什么？”

“我说了，我只想知道你为谁效命。”

“告诉你我能得到什么？”

“出了这个药堂，今天的一切就当没发生过，我不会揭穿你，也不会以此要挟你，今后大家要做什么，各凭本事。”

许杭说完就给自己泡茶，一点儿也不担心丛林的回答。

许杭有足够的自信，因为丛林没有拒绝的理由。

处于愠怒边缘的丛林突然出手，对着许杭的脖子就要使力，许杭只茗茶，没动，薄唇轻启，问道：“用了我的药，还想杀我，不怕中毒而死吗？”

四两拨千斤，丛林的手在许杭的咽喉前堪堪停下，极为不甘。

见丛林那么紧张，许杭眉梢一挑，宛如耍猴一般说：“开个玩笑而已。”

区区两句话，便令丛林不战而败。

这一番交锋，是自己输了先机，现在不得不屈居人下，丛林讪讪地收回手，垂头思索了很久，手抓着桌子边缘，良久才抬头，从牙缝里挤出三个字。

“参谋长。”

得到这个答案，许杭并不惊讶。

如今政局摇摆不定，参谋长当然想排除异己，稳固自己的地位。

“这一次你失了手，只怕参谋长对你的信任要大打折扣了。”

“我可没听出你有为我感到可惜的意思。”

许杭摆摆手，示意丛林可以离开了。

出门之前，丛林回过头，似笑非笑地看了许杭一眼，道：“希望你以后别后悔今日放我一次，若得机会，我不会手下留情。许大夫，你不会总占尽先机的。”

许杭岿然不动，等人走远，才面无表情地评论了一句：“还是太嫩了。”

都督的死盖棺论定以后，袁森还是没有离开贺州城，甚至一把揽过都督的权责，与段烨霖有分庭抗礼之势。

这些都是许杭从段烨霖身上看出来的。

晌午过后，段烨霖气急败坏地把一份文件摔在地上，大骂："袁森这个老家伙，想敛财想疯了吧！"

许杭捡起来一看，是一份修缮贺州城下水道及军备临时仓库的计划书，不同之处在于，这份计划的经费来源不是批款，而是想以慈善的方式向一些有钱的商人公开募捐。

原本这个计划是段烨霖想出来的，甚至第一期的工程已经安排了工人去做，现在却被袁森给揽过去了。

"他要做就给他做吧，反正能办好就行了。"许杭说道。

段烨霖坐下来灌了一口凉水，说："他要是能办好，我至于发火吗？我还不了解他？募捐而来的钱财不知道有多少会进到他自己的腰包里去！他拿了钱，拍拍屁股就走了，剩下的烂摊子全是贺州城的百姓收拾！"

许杭翻了翻那份文件，眼睛一转，说："不管这钱是谁出的，这个工程总归还是国家的，出了事总是要负责的吧？"

"是。不过袁森是个老油条了，应付上面派来检查的人对他而言是小事。"

"那如果出的事是不容小觑的大事呢？"

段烨霖意识到许杭有主意，认真道："你细细说！"

许杭把文件放到桌面上，问他："你记不记得鹤鸣药堂对面原来也是有过一家药堂的？你知道它是如何倒闭的吗？"

"这倒没了解过。"

"那家药堂原来的当家为人宽厚，除了月例以外，每个月还会给每个大夫、药徒红包，久而久之，大家也就习惯了。可是老当家去了，新当家上台掌事之后，便去了红包这一支出。所有人平白少了一些钱，心里都不舒服，干活儿也就敷衍起来，不是少了一钱药，就是诊脉不用心，渐渐地，药堂的名声就坏了。”

许杭说完以后，给了段烨霖一个意味深长的眼神，然后继续说：“不论出钱的是谁，干活儿的永远是工人，千里之堤，毁于蚁穴，既然从上面扳不倒，那就釜底抽薪。”

段烨霖摸着下巴，越听眼神越亮，夸道：“有些事，我确实不如你想得细。”

说干就干，自当天起段烨霖就让乔松给第一期干活的工人每人每天多发一块大洋，工人们简直感恩戴德，直到二十天后，工程全部交接给袁森，这钱自然也就停了。

人心不足蛇吞象，自古如此。

工人们觉着少了钱，干活儿的时候就懒散无比，每个人都变着法儿地把自己的活儿少做一个大洋的量，不仅工程完成得慢，建起来的部分也只是皮相好看，内里一塌糊涂。

袁森哪里管这点子事，只想着面子上过得去就行，也就当个甩手掌柜。几月之后，工程建完了。

说来也巧，建成那天，贺州城赶上初夏的大暴雨，连着下了五天，那刚完成的下水道与仓库本该是最牢固的，没承想，贺州城里的破庙都挺过去了，而这号称花了大价钱的新工程直接崩塌了。

雨停了，大家一看，呵，好家伙，砖石都被冲得东一块西一块的，有行家拿起来一瞧，更不得了，那砖石竟都是空心的！

好事不出门，坏事传千里，这下子贺州城的民怨沸腾了起来。

段烨霖等的就是这一天，工程有损的那一刻，他就派人发了一封电报给上级部门，次日就有督察员风尘仆仆地坐火车赶来，到了现场一勘查，这实在是瞒不过去，只能如实上报。

至于这中间袁森折损了多少人力物力去圆谎，那就不得而知了，只知道上级大为震惊，并书信通报批评，责令袁森自负损失，并将此事全权转交段烨霖处置。

闹了月余，事情总算是朝着段烨霖期望的方向发展了。

袁府里，袁森气急败坏地摔了电话，怒吼道：“都给我查！看看到底是怎么回事！”

下属额头冒汗，赔着小心回答道：“我们去抓了几个工人，打了几顿就招了，都承认是自己故意懈怠……”

袁森暴跳如雷道：“一个工人懈怠说得过去，所有的工人都懈怠，怎么，是看不起我吗？”

“不是，不是，他们说，是段司令额外多给了他们很多钱，而……而您没……没给，他们才……”

“段烨霖！”袁森狠狠地踹翻了椅子以发泄自己的愤怒，面部狰狞，青筋一下一下地跳，像一头要吃人的狮子。

下属急忙劝道：“大人冷静！咱们慢慢商量，一定能再扳回来的！”

“去！去查！我要知道他段烨霖的罩门是什么！”

“是！我马上去！”

“等会儿！”袁森眼神狠厉，“顺便去附近的几个山头做点儿手脚，那些深山老林里的土匪也安分太久了，咱们贺州城的司令既然这么能干，也该出去做点儿大事才对。”

下属心知肚明，应道：“我知道该怎么做了。”

袁森打开酒柜，拿出一瓶红酒，咕嘟咕嘟灌下去，心里的火气却一点儿也没消下去。

段烨霖，他敢让自己损了大半的家财，自己也要他出点儿血！

最好，把命也搭上。

◇第五章　步步错

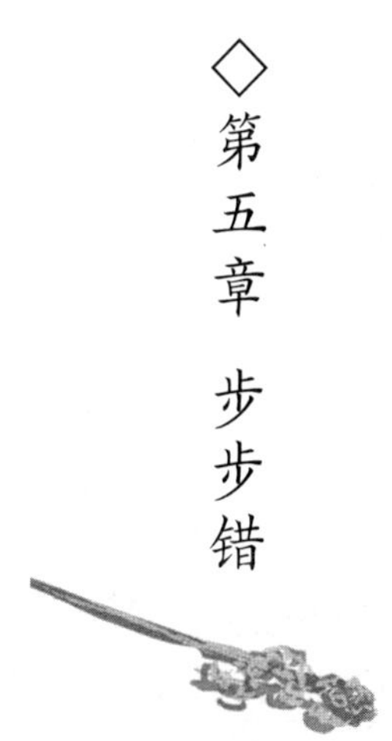

夏至之后，贺州城热得特别快。

顾芳菲换上一身新的蚕丝连体裤，去金燕堂做客。

许杭正在替段烨霖画贺州新的军备仓库分布和下水道渠道图，一看顾芳菲来了，忙停下笔。

“这是今夏最时兴的男装，我看你从来不穿这种衣服，一定也没有，所以送你一件，总有用得着的时候。”顾芳菲递上伴手礼。

许杭眼尖地发现，顾芳菲是带了两个礼盒来的，便问：“看来一会儿你还要去另一处拜访？”

说到这个，顾芳菲难得红了一下脸，说：“是啊，嗯……想去看看袁野。”

袁野？竟然都以姓名相称了，再加上那一脸如夏日花朵般的面颊，许杭明白了，打趣道：“没想到你们……”

“没有，没有，许大夫不要乱说，我们还只是朋友。”顾芳菲摆摆手，越发不好意思，她一向是个大大方方的女子，现在做出这种忸怩的姿态，可知是动心了。

许杭轻轻笑了一下，问：“你衣服口袋里插的那支笔好像是袁野最喜欢的那支？”

顾芳菲连忙一捂，此地无银三百两。

许杭又说：“他很好，你也很好，若是真的顺风顺水一线牵，是件好事。”

顾芳菲索性不害臊了，应声道：“那我便承您吉言了。”

两人说话的间隙，蝉衣点了檀香，前几日大雨，她想去去湿气。

顾芳菲一闻这檀香，鼻翼一收，觉得分外熟悉，说：“这香好像是法喜寺的。”

“不愧是专门做化妆品的人，这是长陵送我的。”许杭回答。

“长陵啊……”不知是不是许杭的错觉，说到这三个字时，顾芳菲的眼神涣散了一下，嘴唇微微一颤，好似欲言又止。

许杭遣蝉衣下去，试探道：“你也认识长陵？”

顾芳菲昨日刚去法喜寺上过香，现在被许杭这么一问，真是说也不是，不说也不是，内心挣扎了一下，还是开口说：“其实我昨日好像看到了些不该看的……”

“嘘——”许杭制止她，去把门关上，才说，“现在你可以放心说了。”

“你可知道惠子？”

“知道。”许杭不只知道，他们之间还发生了不少事情呢。

顾芳菲表情严肃地说：“我是在报纸上见过她的脸，又听父亲说起过她不少事情。昨日我去寺院，路过长陵的房间，竟然看见她……她抱着长陵！”

“她喜欢长陵。”许杭直截了当地下结论。

顾芳菲没敢说出来，只是不置可否地摇摇头，又点点头。

许杭沉默片刻，斟酌道：“这件事说出去实在不雅，我们都是局外人，不知道细节，还是别乱嚼舌根的好。”

顾芳菲明白许杭的意思，忙说："我明白，出了这门，不会再有下一个人知道了。"

要么说顾芳菲送的这件礼物实在是太合适了。

袁森对外宣布，说因为自己监督不善，给贺州城捐款的商人添麻烦了，因此想在自家府上设宴款待，聊表歉意。

有趣的是，他没有给段烨霖送请帖，而是给许杭送了一份。

无事献殷勤，非奸即盗。

许杭干脆换了衣裳去探一探，正面面对总比背后提防要好。

袁森家里举办的这个小宴会并不十分隆重，只请了二三十人，摆了三四桌，倒是挺低调的。袁野被他父亲叫回来，站在门口迎接宾客。

他老远就看到了许杭，只是没见过许杭穿西装的样子，看了老半天才大为惊喜，跑上前道："许杭？真的是你？哈哈，我差点儿没认出来！嗯……这样穿也好看，活像个刚留洋回来的。"

许杭回道："这还得多谢你。"

"谢我？"

"是啊，谢你找了个眼光独到的顾小姐。"许杭故意在言语上逗他。

袁野果然招架不住，轻咳两下，换了话题："哎呀……来，里面坐，里面坐。"

进门的时候，许杭看见一个管家模样的老人在张罗着布置厅堂，便驻足凝视了一会儿。

袁野凑上去问道："怎么了？"

"这个人……有些眼熟。"许杭指了指那个老人。

袁野定睛一看，说道："老杨头，我们家的管家，这次同我父亲一起来的。哦，对了，我想起来了，老杨头以前也是蜀城人，说不定你们还见过呢！一会儿宴会结束，你们可以聊聊。”

他这番话透露出的信息太多，许杭一下子来不及消化，反应了好一会儿。

“你……你们家？”

“对啊。”

许杭的脸色如刷过的墙一样白，嘴唇的颜色也褪了下去，他颤抖着说：“你是……袁森的儿子？”

“咦，原来你不知道吗？”袁野显得很无辜，一看许杭脸色不好，连忙关心地问道，“你没事吧？”

许杭垂下头，整理了一下自己的表情，好一会儿才抬起头来，不过比方才僵硬得多，回道：“没事……我只是没想到，我竟然和局长大人的儿子交上了朋友。”

不知是不是袁野的错觉，许杭这番话说得格外讽刺，听得人不大舒服。

就在许杭侧身进屋的时候，老杨头正好转过身来，瞥见了许杭一闪而过的身影，一时看愣了，直到被后头搬梯子的下人撞了一下才回过神。

“哎呀，杨叔，您搁这儿睁眼睡觉呢？！”

“干活儿不利索，嘴巴贼利索！快下去！”老杨头骂了两句，还想看看刚才那人，却已经看不见了。

他挠挠头，觉得大概是看岔眼了。

宴会过半，不少商人都喝得晕乎乎的。

许杭提防着，没有喝太多，只是象征性地动动筷子，甚至连菜也没有吃。

不过，该来的还是躲不掉。

许杭注意到袁森给一个喝得满脸通红的人使了个眼色，那人端着酒杯就冲许杭来了，坐到许杭身边，举杯道："许大夫怎么都不喝啊？来，我敬你一杯！"

许杭推辞了一下，说："近来身体不好，在喝中药调理，不能喝酒。"

袁森低声笑了一下，对那人说："哎，王戟啊，许大夫可不是一般人，你那点儿酒分量太轻了，怎么敬得起段司令的朋友！"

许杭这下算是听明白了，袁森弄这一出是想羞辱自己。

虽然他淡定，但袁野有些坐不住了，吩咐道："来人，王先生喝醉了，带到后面醒醒酒！"

"小野。"袁森瞪了他一眼，"大家喝酒喝得开心，开个玩笑，你不要扫兴！"

王戟得了袁森的授意，更加放肆起来，甚至将一只手搭在许杭肩膀上，不怀好意地说："就是嘛，开心开心。来，许大夫，我亲自敬你这一杯酒，你不会不给我面子吧？"

袁森一直在等许杭发怒，谁知许杭一动不动，像一团棉花，让所有的伤害都变得无足轻重。

王戟有些急了，拿起酒杯作势要强灌许杭，杯子刚举起来，腰间的穴位就被许杭暗暗一拧，他"哎哟"一声，身子一歪，摔了个大马趴。

许杭掸了掸肩膀，好像有什么脏东西一样，朗声道："看来王先生真的喝醉了，还是好好休息去吧。"

王戟一下子酒气上头，再加上看到袁森摸了摸胡子，暗示他添油加醋，他索性装成烂醉的样子，扯着嗓子大骂，甭管是不是真的，将所有莫须有的谣言统统安在许杭头上。

在座的人看向许杭的眼神就不那么友善了。

袁野再也听不下去了，上前拎着王戟的衣领往外一丢，喝道：“都瞎了眼吗？他醉成这副德行，还不给我堵上他的嘴赶出去！”

见袁野真的发火了，几个下人还是上前照他说的做了。

王戟被拖下去之前还狠狠剜了许杭一眼。许杭回了他一抹冷笑。

席间最气得不行的是袁野，他一把抓起许杭的胳膊，对在座的人说：“许大夫今日受了怠慢，我亲自送人回去，各位请自便吧。”

“小野！”袁森低声唤道。

袁野分毫不让，回道：“父亲，别让别人说我们袁家不懂礼数！”

袁野撇下一干人等，亲自送许杭上了车，他站在车外，满脸的歉意，却羞于启齿，或者说不知从何说起。

许杭道：“你不必觉得愧疚，这不是你的错。”

袁野心里乱得很，他看得出父亲是故意的，可是他不明白父亲为什么要针对许杭，所以他回答说：“等我弄清楚了，再登门给你赔罪！”

许杭点点头，车就开走了。

许杭坐在车后座，还是没想明白今天这场鸿门宴的真实目的是什么。

只是为了羞辱他？那也太小题大做了。

或是为了试探段烨霖？那也太小儿科了。

右眼皮不停地跳动，许杭越想越觉得不对劲。

突然，车子在平地上颠簸了一下，右侧的后胎爆胎，发出低沉的噗声，随即车子左右摇摆，冲向了道路另一侧。

“砰”的一声巨响，许杭再度睁开眼的时候，车子已经翻滚了几圈，冲进路边的溪水里，而他则被甩了出来，跌在溪中。

呼出的第一口气带着血腥味，带着黄泥，带着水汽。许杭闭上双眼，试图让自己平静下来，然后睁开，观察周围的情形，再伸手一摸自己，头顶上有两道口子，身上是细碎的伤口，都在往外冒血，新鲜得很。

车子完全侧翻，轮子还在空滚，开车的司机卡在变形的车头里，身体完全扭曲，似乎已经没有生命迹象。

一瞬间，阴阳相隔。

如果许杭没在车子翻转的千钧一发之际踹开车门，顺势让自己被甩出去，只怕见阎罗王的就是他了。

最可怕的是，车轮上插着一块长板，长板上是密密麻麻的钉子，这不可能是谁无意中放在马路中间的，也就是说，这是有人特意制造的车祸。

许杭再仔细看看四周，这根本不是回金燕堂的路！

他方才在车里思索，太过专注，压根儿没有注意到这是出城的路。

原来，原来……

宴会上的羞辱不过是个烟幕弹，袁森是要逼他愤而离席，再让人设下埋伏，事后就说是他先行离开的，与袁府无关。

事情到这里一定不会结束，车祸的致死率不是百分百，袁森既然动手了，又岂会留下隐患？袁森必有后招儿。

想通这一点后，许杭忍着疼想赶紧离开现场。

可刚动一下，胳膊就剧烈地疼起来，许杭用指头一探，便知道是脱臼了。他掀起衣衫咬住，下手一推一回，骨头“咔咔”两声，关节即刻复位。

松口的时候，许杭满头大汗，他是头一次给自己正骨，虽说做足了准备，但疼痛袭来时，仍是一次折磨。

许杭想起身离开，可惜来不及了，一阵马蹄声混杂着口哨声从远处传来。

“都别出岔子，不然我一枪崩了你们。”

“得了吧，老大，对方就一个人，还怕出什么幺蛾子？”

……

听这交谈声，像是贩夫走卒或山贼地痞。

许杭站在溪中，溪水没过脚踝，冰凉感由下而上地漫上来。

许杭握紧了拳头，眸子如淬了毒一般——这一次，是真的中计了！

小铜关里阴云密布，温度如数九寒天。

段烨霖拍桌怒喝，整个小铜关都抖三抖。

“你说什么？！”

乔松赶紧又说了一遍：“袁府那边传来消息，说土匪进城，把……把回家路上的许……许大夫给劫走了……”他越说声音越轻。

“土匪多少年没进城了？什么不好劫，就劫一个许杭？”

“可……袁府的人说，许大夫独自离去，遇上土匪打劫，袁森闻讯后，带人和土匪相斗，对方人多势众，袁大人最终负伤难敌，反而被土匪劫了不少钱财……”

呵，土匪既然劫走了钱财，为什么还带走许杭？

土匪要是真有那胆子下山，不劫商户，不劫百姓，瞎了眼去劫一个药材铺的掌柜？这谎话编得真是可笑。

“袁森人呢？”

“请了一堆医生在家治伤呢，说是半个月下不来床，闭门谢客。”

段烨霖一掌拍下去，厚实的桌面震了震，他咬牙道：“很好，袁森这老家伙戏唱得可真是足！”

“司令，现在怎么办？”

“他是要逼我出兵上山剿匪。”段烨霖虽然生气，但脑子没糊涂。

“剿匪？山上的土匪不足为惧啊。”

段烨霖抓着椅子的扶手，力道大得几乎要捏断那扶手，冷笑道：“他是要借刀杀人，土匪只是个幌子，他是要将我引到山里，让我腹背受敌，然后一举歼灭。”

“这也太毒了吧……”乔松也想明白了，“再有，您若是出兵，至少要带三个连以上的人，可是编制达到一个连就得上报，而批复一旦下来，您就非得把土匪剿灭干净不可了！”

段烨霖将拳头握得很紧，说：“他和土匪狼狈为奸，在给我下套呢！可是这个套，我还非入不可了。”

“司令……”

“我先点一队小兵去探一探，如果能把人带回来最好。乔松，你马上给总部发电报，来回批复最多两天，如果两天内我能带人回来，就再发一道撤销出兵的令，在批复下来之前阻止它；如果我没能把人带出来，你就领着兵上山和我会合，共同剿匪！”这事儿刻不容缓，段烨霖拿了帽子就往外走，乔松也马不停蹄，赶紧准备起来。

乔松很不放心，这么多年了，没有哪一场仗不是他和段烨霖一起上的，他说：“司令，还是让我跟您一起去吧！”

然而，段烨霖另有打算。

“你留在城里，先去找袁野，还有顾芳菲。”

“找他们做什么？”

段烨霖沉思了一会儿，说：“袁野和许杭有交情，大约也愿意帮忙。咱们和他演一出戏，让袁森以为人被我扣着了，至少让袁森忌惮一点儿。”

人质怎么能只有一方有，当然是双方都要有才行。

“那顾小姐？”

“笨！你大咧咧去袁府请人，袁森会让你进门吗？”段烨霖有时候简直受不了乔松这个老实人，脑筋转得太慢。

乔松终于听懂了，不敢有所耽搁，马上就着手准备起来。

虽然如此，可段烨霖有预感，这兵他非出不可，袁森做的手脚，他躲不过去。

他一秒都不敢耽搁，那些土匪多年不出山了，不知道是不是穷凶极恶的人，许杭落到他们手里，能不能保住命，实在是难把握。

大风大雨见过不少，段烨霖还是头一次觉得心里没底。

贺州城外的九荒山一向人迹罕至，是土匪驻扎之地。

从贺州城上九荒山的路较为崎岖，不停歇都至少得走一夜。幸好半山腰上有个废弃的茅草屋，充作旅人的歇脚处。

许杭醒来的时候就躺在灰尘满布的土榻上，屋顶上漏的水滴在身上，凉凉的。许杭记得自己晕倒之前被一群土匪绑了，现在双手被缚住，门外传来土匪们说话的声音。

“醒了？”

茅草屋里有道声音响起，许杭眯起眼睛一看，那人蹲在角落里，屋子里没有灯，所以他才一时没有发现。

那人往前走了几步，露出真容来。

“许大夫，我说过你会后悔的。”

丛林打扮得和土匪一样，邪笑着在许杭对面坐下。

许杭一下子就想明白了，问道：“是你做的？”

丛林摊摊手说：“我只是写信给袁森出了个主意罢了，没想到竟然这么顺利。”

一个年仅十七岁的人就有如此阴森的一面，许杭后背一凉，以前还不相信，现在看来，丛林是真的有可能亲手杀了自己的亲姐姐的。

“袁森和参谋长是一个阵营的人？”许杭得出这样的结论。

“聪明。”丛林回道。

其实不难猜，袁森与段烨霖已然对立，丛林借着他们分庭抗礼之势从中浑水摸鱼很容易。许杭只是没想到丛林会胆子大到利用袁森。

“重新介绍一下我自己吧，”丛林直起身子，坐得很端正，“我隶属于以参谋长为首的、代号为‘血朱雀’的地下杀手组织，是第7号杀手。顺带说一下，我姐姐丛薇是第6号杀手。我来贺州城的唯一目的，就是不惜一切代价杀掉段烨霖。”

半夜的山风阴森可怖，丛林脸上的伤疤动了动，明明那双眼睛显得那么无辜，可眼底的杀气却一点儿不减。

许杭动了动久缚的手腕，说：“你待了这么久才动手，看来暗杀的命令是最近才下的吧。”

“是，如果段司令能识时务，和参谋长站在同一战线，那我也不用这么麻烦了。”

许杭脸上看不出害怕，思路清晰地说出了丛林的计划：“等我进了山寨，你们会让我写一封求救信，再让土匪带给段烨霖，然后撕票。段烨霖上山之后，你和袁森里应外合，让他没命回去，我说的对吧？”

丛林鼓起掌来，赞许道：“果然没逃过你的眼睛，不过你明白得有些迟。有什么遗言，你可以和我说，我替你转达给段烨霖，算是报答你送我的那瓶药膏。”

许杭看了丛林一会儿，轻蔑地笑了一下，说：“你真的以为能那么顺利地送我进山寨吗？”

丛林双手抱胸，脑袋一歪，胸有成竹道：“除非你能灵魂出窍，否则你没有任何机会逃脱。你昏迷的时候，从头发丝到鞋底，我查了个遍，就连香囊我都给你扔了，你现在对我毫无威胁。”

屋子里安静了许久，许杭眼里闪过一丝狡黠，轻笑道：“丛林，你很聪明，可是聪明反被聪明误这句话你听过吗？”

两只狐狸对掐的时候是不会说废话的，丛林皱起眉头，等着许杭的下一句话。

许杭身子往前倾了一下，说：“你忘了，我是个大夫，大夫擅长用药，也擅长用毒。我身上的东西，你摸过碰过，就没觉得哪里不对劲吗？”

好一番瘆人的话！丛林瞪大眼睛，站起来往后一退，然后像是想到了什么，挽起衣袖看自己的手，皮肤上居然长出了大大小小的红疹子，不知道是不是被许杭的话刺激到了，竟然有些痒。

毒！

万万没想到，这种时候，许杭居然还能下毒！

“你……不可能，要是你能有所准备并预先下毒，怎么会蠢到被我绑走！”

许杭跟着站了起来，道：“这还得感谢你放钉板的地方两边的草丛里长满了毒草，在你发现我之前，我先行将毒草的汁液抹在了香囊上。别怪我没提醒你，表证已发，再不对症下药，你会死在我前面。”

丛林额头的青筋不住地跳动，这么一个千载难逢、一箭双雕的机会，没想到却出了岔子，丛林心中大为不甘。

“不就是一点儿毒草，城里又不是只有你一个大夫！”

许杭冷笑道：“现在这个时辰，等你下山进城，已经是半天之后的事情了，到那时候，毒入膏肓，你最多只来得及给自己买一口棺材。”

丛林退后了一步，许杭的自信让丛林不得不信。

他不能死，至少不能就这样死了，此刻许杭还活着，段烨霖也没攻山，只有活下来，才能慢慢算计以后的事情。

若是许杭是个笨点儿的也就罢了，可是许杭这么聪明，要是这次放他走了，自己就再也没法儿隐藏身份了。

左右都不是良策，丛林绷紧下巴，很为难。

现在轮到许杭胸有成竹了，他又坐下去，慢条斯理地说：“现在段烨霖一定已经知道我被绑了，不是在上山途中便是已经准备上山，你也不算毫无胜算，大家各退一步，怎么样？你我之间本来就没有什么仇怨，不过是都想要一条活路罢了，如果你真觉得把命赔在这里很值当，那我无话可说。”

如今的形势就如博弈，许杭将了丛林一军，就看丛林是弃卒保车，还是破釜沉舟。

“算你赢了……”丛林到底年纪小了些，咬牙道，“说吧，你想怎么样？”

“给我一匹马，掩护我离开，我告诉你解毒的方法。”简单直接的条件。

“外面几十个土匪，要我掩护你？别做梦了。”

“你总会有办法的。”许杭比丛林淡定得多，“我信你。”

以丛林的心机，不可能什么预备方案都没有，完全信任那群没有脑子的土匪。

果然，丛林阴恻恻地看了许杭一眼，一咬牙，出门去了。

许杭松了一口气，这一局，自己赌赢了。

丛林的办法倒也实在简单粗暴。

他把自己一早准备好的药下在土匪喝的酒里面，陪他们喝了一会儿后，自己到角落里吐了个干净，回来一看，土匪们已经“醉”得不省人事了。

丛林和许杭牵了一匹马，举着火把出山而去。丛林将许杭带到一条小路上，走了小半个时辰才停下。

“行了，到这里你开始走，他们追也来不及了。”丛林松了缰绳，“我就不给你松绑了，毕竟我也得留个心眼。”

许杭的两个手腕被缚在一起，握缰绳是足够了。许杭左右环顾了一下，一路上耳朵也没闲着，一直听着，生怕有土匪跟上来。

现在看来，四下安静，确实没有埋伏。

“你就不怕土匪发现你捣鬼？现在同我去自首，还能留条命。”许杭问道。

不过许杭心里亮堂着，丛林是不会答应的。丛林既然有本事做，就有本事开脱，几百个土匪的脑子加起来，只怕也没丛林的心眼多。

果然，丛林阴恻恻地笑了一下，说：“许大夫，你只是将了我一军就要我认输，还是早了点儿吧。”

凡是杀手，刀锋舔血，信的就是绝地反击，岂会轻易认输？

“怕你输得太难看。”许杭垂眸看丛林，眼神淡漠得很。

“如果你能安全下山，我会考虑你的话的。”

许杭掉转马头，正准备离开，却被丛林拉住了。

“解药。”丛林提醒许杭。

许杭从马上往下看，拉了拉缰绳，说：“你先松开。”

两人的目光撞上，丛林一根手指一根手指地松开，直到整只手都离开缰绳，许杭才道：“你现在再低头看看你的手。”

丛林应声低头，挽起衣袖，这才发现那些红疹子竟然消下去了，猛一抬头，许杭的马已经嘶吼一声，往前跑了几丈远。

黑夜之中，那道清冷的声音显得格外讽刺，从远处传到丛林耳中。

“所谓毒草，不过是番麻，回去用皂角洗几次手就没事了，不会要命的。”

摔在路边的时候，许杭确实是没有什么新招数，直到看到路边的番麻才陡然心生一计，临危备下，只等合适的时机能用上，或许还能占到先机。

番麻没有太大的毒性，只是碰到肌肤后会引起红肿，清理干净就没事了。

如果不是丛林这种太过聪明的人，或许还没这么容易上当。这就叫机关算尽太聪明，聪明反被聪明误。

许杭来不及多想，紧夹胯下的马，飞速往山下而去。丛林知道上当了，必会有后招儿，此时当然是跑得越远越好。

他看了看天上的月亮，估摸了一下时辰，段烨霖此刻应该已经知道自己被绑的消息了吧。如果不想让袁森的计划得逞，一定得赶在段烨霖出兵之前与他碰头才行。

这么一想，许杭骑得更快了。

山路上都是碎石头，马蹄踏在上面，总有细碎的声响。突然，一声清脆的咔嗒声响起，虽然不是很大声，可许杭还是及时“吁”

了一声，勒住马。

他翻身下马一看，发现马的两个前蹄都被人做了手脚。

如果再跑一会儿，一定会马失前蹄，摔下去，好一点儿的话只摔成重伤，差一点儿的可能跌落山崖而死。

这片丛林，实在不容小觑。

眼下后有猛虎，前路又不知有多远，许杭身上重伤未治，早已到了黔驴技穷的境地，他膝盖一软，坐在地上。

风凌厉而残忍，总想着吹熄火把。许杭一看，干脆把火熄了，免得暴露自己。

虽是如此，可火一熄，山路便更加难行。

许杭只能徒步往山下走，越走越觉得身上的伤口作痛。直到看到一块锋利的石头，许杭才蹲下身去，沿着锋利的一侧割绑着自己手腕的绳子。

石头粗糙不平，许杭动作之间总是不小心割到自己，手腕上更是勒出了深深的红印子。大约一盏茶的工夫后，双手才得以解放。

精疲力竭的许杭先是坐在地上缓了一下，才撑着一边的树干让自己站起来。

原来的路是不敢走了，许杭只能换另一条小路走。他抓着自己受伤的那只胳膊，跌跌撞撞，全凭一股韧劲往前走。

不能倒下，不能倒下，不能倒下。

过去多少艰难险阻都闯过来了，纵然命途多舛，他又岂能在这种地方跌倒？

越是这么告诉自己，眼前越是漆黑一片。

迷迷糊糊之间，许杭仿佛听到一阵脚步声，心里不禁发毛。

是土匪，还是丛林，抑或是袁森的人马？

就在许杭内心猜测犹豫之际，一道熟悉入骨的声音像一簇冬夜的篝火，瞬间照亮所有凄迷。

“少棠！”

许杭一抬头，如遇九天星辰。那人一身军装立于枯藤老树之下、羊肠小道之上，赫然如战神。

段烨霖另辟蹊径从小路上山，没想到竟歪打正着与许杭碰上。

然而，在看清许杭的瞬间，段烨霖浑身的血液仿佛在倒流。许杭如行尸走肉一般，站都站不稳，满身鲜血，衣服破损，甚至在听到段烨霖的叫声时，眼里也没有什么光亮。

段烨霖冲了上去，许杭宛如耗尽了最后一点儿气力，直直倒下。

“段……烨霖？”许杭气若游丝。

“是！是！你怎么样？”

许杭努力睁开眼，对他说：“还算命硬……”他余光看到段烨霖身后的一队人马，抓了抓他的衣领，悄声道，“快走……丛林在……在后面，再不走……怕走不了了……”

听到这个名字，段烨霖惊讶了一下，但来不及细想，赶紧带着许杭翻身上马，与一群人急匆匆下山而去。

疾风猎猎，骏马在崎岖的山路上飞奔，眼看离出山口越来越近，眼前出现了一座吊桥，跨过这座吊桥，出了山，再往前跑两个时辰就能进城了。

这座吊桥长约五十米，桥下是湍急的河流，因为是用木板拼成的，没法儿骑着马过，只能下马步行。

段烨霖将许杭留在马背上，自己与一众人下马，当他踏上吊桥的时候，年代久远的木板发出难听的吱呀声。

吊桥左右来回晃荡，大家只能小心翼翼地扶着绳子前行。

这时，段烨霖的马用力地跺了跺蹄子，发出粗重的喘息声，不安地摇头晃脑，甚至试图往后撤。

段烨霖耳朵一动，眉头紧锁，他猛然转头一看，立即冲所有人大喝："往回走！快！"

众人来不及反应，只知道听从命令，纷纷拉着马退回去。说时迟那时快，段烨霖的脚刚离开吊桥，摇晃的吊桥绳索突然崩断，整座桥分崩离析。

那一块块木板好似被囚禁了多年的犯人，一朝获得自由，便不顾一切地往外冲，霎时间掉得所剩无几。最后两个没来得及撤回来的士兵只能发出一声惨叫，而后坠入河里，不见踪影。

"好……好险！"一名士兵拍着胸脯，心有余悸道。

"这是怎么回事？刚才来的时候还很牢固啊！"另一个士兵也吓坏了。

段烨霖眼睁睁地看着吊桥崩塌，蹲下身去看扎在崖边的桥桩，上头剩余的绳索有明显的切割痕迹，但是割得不深，更像是个延时装置。

这就解释了为何段烨霖一行人来时没发现异样，直到现在才发生故障。设下这个圈套的人考虑得真是周全，竟然连这条不起眼的小路都事先做好了布置。

"这是想让我有命来没命回啊。"段烨霖冷笑了一下。

士兵问道："司令，现在怎么办？"

就贺州城的地形而言，没了这座吊桥，绕路过去要多花半天的时间，无论如何，在与乔松约定的时间内赶回去是不可能了，看来与土匪的正面一战是避无可避了。

在这一点上，袁森的目的算是达到了。

段烨霖下令："在附近找个能休息的地方，歇一会儿吧。"

既然要打，就先养好身体吧。

九荒山的清晨没有深夜那么可怖，麻雀落在枝头，发出叽叽喳喳的叫声，将整个黑夜的残酷都驱赶走。

许杭醒来的时候觉得身上没那么疼了，大大小小的伤口都被处理过了，身上裹着一件军大衣，人躺在一个小山洞里。

这是段烨霖的大衣，许杭认得。

他披着衣服往外走，见到十几个士兵在河边清洗。段烨霖赤着上身，一点儿也不怕冷地擦拭着自己，还时不时和士兵们调笑几句，不似备战，倒似野炊。

回过头看见许杭，他走过去，手里还端了一叶子的泉水。

“醒了？来喝一点儿。”

许杭确实口干舌燥，将水喝下，问道：“为什么还不下山？”

段烨霖坐在石头上等身上的水干，回道：“吊桥被人破坏了。我离开贺州城已经超过一天，就算我绕道下山，只怕乔松也已经拿到出兵令了。”

上头一旦下了出兵令，那就非得上山剿匪不可了，否则就是重大的治军事故。

许杭不由得想到丛林先前意味深长的话语，此刻方知这盘棋确实不好下。先是马蹄，再是吊桥，丛林也是很有“心”了。

螳螂捕蝉，黄雀在后，这局一环接一环，又被杀回了一招。

许杭点了点头，说：“他们这是要故意拖延时间。虽然我没有落在他们手里，但他们的目的还是达到了。”

山洞里有一簇快熄灭的篝火，段烨霖拿了一根棍子，在灰烬里捅了捅，扒拉出一大块黑黑的东西，然后一砸，里头竟有丝丝肉香飘出来。段烨霖手脚麻利地拆开，原来是一只用荷叶包裹、外头又裹上黄泥烤的鸽子。

段烨霖将肉一点一点撕碎，放在干净的荷叶上。他本是军旅草莽之人，偏偏英气之外又显得那般柔情，怪不得富庶人家都想把女儿嫁给他。

他将肉放在许杭面前，道："吃一点儿？"

一整日的颠簸，许杭自然是饥肠辘辘，用手指抓起一点儿肉放进嘴里，点点头道："很好。"

"这手艺可是我的独家绝技，战舟都没尝过，你是独一份，"段烨霖笑着把荷叶包整个塞进许杭手里，"都给你吃。"

他说："这山里野味倒是不错，等此事过了，再打些野鸽子回去给你吃。"

"大敌当前还想着野味，也就你了。"

坐了这许久，段烨霖身上干透了，想把衣服穿起来，一侧身，许杭正巧瞥见他肩膀后面有一个浅浅的印子。

印若上弦月，四小段沿弧而列，和别的蜈蚣似的伤疤一比，显得秀气得很，比周边肌肤的颜色灰一点儿。

是个牙印。

那印子很浅很浅，若不是清晨日光明媚，段烨霖又凑得这么近，那个小小的印子是很难被察觉的。

"这疤……有很多年了。"许杭是大夫，对伤疤的鉴别自然熟练。

段烨霖偏过头，从他的角度，自然是看不见的，军人身上的伤口都是勋章，大大小小数不胜数。

听见许杭的话，他想了想，说："嗯，是很多年了，我想想……得有十来年了。"

"能在你身上留牙印，倒是不容易。"

段烨霖赞同地笑笑，回忆起年少之事来："那些年动荡不安，好像是在一次城内大乱时被一个小孩子咬的。"

“小孩子？”

“那时候那个孩子大概是吓坏了。”段烨霖对这些细枝末节记得不是很清楚，只是隐约有些印象，“我身上的大伤我都记得，小伤多数都忘了，唯有这个倒是记得略清楚些，因为那小家伙的牙口是真厉害。”

可不是吗，历经这么多年，还和那些枪伤刀伤一样顽固地留在段烨霖的身上，可知是多么倔强的人咬的。

许杭看了一会儿就垂下头去，又把自己身上的大衣脱下来，还给段烨霖，道：“一会儿你给我两匹马，我先快马加鞭绕小路回贺州城，约莫等我下了山，乔松也已经从山正门上山了。”

段烨霖点头道：“我也是这么想的，我再派一个人护送你。”

“我不是这个意思。”许杭的眼神顿时变得锐利起来，“你留在这里等乔松的援军，我回城是替你解决后患的。”

此话里有危险的信息，段烨霖厉声道：“我是司令，带兵打仗我比你懂。你回城找个地方好好躲着，别让袁森找到你！听到没？”

“你是要我像只乌龟一样缩起来吗？”

“我来处理就够了！”

“段烨霖，”许杭冷冷地看他一眼，不容拒绝地回了他一句，“我不需要你来保护。”

段烨霖一时语塞，他这话虽是出于保护许杭才说的，但那种过于强硬的态度还是伤到了许杭的自尊。

他怎么忘了，许杭最恨的就是这种事。

一面是担心许杭，一面是维护许杭的自尊心，哪个都不能忽视。段烨霖想了想，委婉地劝道：“可你也是我守护的百姓，是可以躲在城里不听枪响，不见流血，让我去庇佑的人。”

"不听枪响？不见流血？"许杭意味深长地摇了摇头，脸上满满都是不信，"你怕是忘了，我进小铜关的路就是你用血与枪打下来的。"

"那不一样……"

许杭没等他说完就道："躲在城里的不是百姓，是懦夫。真正的百姓是会在危险的时候拿起武器出城应战的。"

"那是城破之后才会破釜沉舟！"

二人各执一词，谁都不肯退让一步，气氛微微有些僵，风从二人之间掠过，也显得尴尬。

许杭摩挲着军大衣的衣袖，那里有些破损，甚至还有毛边。许杭记得蝉衣好几个月前就提醒段烨霖去补一补，可是他一忙起来就什么都不记得了，拖着拖着就过了这么久。

这个人……大约天生就是要从军的。

许杭没有回头，低沉的声音柔和了许多："能庇护贺州百姓的，只有寺庙里的天神。而你，段烨霖，只是个人罢了。"

人，是血肉之躯，再怎么坚强，再怎么能干，也敌不过子弹穿体的性命威胁。段烨霖已经习惯了，习惯了做守卫，习惯了在战场厮杀，习惯了站在千军万马面前身先士卒，所以他从来没想过，他也只是个普通人。他更没想过，一向恬静的许杭说起话来竟然如此一针见血，句句在理，令他语塞。

看出段烨霖的犹豫，许杭替他下决心道："要么你留我在这里跟你一起对付土匪，要么你就让我回去，回去之后我要做什么，你也管不着了。袁森一定会断你的后路，如果你死在九荒山，他下一个杀的就是我。段烨霖，你应该清楚，让我冒这个险才是对的。"

段烨霖怎么不清楚，兵法之中，权衡利弊，轻重缓急，兵行险着……他太明白了。

“我知道了，那你去吧。只是你记住，若有万一，你只管自己跑，跑得越远越好。”

许杭胸口闷闷的，想说些什么，到了嘴边转个弯又咽回去，慢慢转过头说：“真到那个时候，我当然会自己走，你还是先关心你自己吧。”

话说到这里，越说越沉重，段烨霖索性不耽搁，牵了两匹马给他。许杭翻身上马，干脆利落地一扬鞭，在滚滚灰尘之中消失于山路的尽头。

眼见着人影消失了，段烨霖才收回目光。

青山之下，城中的百姓安逸自在，有谁会想得到，他们视为战神的将军正在渡一个生死之劫。

这一场生死劫，也是有破绽的。最大的破绽就在于它很仓促，所以漏洞在“人”身上。

许杭想到的路有两条，一是打断袁森的小动作，二是支援段烨霖。

他去的第一个地方就是领事馆，点名要见惠子。

今日天阴，似要下雨，风偏西南。

惠子大约真的很喜欢黑色，她穿着一身墨黑的长旗袍，看到许杭的时候，把手里的烟抖了抖，烟灰落在烟灰缸里，随后款款走上前，笑道：“哟，这位可是稀客啊。”

烟圈一吐，致命的优雅。

许杭点了一下头，双手抱拳道：“惠子小姐，客套话我就不说了，今天我来，是有事请你帮忙的。”

惠子落座的动作顿了顿，她露出一个娇媚的笑容，刚准备用桌上的茶具泡茶就被许杭拦住了。

许杭拿出自己带来的茶，说：“既然我有事请你帮忙，这泡茶的事还是由我来吧。”

惠子一笑，随许杭去了。

许杭泡茶的动作很娴熟，水一入铫，便急煮，候有松声，即去盖，以测其老嫩。温具，置茶，冲泡，倒茶，奉茶。

当茶叶在水中沉沉浮浮之时，许杭用如清茶般的声音将来意徐徐道来。

一杯香高味醇的茶被放置于惠子面前时，许杭该说的也都说完了。然而，惠子却没有拿起那杯茶来喝。

她换了条腿跷着，以一副美人靠的姿态窝在沙发扶手一侧，闻着茶香，舒服地眯了眯眼睛，慵懒地问：“许大夫的来意，我已经听明白了，可是我有什么帮助你的理由呢？”

“虽然你用了假名，可你是中国人，我想你应该也有一副古道热肠。”

不痛不痒的场面话。

“呵呵，中国人？许大夫就别跟我逗闷子了。”惠子捂着嘴，皮笑肉不笑，再度抬眼的时候，脸上的笑意全被戾气取代。

她的父兄为获得庇护，为过上衣来伸手、饭来张口的尊贵生活，竟然将一个闺阁女儿当作礼物送给别人，她哭喊，乞求，换来的只是父兄冷冷的命令。那天之后，她烧掉了自己所有的华裳，从此只穿黑衣。

许杭看了她半晌，道：“所以，你不打算出手。”

“吃力不讨好的事儿，我是不愿意做的。”

“惠子小姐莫不是觉得我是觍着脸空手来的？”

惠子越笑越放肆，看着自己的长指甲，一副爱搭不理的模样，说："钱财，我们不缺。况且，袁森有意与我们交好，你今天来，倒是提醒我可以和袁森好好联手，没了段司令，想必我们都会很高兴的。"

"惠子小姐，你说的那些我也清楚，可即便如此，我还是来了，因为我有这个自信能请你替我拖住袁森。"

惠子不屑地摇头，如猫一般慵懒地闭上眼睛，说："我？许大夫怕是要失望而归了。"

赤裸裸的拒绝。

对于她的回答，许杭一点儿都不意外，反而换了个风马牛不相及的话题："惠子小姐要不要尝一尝我带来的茶？"

"我不喜欢这种土茶。"惠子何等眼力，一看就知道那不是什么名贵的茶。她的舌头挑剔得很，不是好茶，她是不会入口的。

"我的这杯茶不在于品种，而在于种茶的人。"

神神道道的对话令惠子有些不耐烦，她起身道："许大夫，道不同，不相为谋，送客。"

下人立即出来收拾东西请他出去。

许杭叹了口气，细小的声音带着十足的杀伤力，他道："真是可惜了，这可是长陵亲自晒的茶，总共也就这么一罐。"

惠子蓦地停住脚步，慢慢转过身来，话语中的那个名字被她敏锐地捕捉到了。

"你说什么？"

"若真的一点儿筹码都没有，我岂会来求你帮忙？"许杭捧起一杯茶，闻了闻，似乎很享受一般喝了下去。

"你……你什么意思？"

看到惠子动摇了，许杭走到她面前，压低声音在她耳边絮絮说道："只可惜小姐多情，长陵无意啊，我说的对是不对？"

惠子闻言，身子一僵，随后忍不住颤抖起来，眉毛上头的青筋突突地跳着，整张脸变得惨白。她把下人赶走后，颤声道："你……你闭嘴……"

"若要人不知，除非己莫为。惠子小姐既敢动心思，怎么还怕别人说破？"

形势急转直下，主动权瞬间转移。

"你是怎么知道的？给我把嘴巴管牢点儿！"

许杭站在那里，一张清秀的脸看着人畜无害，却如一个屠夫，掐着活物的脖颈，分寸拿捏得极为精准。

他说："惠子小姐，你不过是一个间谍罢了，美色和手段是你的武器。一个间谍是不可以有感情的，如果你的上级知道你有这样的心思，你说他们会怎么做？"

细作素来得冷心冷面，一旦动心，再好的细作都是张废牌。

花了那么多心血才培养出一个惠子，如果她爱慕长陵的事情被发现，长陵必死无疑。

说到底，她手上看似有那么大的权力，其实都是被施舍的，她是刀，不是执刀人。

惠子喉头一哽，看着近在咫尺的许杭，不知为什么，心中竟有一种畏惧的感觉。

"你敢伤他？信不信我要你的命！"

许杭分毫不让，直接反击回去："现在我的背后就有人拿枪顶着，命在弦上，不得不铤而走险。只有惠子小姐帮我撤下那把枪，我才能替你保住法喜寺里的那位。"

"我现在就杀了你，看你还怎么多嘴！"

惠子转身想要拿枪，许杭一把抓住了她的手腕，力道之大，甚至令其手上生出了红印子。

“只要我今天没从这里走出去，明天全贺州城的人就会知道你的意中人是谁。我向你保证，第一个知道的就是你的上级！”

掷地有声的一番话，宛如一发发子弹，射在惠子的心上，一枪一洞，打得她无力回天。

她最羞耻的喜欢，她最不敢触碰的柔软，却被眼前的人捏在手心里威胁她。

常年游走在恶心的男人之间，她本以为自己此生都会厌恶这种自认为凌驾于女人之上的生物。谁知道，只是惊鸿一面，她死去的心竟会被一个人、一双手扫去尘封的蜘蛛网。

长陵，她心里的净土。

他是无辜的，她不能让自己的罪过牵连到他。

惠子愤愤地瞪着眼前的许杭，纤细的十指抓着旗袍的下摆，过了许久才松开，而后给了许杭一颗定心丸——

“好。算你狠。”

交易成功，许杭匆匆离开了领事馆。

而许杭的身后，惠子如精神衰竭了一般跌坐在沙发上，她气愤地摔碎所有的茶杯，精致的面容上是狰狞之色，最后将脸埋于手掌之中。

被人发现了。

被人发现了。

被人发现了。

她满脑子只剩下这一个念头。

她已经很久很久没有这么颓然无力的感觉了。

在她身后，健次缓缓走了出来，脸色阴沉，声音低哑。他说：“我早说过，那个人会害死你的。”

惠子惊得站起来问道：“你什么时候在的？！”

“一开始就在了。”健次走上前，眼睛里写满了担忧，“你该杀了那个长陵，不能让他绊住你的心！明白吗？”说到这里，他加重了语气，“如果你做不到，那就让我去杀！”

“啪！”

惠子一巴掌扇在健次脸上，指着他威胁道：“你敢杀他，就先杀我！”

她怒而转身，急急出门而去，许杭要求的事情紧急，她必须赶紧想办法拖住袁森。

“惠子，你清醒点儿！”健次像一只咆哮的野兽。

惠子在门口停住脚步，逆光下的她看起来尤为落寞和纤细。她没有回头，只是语气中带着一丝乞求：“我永远不会背叛你们，我发誓。我会把他放在心里，也只是放在心里而已。健次，你知道我不可能离开的，就让我任性一次，可以吗？”

健次不说话了，他最听她的话，对于她的要求，他从来没有拒绝过。

惠子的手段如她这个人一样，可谓雷厉风行。

许杭没工夫去研究她究竟是怎么做的，总之最后她传来了口信，她只能帮他争取到三天。

三天，说够也够，说不够也不够。

乔松已经带着军队进山了，许杭亲自去找了段战舟。

“什么？我去？”段战舟听了许杭的计划，满脸的不可思议，“你没毛病吧？一群土匪而已，我哥已经带着几个排的人过去了，你可别小看他！”

许杭一点儿也没有开玩笑的心思，正色道：“如果下山的吊桥没被人砍断，你哥现在已经同我回城了，你现在还觉得这只是普通的剿匪吗？”

段战舟嗅出一丝异样。土匪抢人，一般是图财，绝对不会想惹上官兵，吃力不讨好，而他们现在这种行为就像要故意把段烨霖留在山上。

“你仔细说！”

“没空和你仔细说，总之是个圈套，现在山下的阻力我已经拦住了，就差你去山里支援了。”

段战舟沉吟道：“可是，贺州城的兵都被乔松带走了，剩下的这点子人就算上去，最多就是给他加油助威，顶不了什么用，我得去临城调兵才行。”

“来不及了，也不需要。段战舟，我只要你出现在土匪面前，让所有人都知道你也上山了，这就够了。”

“这又是什么理由？”

许杭长长地吐出一口气，说道：“因为山上有你的一个老熟人。”

“谁？”

“丛林。”

杂物从桌上摔到地上，发出哗啦一阵声响，那是段战舟起身太急，膝盖撞到了矮桌子导致的。他眼中升起疑惑、不解和愤怒，以至于感觉不到疼痛。

丛林消失了几天，他是知道的，他以为丛林是终于受不了他的折磨，偷偷溜走了。当然，他不会去找丛林，因为那个家伙恶心、歹毒又放肆。

许杭居然说丛林在山上？

丛林又要伤害自己身边的人吗？

段战舟咬牙道：“他怎么会在山上？”

许杭摇摇头，只说：“有些事情，等你见了他再亲自问吧。我只负责把事情的轻重缓急告诉你，你什么人也不需要带，一个人骑马上山速度会快得多。”

“我知道了。”

离开小铜关后，许杭闭上眼，心沉了下去。

段战舟一定会上山，丛林只要看到他就注定失败。纵使丛林有天大的阴谋诡计，布下的天罗地网有多严密，段战舟都是破开他的一支利矛。

“段烨霖……”许杭喃喃自语，“我只能帮你到这里了。”

九荒山上，土匪的山寨已经毁于一旦，只剩废墟。

丛林和一群土匪躲藏在一个隐蔽的山谷之中，身上都是大大小小的伤，每个人都显得极其狼狈和疲乏。

前几天的嚣张已经消失不见了,每个土匪的脸上都写着颓败。他们没想到，名震四方的段司令真不是虚传的，将他们打得节节败退，甚至连老巢都拱手相送。

袁森说过,会有援军来与他们呼应的,可等了这么久,援军呢？

再这样下去，被一网打尽只是时间问题。

土匪头子是个长着络腮胡子的大汉，他对一旁咬着手指一脸阴沉的丛林喊道：“喂，现在怎么办？袁森的人到底什么时候来？我都快被段烨霖打死了，他却连个影儿都没有！”

丛林也憋着气，只是年纪小，看起来不明显，闻言不耐烦道：“不用等了，要来早来了，一定是被绊住了。”

“什么？！不来了？”

“袁森比你们更想杀掉段烨霖，这种机会千载难逢，现在他迟迟不上山，一定是被反将了一军，我们怕是指望不上他了，还是另寻出路的好。”

“就不该信他们那些当兵的！现在怎么办，等死吗？！”土匪头子破口大骂。

丛林咬咬唇，站起来说：“别急，只要我们还活着，就没到穷途末路。”丛林看了看天色，“段烨霖今晚就会找到这个山谷了吧。”

土匪头子泄气地坐下，说：“可不是！他要是进来，我和这一帮兄弟都得死！”

“那也要他进得来才行。”丛林冷冷一笑。

土匪头子从一开始就很怕丛林，这说起来很丢脸，但确实是真的。他小时候被狼咬过，而丛林的眼神比饿狼还可怕。

以丛林的年纪，都能给他当儿子了，可是这人说出来的话竟比砒霜还毒。

“你有主意？”

丛林拿起一根树枝在地上画，说：“我前几天不是让你的手下去山里捉了毒蛇和毒蝎子吗？现在就是它们派上用场的时候了。”

丛林在自己画的草图上点了一个位置，土匪头子一看，那是进山谷的必经之路，顿时明白过来了，先前丛林让他们在那儿挖了一个很大的坑，又用树叶和沙土精心掩埋。

虿盆。

商纣王时期，妖妃妲己曾设过这样一种刑罚，土匪头子以为这不过是书里写着玩的，没想到有朝一日竟真的见到了。

他虽然杀过人，却都是手起刀落，从没有想过把人骗入蛇坑，让其被蛇和蝎子啃咬而死。想到这里，土匪头子看向丛林，冷不丁后背发凉。

这时，在外监视的一个小土匪满头大汗地跑进来，喊道："大哥！大哥！不好了！"

"有屁快放！"

"那个姓段的又多了好些帮手！"

丛林一听这话，扭头问道："帮手？谁？"

"不……不认识，看着和段司令挺亲近的，哦，长得也挺像。"

霎时间，丛林脸上血色褪尽，他担心的事情终究还是发生了。

许杭……一定是许杭！果真是一把匕首，专挑人最软的地方扎！

丛林冲上去揪住那个小土匪的衣领，恶狠狠地问："他们到哪儿了？进山谷了没有？快说！"

小土匪被丛林勒得难受，回道："还没，眼看就要进了……"

丛林一听，连忙扔下人，如一道闪电一般朝着山谷口的方向飞奔而去，任凭土匪头子在后面不明所以地跳脚大骂也没回头。

单枪匹马上山的段战舟只用了半天就与段烨霖在东闽坡会合。

"怎么样？"段战舟还给段烨霖带了一袋烈酒，让他过过瘾。

段烨霖用嘴咬开牛皮袋的口子，答道："好在后头没人做手脚，山里的不过是一群渣滓，不禁打。"

段战舟环顾了一下，见段烨霖和乔松的兵折损不算严重，虽然山林作战很不讨好，但架不住段烨霖经验丰富。

"哥，有句话我说了怕你不爱听。那个许杭，我早就看出来了，是个顶聪明的家伙。虽说日日待在药房，一副两耳不闻窗外事的样子，但看他这次在山下做的事情，一看就不简单啊！"

杀人诛心，诛心之论最致命。然而，他的这番话是段烨霖最不乐意听的。

段烨霖皱了皱眉，说：“你想多了。”

“咱俩是至亲，旁人比不得，我是为你好才说的。你要留着许杭也行，只是得长个心眼，小心驶得万年船。”

“你啊，”段烨霖摇摇头，也不知听没听进去，“先管好自己的事情吧。”

咸吃萝卜淡操心，好心当作驴肝肺，段战舟撇撇嘴，看了看怀表，问道：“那群人都躲哪儿去了？”

乔松替段烨霖回答，指了指前头，道：“就那个山谷。别看那群土匪没什么本事，计谋倒是一套接着一套，下毒、放火、机关……花样多得很！大伙儿打得倒是不累，防那些下流手段够呛，司令这才让大家歇歇的！”

想到前几日的战况，段烨霖也忍不住冷笑，抬头打趣了一下段战舟：“到底是你手底下的人，有些本事啊，我已经很多年没遇到这么难缠的人了。”

“别跟我提他！”段战舟恶狠狠地撙回去，抽出自己口袋里的枪，“我现在就去做个了断，免得那崽子再害人！”

“战舟。”段烨霖伸手拉住他，长长地叹了一口气，想说些什么，又知道自己这个弟弟的性子是不撞南墙不回头的，末了只拍拍他的胳膊，道，“别太冲动，冷静一点儿，你这样容易犯糊涂。”

果然，段战舟一点儿也听不进去，自顾自上了马，以一副誓要歼灭敌人的姿态说：“行了，我不是三岁小孩儿，不管是战场还是自己的人，我都会处置好的。”

段战舟让连日作战的段烨霖原地歇息，自己一挥鞭子，带着兵先进去探路了。

马蹄扬尘久不散，迷乱身后顾虑眼。

段烨霖又喝了一口酒，擦了擦嘴。

乔松在他背后问道："司令，就这样让他去，真的没事吗？"

段烨霖将酒袋一丢，往树上一靠，答道："你若问的是处理战场，我信他。"

风吹过鬓角，微微有些痒，段烨霖把军帽往下压了压，遮住眼睛，开始闭目养神。

"人生有些苦头是非吃不可的，他那样不听劝的性子，只能由他去。"

土匪躲藏的这个山谷很安静，人迹罕至，树木郁郁葱葱，盘根错节。

越安静的地方，越容易有陷阱。

段战舟骑在马上，将枪握在手里，谨慎地左顾右盼，时刻紧张着。

咝咝，咝咝，咝咝……

有一些细微的、极其不易察觉的声响钻进段战舟的耳朵，可是他听不出声音的来源，只得大喝一声："停——下马！"

所有士兵听命下马，跟着段战舟一步一步往前探。

段战舟每一步都如踏在弦上，生怕不小心中了圈套。以往的经验告诉他，这声音必有蹊跷。

他不知道，在他足下三步之遥，是一个硕大的、等着吃人的虿盆。

里头的每条蛇都眼睛发红，饿得张大了嘴，吐着芯子，粗壮的尾巴拍打着坑壁。蝎子则不耐烦地爬来爬去，两个钳子蓄势待发。

一步，又一步。

咝咝，咝咝，咝咝……那声音越来越近，越来越躁动，惹得段战舟很烦躁。

“还是让我们去探探路吧！”后头的侦察兵走上来说道。

“不用，都跟着我，小心点儿左右！”段战舟是个好长官，从来不会看轻自己手下的命。

“那……那咱们鸣枪示警一下吧？”

“千万不可，这样反而会暴露了坐标，敌在暗，我在明，先谨慎些。”

他又迈出了一步，脚缓缓抬起，身子的重心开始从后往前移动，再往前一寸就收不回来了。

脚下，就是死亡！

在那一步要结结实实迈出去的瞬间，他前方陡然出现一个小小的身影，以拼尽全力的架势冲出来，用几乎要冲破自己胸膛和声道的力气喊道：“段战舟！”

喊出那一声后，丛林发现自己被炭火毁了的嗓子根本发不出什么声音，一点儿也传不到远处的人耳中，甚至在出口的瞬间就在风里消散了。

他的嗓子像一个破掉的喇叭，毫无作用。

情急之下，丛林掏出枪，对着一旁的斜土坡连发三枪。

土坡疏松脆弱，当即坍塌，碎石块砸了下来。

听到枪声的瞬间，段战舟急忙退后几步避开落石，那些石头全部砸在地上，地面即刻陷下去，现出一个硕大的洞。

灰尘散去之后，洞里头的东西才隐隐现出来。

“啊！这……这是什么？！”眼尖的士兵看到了断掉的蛇身和乱爬的蝎子，发出了怪叫。

段战舟的额头布满冷汗，只要差一秒，现在他就葬身蛇腹了！好毒的心思！

远处的丛林依然保持着举枪的姿势，远远看去，黑洞洞的枪口就像是在指着他，段战舟怒气上涌，手一撑，爬了起来，对着丛林狠狠开了一枪。

“砰——”

丛林肩膀中枪，手一挥，枪飞了出去，整个人仰面跌在地上。

血溅在脸上，是温热的，是咸的。

丛林一路跑过来，满身大汗，因为后怕，背都是凉的。

他望着天空，咯着血，这一仗，自己是彻彻底底地败了。

耳边传来脚步声，应该是段战舟在靠近，如此尴尬而凄楚的见面，他该用怎样的表情才算合适呢？

丛林觉得这一幕很熟悉，当肩膀上的剧痛争先恐后地袭上大脑时，丛林回忆起来了。

对，肩上中的第一枪，也是段战舟开的。

丛林本来想回忆一下从前，可一不小心就回忆起了久远的过去。

丛薇和丛林是参谋长从拍花子手里买回来的，那一年，丛薇六岁，丛林五岁。

丛林一直记得，是阿姐说那个老婆婆卖麦芽糖，于是他就跟着她走了，可是走了好久都没有回去，阿姐追上来，两个人就一起被拐走了。

参谋长把他们丢进那个叫“血朱雀”的组织，第一天，他们就被打得动弹不得，这是在告诉他们，来到这里第一件要学的事就是习惯疼痛。

经年的刀光剑影，风里雨里，食肉咽土而活，丛林知道，自己这一生注定与杀戮如影随形，分离不了了。

直到遇见段战舟。

那天，丛林和往常一样负重长跑十公里，练习格斗、刺杀、研毒，直到带着一身尘土倒在床上，听到一墙之隔的参谋长府上在唱着生日祝贺的歌，才想起来这天好像是自己的生辰。

一个活在阴影里的杀手是不需要过这种无聊的节日的，杀手教官一定会这么说。可是夜半的时候，丛林还是忍不住爬上了墙头。

“你是谁？”墙下站着同样一脸稚嫩的段战舟，他看起来比丛林大了五六岁，宴会上有个富家小姑娘一直缠着他，他便出来透透气，一抬头就看见一个脸庞脏兮兮的小孩儿在墙头上。

丛林惊得缩了回去，只余一双眼睛紧张地看着段战舟。

段战舟歪着头问：“我问你呢！你是贼吗？”

丛林摇摇头，心想，如果这家伙乱喊乱叫，惊到了教官，自己就一刀杀了他。

段战舟看了看身后的宴会厅，又回过头来，忽然有些明白了，问：“你是不是也想到这种地方玩？想见识见识？”

丛林点点头，手悄然从兜里拿出了小刀。为了把段战舟哄过来，丛林故意做了个手势，指指宴会厅，又指指自己，张了张嘴巴，却没发出声音。

段战舟为了听清，一定会走近，这样他就能从墙头飞刀下去，扎破对方的喉咙。

谁知段战舟只“哦”了一声，就跑回了宴会厅。

丛林好奇他想做什么，就没有离开，直到段战舟端着一个小小的碟子出来，碟子上是一小块蛋糕，上头还插着一根做工精致、像一棵小松树的西洋蜡烛。

真漂亮。

“血朱雀”里头一切都是黑漆漆的，连窗户都被涂黑了，院子里什么花花草草都没有，森严恐怖，丛林从来没见过这么漂亮的东西。

墙头很高，段战舟踮着脚举起蜡烛，正好够到丛林的下巴处，丛林看得更清楚了。

那白如棉絮的奶油就像云朵一样，这是能吃的吗？那该是多么美妙的味道。

“喏，只剩下一块了，给你。刚才你指来指去，我一看就明白了，你是说今天也是你的生日吧？怎么样，我是不是够聪明？”

丛林愣在原地，半晌都没接。段战舟举得手都酸了，皱起眉道：“喂！怎么不说话，你是哑巴吗？”

丛林手一松，刀掉到草丛里，他回过神来，赶紧伸手去接，这时，远处有人喊道：“战舟，我们要回去了，你快回来！”

段战舟回头应道：“来了！等会儿！”

等他再回头，墙头上的人已经不见了，蛋糕也没拿走。

“人呢？走了？”真是没礼貌！他不悦地“啧”了一声就离开了。

墙那头，丛林怕被人发现，急急地抓了一把就将手缩回来，此时张开手一看，只拿到了蛋糕上的蜡烛。

因为情急之下抓了蜡烛，他的掌心微微有些烫伤，起了个小水泡，指尖上沾了一点儿奶油。

丛林放到嘴里尝，尝了很久很久。

当晚回到房间，丛林枕在枕头上，一夜无眠，天快亮的时候，丛林问丛薇：“阿姐，你知道奶油是什么味道吗？”

丛薇睡得迷迷糊糊，翻了个身，嘟囔道：“那是我们一辈子也吃不到的味道。”

从那以后，丛林时常会翻上墙头，看看那个少年会不会出现。

直到几年以后，他们走出组织，被参谋长介绍给上流社会的人，丛林终于可以堂堂正正地面对段战舟。

彼时的段战舟已经是个军人，看不到当初的稚嫩，颀长的身形无论站在哪里都惹人注目。

“段先生，你好，久仰大名。”丛林伸出手说。

“嗯，你好。”段战舟只是客套地握一下就走了。

他不记得自己。也是，一个小如杂草般的插曲，没有人会记得。

有时候，人生就是这样，如果当初没有尝到奶油的味道，就不会惦记整块蛋糕。偏偏命运只是给你一点儿甜头，让你求而不得。

剩下的，全是苦。

大约是因为丛薇，段战舟待丛林还不赖。他看出丛林对枪支感兴趣，就带他去射击场打靶。

这让丛林哭笑不得。

丛林六岁拿枪，比段战舟的技术好过一座山去，可此刻偏偏要装出不会拿枪的蹩脚样。

“你先端着这里，然后看这里……对，把这个对着……”

错了。丛林心想。段战舟射击的方法有很浓的个人风格，而这恰巧是教官教导丛林时说过的绝不能犯的错误。

听着段战舟的指导，丛林故意摆出虚心求教的模样，在第一枪打出去的时候，还要假装被后坐力伤到胳膊，甩出枪支，扶着胳膊喊疼。

“没事吧？”

“对不起啊，我比较笨，难为你教我了。”丛林对他说。

段战舟笑笑，脱下手套安慰道：“第一次能打成这样，已经很不错了。你再练练，我带你阿姐出去走走。”

丛林一转身，就见丛薇站在门口，像一只等人牵走的温顺小鸟，看着段战舟甜甜地笑。

他们走了。他追到门边，看着他们的背影。上车的时候，丛薇的手搭在段战舟的脖子上，在他脸颊处吻了一下。

两人宛如一对璧人。

丛林回到射击场，拿起枪，姿势准确而凌厉，砰砰几声，子弹击穿了靶子，每一颗子弹都例无虚发。

决定杀丛薇这件事就像那个被烫伤的水泡一样，也是疼的。

丛薇，自己的姐姐，死在她的新婚之夜。

执刀人就是丛林。

◇第六章　青苔冷

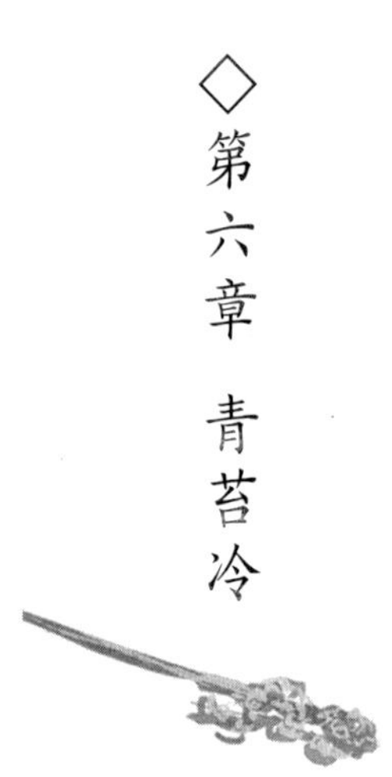

此时此刻，九荒山上，丛林躺着大喘气，突然眼前一黑，段战舟走到他面前，踩在他肩膀的伤口上。

丛林疼得瑟缩了一下。段战舟蹲下身，捏着丛林的下巴，眼睛里几乎要冒火，怒道："我真是有眼无珠，竟从未看清过你，还把你这样的祸患留在身边！"

那厌恶入骨的眼神，就像在看一个垃圾，丛林想笑，却又笑不出来。

段战舟伸出手压在丛林脸颊上的伤口处，狠狠一捏，说："怎么，吞一次炭还没让你长记性吗？你还要害死我身边多少人！"

"喀喀……"

段战舟已经气得失去理智，他狠狠地把丛林拎起来，掐着丛林的脖子道："难怪！难怪我再怎么折磨你，你都不肯走，原来你是个细作！"

"看在你阿姐的面子上，我才饶你一命的，结果你竟然串通袁森来害我哥？怎么，他给了你什么好处？荣华富贵吗？那你可真够能忍的，简直一鸣惊人啊。我现在有点儿后悔让你吞炭，把你弄哑了，因为我很想听听你能狡辩出什么花儿来！”

他的内心升起浓浓的背叛感和失望感，这么长时间以来，他都通过折磨丛林来泄愤，究竟用了多少方法呢？

他曾在最冷的天罚丛林跪在雪地里一整夜，使得丛林高烧几日不退；他曾在出海时把丛林丢在小舟上，不管其死活，任其被风吹日晒；他曾把丛林关在柴房里，不给吃的喝的，让他做粗活儿，直到满手都是冻疮……常人忍受不了的，丛林都忍下来了。

每次受到惩罚之后，丛林总会站在那里，脸上无悲无喜，眼里却写着患得患失，凄凄惨惨的，好像一个不容于天地的可怜人。

这个家伙，这个浑蛋，怎么可以是个细作？！

到了这一步，丛林知道自己彻底输了，只能放弃般地闭上眼睛，伸出手指指段战舟，又指指自己，手掌在脖子处比画了一下。

这是在说——

“你可以杀我了。”

丛林因失血过多晕了过去，血泊里的丛林，除了起伏的胸膛，与一个死人无异。

段战舟咬了咬牙，然后艰难地转身，命令道：“包扎好，带回去……”

“军长，这种人，直接杀了吧。”

“不行！”段战舟一口拒绝，“我还要留着审讯，看看他还有没有同党！”

一场声势浩大的剿匪最终结束得很仓促，当捷报传进贺州城的时候，被变相扣押在领事馆的袁森总算回了府。

袁家一片狼藉，袁森痛打着手底下的人，咆哮道：“什么叫胜仗？那个姓段的小子怎么就打赢了？！土匪呢？那群土匪全……全军覆没了？！你们都是干什么吃的！”

被打得鼻青脸肿的下属敢怒不敢言，只能唯唯诺诺道：“您……您一直没下命令，我们不敢擅自行动啊。”

“你！”袁森捂着心口，气得内脏抽疼。

袁森想破脑袋也想不明白，惠子为什么会平白无故怀疑他是那次暗杀的幕后主谋，竟然将他强留在领事馆足足三天！若说是巧合，未免也太巧了！

难道真的是天不亡段烨霖？

现在段烨霖活着回来，麻烦就更大了。袁森捶着桌子道：“算了，算了，我问你，屁股都擦干净没有？”

下属提心吊胆地说：“这……土匪全都被扣在段司令那儿，听说他已经写了奏报往上交，那群山村野夫肯定没两下就招了。咱们得趁特派员下来检查之前，赶紧把自己摘出去！”

“这还用你说！”袁森站起来，背着手在房间里走来走去，眉头紧锁，老半天才停下，指着那人问道，“那个叫丛林的哑巴还活着吧？”

“还活着，听说被段战舟关着了。”

袁森陡然兴奋起来，立刻说：“好，好，去，趁他们下山回来整兵的这段时间，去给我办几件事！”他贴在下属耳边，说得眉飞色舞。下属连连点头，表情也凝重起来。

此时，将受伤的士兵和土匪安置在鹤鸣药堂仓库的段烨霖和段战舟正在商量接下来的事情。

此次剿匪，伤亡倒是不重，土匪头子见已经无力回天，便将自己知道的都说了。段烨霖以保他性命为交换条件，他也承诺出面指认袁森。

段战舟思考了许久才开口：“哥，丛林……怎么说也是丛薇的弟弟，能不交出去吗？”

段烨霖厉目一瞥，绑绷带的动作缓了一下，问：“丛林可是最重要的传信人，你觉得可能吗？”

“我就是想亲自处置。要是把丛林交出去了，谁知道参谋长会不会又出面护着！”

段烨霖轻笑了一下，用牙咬着绷带一端，打了一个死结，站起来拍拍他的肩膀道：“事情到了这一步，我只能尽量保他。”

他们交谈时，许杭捧着一兜子干净纱布走进来，说道：“所有的伤兵和土匪都已经处理过伤口了，你还是重新找个地方关押他们吧，这么多人挤在我这小小的药堂也不像话。”

听说药堂关着土匪，附近几条街的百姓都不做生意了，关上门，人人自危。这的确是个麻烦。段烨霖让乔松和段战舟去将小铜关的监牢清一清，过会儿就把人转移过去。

等他们离开后，段烨霖忽然想起什么，朝许杭走去。

忽然，一阵刺鼻的烟味传入两人鼻尖。

那烟味的来源不像是药堂里的药炉子，也不像是谁家过了火候的灶台，带着些浓烈的火油味，越来越浓郁，渐渐呛人起来。

许杭皱眉，忍不住咳了两声，就听到外头传来如炸开了锅一般的号叫声。

“走水了！快！救火啊！”

几乎是片刻之间，哭喊声、怒骂声、泼水声此起彼伏。段烨霖和许杭冲到鹤鸣药堂仓库外一看，顿时傻眼了。

那安置着伤兵和土匪的仓库的大门被人锁上，火光冲天，热浪如沸。

那是一场像天罚一样的火，无休无止地向天空蔓延，它与风勾搭纠缠，盘踞在仓库之上，可怖而残忍。

大嘴一张，火舌一舔，所到之处都是黑气和浓烟，它的利爪如此犀利，野心勃勃地想要撕碎困在里头的每一个生灵。

来来往往的人都被吓得目瞪口呆，贺州城气候湿润，多少年没有起过这么凶猛的火，大家提着大大小小的水桶、端着锅碗瓢盆来来回回地扑火救人，脸上被熏得黑乎乎的，又被汗糊成一片。

“救命——”

“啊！开门啊！我不想死！”

“谁来救救我？！好疼啊！”

仓库里是一片令人毛骨悚然的哭喊声、哀号声。

段烨霖一把抓住乔松，大喝：“怎么回事？！”

乔松全身好似被火的热气蒸烫了，喘气如牛，闻言回道：“刚才我去拿药，一回来就看到一群蒙着面的人锁了仓库的门，然后放火……还把丛林给劫走了！”

“呸！”段烨霖狠狠朝旁边啐了一口，这事情是谁干的，再明显不过了，“这全是火油味！火是浇不灭的，去搬木桩来，把门撞开！”

哭声，叫声，泼水声，咒骂声……一片嘈杂之中，唯有许杭一个人呆呆地站在原地看着这出闹剧，似是在放空。

许杭的眼神像是打碎了的玻璃珠子，有些涣散，嘴唇微微张开，是惊讶无比的表现。直到被一个救火的人撞了一下，他才陡然清醒，身子一震，眼眶有点儿红，骤然抢过一盆水来，从自己的头顶“哗”一下浇下去，淋湿以后，竟往火里冲去。

“当家的，使不得啊！”胡大夫一看就急了，扯着嗓子喊道。

段烨霖回头一看，见许杭正不要命地用自己的身子去撞门，铁门烧得滚烫，顶上的横梁看起来摇摇欲坠，随时都会要人性命。

“许少棠，你疯了！”段烨霖冲上去，扣住许杭的肩膀就把他往回拽，“你不要命了！”

然而，许杭像听不到他说话一样，狠狠将他甩开，又要拿身子去撞门。段烨霖气急败坏，将人拽到空旷的地方。

“你再往前一步，我就打断你的腿！”一点儿玩笑的成分也没有，段烨霖板起了脸，警告意味十足。

火势还在继续，段烨霖虽然心急，却还是注意到了许杭的反常。许杭向来冷静理智，从来没有这么失态过，可是今天居然会愚蠢到以身犯险，这实在太不对劲了。

被吼了一句的许杭微微抬起眼皮，布满血丝的眼睛看向段烨霖，竟带着些凌厉的狠意，虽然一闪而过，却让段烨霖心头一慌。

今天的一切都来得古怪蹊跷，就连许杭也变得古怪蹊跷起来。

“砰！”

后方爆发出一声巨响，是乔松带人用木桩撞开了铁门，此时的仓库已经被烧得摇摇欲坠，受了这致命一击后，发出痛苦的喟叹，随后一面墙壁轰然倒塌。

一时间，尘土夹着血腥味被卷起来，竟能升腾至数米之高，久久不散，有遮天蔽日的阵仗。

墙一倒，火势渐渐变小了，像个耗尽法力的妖怪，灰飞烟灭之前还不甘心地想动动手脚，最后偃旗息鼓。

段烨霖和许杭瞳孔一收，连忙往里跑，不过跑了几步就不约而同地像被雷劈了一般停住步子，定在原地。

仓库里的那些人都渴望从火场出来，却没有一个等到生还的机会。

许杭和段烨霖始终僵直着身子，半点儿都没有动过，下巴紧紧绷着，双手死死捏成拳头。

死一般的寂静，灼灼烈火的余热还没散去，烧在人们的心房之上，烧掉信仰和希望，烧掉他们对生命的希翼。

乔松见不少一同出生入死的兄弟死于非命，实在情难自已，捂着嘴蹲在地上痛哭起来，拳头砸向地面，懊恼自己的无能为力。

明明只有一个人的哭声，许杭却好像听到了数百人的哭声。他闭上眼睛，那声音铺天盖地，几乎要将人的精神淹没。

许杭一步步慢慢远离废墟，嗓子也像被熏得有些沙哑，带着点儿讽刺的意味说道："段烨霖，这个场景你眼熟吗？"

段烨霖抬起猩红到发热的眼，与许杭对视。

"十多年前，蜀中之地，上头下令放的一把大火烧了三天三夜，拥有数千年历史的古城毁于一旦。多少街巷、房屋被烧，千百石谷米被烈火吞掉，百万匹绸缎被烧成灰土，文物珍品荡然无存，一万多人葬身火海。"许杭的声音虽然没有起伏，可是语气极近哀怨，像在念一篇悼文，"后来，这一政策被称为'焦土政策'。"

百姓们怎么会想得到，他们信赖的、尊敬的对象会是杀他们的一把刀，会在危险来临的时候弃城而逃，无论他们是土匪还是良民，对上位者而言都一文不值。

段烨霖没有回答。

这一刻，他无比懊恼自己不是天神，不能够起死回生，他当下能做的只有蹲下身，将尸体拖出来，放到平地上，摆好。

段烨霖清理到一个孩子的尸体时，手颤抖了一下。他答应过长着络腮胡子的山贼，待事情了却，就让他们所有人在贺州城安分地做寻常百姓，让这些无辜的女眷和孩子不用再风餐露宿，可以太平安康。

现在，一切都不可能了。

许杭跪坐着，用自己的帕子给那个孩子擦脸，让他干干净净地来，干干净净地走。擦完以后，许杭把白布盖在他脸上，以示对死者的尊敬，然后难得严厉地对段烨霖开口道："这些人都是因为你的疏忽死的。"

天上繁星点点，夜很凉，风瑟瑟。段烨霖站起身，掸了掸灰，垂下头，声音低哑却蕴含力量："我明白。"

这不是简单的三个字。

许杭上一次听段烨霖用这种口气说"我明白"，是在血洗金甲堂之前。

三百九十五条人命、肝胆相照的手下、情义和百姓，这笔账真的应该好好算。

小铜关的射击场上，枪声响了一早上。

乔松看着持续射击了几个小时的段烨霖，想上前劝阻，却又不知道怎么开口，眼睁睁看着他脚边的弹壳越来越多，枪靶子烂成了马蜂窝。

等最后一发子弹打完，他才回禀："司令，所有的抚恤金都已经发下去了，土匪和士兵也都已经下葬了。"

"嗯。"段烨霖低低应了一声，放下手枪，乔松看见他手心都发红了。

"司令还有什么需要我做的吗？"

"丛林被关在哪里？"

"怕是关在袁森的私牢里，这几天袁森抱病不出门，也不见客，但是府上里里外外围了个水泄不通，真是此地无银三百两！"

土匪死光了，人证一个都没有了，无论这次剿匪有多疑点重重都没有用，没有证据就是空谈，袁森这一手够狠够绝。

他抓走丛林的目的，无非是想让丛林做替罪羊，段烨霖早就把有土匪签字画押的证词递交上去了，虽然不能起多大作用，可到底是项指控，总需要有人出来顶罪。丛林并不无辜，但给这种人背锅也是凄惨。

段烨霖想了想，说：“咱们从土匪窝里搜出了不少金子，都是袁森给他们的，你归置归置，当作咱们剿匪所得，交上去吧。”

乔松敬礼道：“是！我一定会秘密完成！”

“不，我不需要你秘密完成，我要你动作越大越好，务必要让袁森知道。”

“是……啊？”乔松愣了。

这是什么道理，司令这不是和袁森对着干吗？

“先前因为工程事故，袁森已经赔了大半家当，再加上这次又支出去不少，他现在一定捉襟见肘了。”许杭在门外听到他们说话的声音，推门进去给乔松解释，“如果他知道自己花出去的一大笔金子要白白充公，你说他会怎么做？”

请君入瓮，是个陷阱。

乔松恍然大悟，忙跑着出去了。

“你总是看得明白一些。”段烨霖有些赞赏地看着许杭，这几日他忙着料理几百人的丧事，好几夜没合过眼，眼下一片乌青，让人心疼。

许杭宽慰他：“既然已经有筹谋了，就慢慢等吧，有些事情急不得。”

连日的阴霾微微散去，段烨霖叹了一口气，道：“少棠，昨日一个老太太来领他儿子的尸身，她守寡多年，唯有这一个孩了，当场就哭晕了过去，悔不该让他参军，看到我的时候，她只说了一句话……”段烨霖顿了一下，才继续说，“她说，‘为什么死的不是你’。”

许杭喉头一哽。

段烨霖又说：“我知道她不是真心咒我死，她只是心太疼了。我记得她的儿子，刚来一年，第一天点兵时，他就像个愣头青一样，他说他的梦想就是一辈子跟着我打仗。如果他是死在战场上，兴许还好些，可是，他却不得好死。

“我一心报国，可这么多年，最多的力气却是浪费在自己人的阴谋算计之中。

“世道不是一两个人就能改变的，我早就明白这个道理了。如今我不敢奢求护国，但求能守住贺州这座小城的安全。无论是谁，都不能伤害我的百姓。”

他说话的声音轻而慢，许杭从中听出了不少疲惫，这是许杭头一次见到段烨霖这样示弱。

原来这个饮血止渴的家伙也是会悲伤的。他看似宽阔的肩膀上承受着太重的负担，却未必是他能承受之重。

“不急……天理循环，真正该偿命的，一个都逃不了。”许杭的眼神有一些放空，说出的话也凉透了。

大概是许杭的声音太小，段烨霖没听清，抬起头问：“什么？”

“没。”许杭扯开话题，“对了，段战舟没闹起来吗？”

这个名字显然令段烨霖头疼，他揉了揉太阳穴，无奈道：“得了吧，他拿着枪要跑去袁府，幸好被我及时绑回来了。”

这么沉不住气？许杭略略有些讶异，不过转念一想也就理解了。

段战舟也是个明白形势的人，以眼下的状况，丛林落到袁森手上，多半是死路一条。

可惜了，丛林已经没救了。

小铜关的另一边，段战舟被段烨霖下令缴了枪支，不准离开小铜关半步，甚至不准任何一个士兵听他号令，以免他冲动任性。

段战舟在房间里来来回回地踱步，焦躁的情绪全部体现在他的脚下。他知道是自己草率了，竟然会傻到直闯袁府。

段战舟沉思了一会儿，走到门边，招手叫来一个士兵，在他耳边吩咐道："你去袁府打听下丛林的情况。"

不知过去多久，小兵从袁府跑回来，憋得一口气险些喘不上来，一张口就是个晴天霹雳。

"军长，审判书已经下了，枪刑！"

袁府从来没有这般密不透风过，外头围了三层，就连一只鸽子在墙边落脚都被一枪打死。

府里的偏院一角。

管家老杨头年纪大了，袁森早就不让他忙里忙外，对他还算优待，闲养着而已，就住在这个偏院里。这两日，老杨头多了个看管犯人的活儿。

那犯人就关在偏院的地牢里，不见天日，老杨头只负责管牢门钥匙，外头自有拿枪的守着，不需要他费什么心思。

这天夜里，袁野带着一个穿黑色披风的人偷偷进了府，那人半蒙着面。袁野是趁人员交接班的时候，托一个曾受过自己恩惠的看门兵帮忙，才把人带进来的。那人明日就要调走，今日是唯一可以见人的机会。

老杨头一见到袁野就笑道："少爷怎么来了？"

袁野没废话，直接说："老杨，把门打开，我想见一见那个囚犯。"

老杨头的脸色变了变，佝偻的身子更是缩了一下，他恳求道：

“少爷，老头儿我现在孤身一人，岁数又大了，您就让我安度晚年，心疼心疼我吧。”

“老杨，我不会带人走，也带不走，真的就只是见一面，说说话而已。”

“少爷，老爷最近越来越疑神疑鬼了，这些事情不干净，您就别掺和了！”

袁野见恳求无用，便换了一套说辞：“老杨，当初你儿子欠下赌债被追杀身亡，我是帮过你的，我这么说不是要挟恩图报，只是请你看在这点儿情分上，给我个面子。您也是看着我长大的，我不会害你的。”

这话果然戳心，老杨头撇了瞥嘴，看了看天色，从裤袋里摸出烟杆子来，点上，吧唧吧唧抽了几口，吐出烟圈，咬牙道：“成吧，就一袋烟的工夫。”

他一面抽着，一面转身去开地牢的门锁，边开边念叨：“要说这里头那家伙也真是狠，进来第一天就寻死，没有刀子就拿牙齿硬啃自己的手腕，啧啧啧，筋都啃断了，老头儿我活了这么久，没见过这么狠的。”

锁链掉到地上，发出丁零当啷的声音，老杨头开了门，便走到一边去，拿烟杆子指了指门，示意他们进去。

袁野对那人说：“许杭，我在这儿替你看着，有什么话你抓紧说，被发现可不是好玩的。”

许杭脱下黑色斗篷，接过煤油灯，点点头就往地牢走。

这地牢的门在地面上，台阶一路向下，布满青苔，里头一点儿光也见不着，呼吸间全是霉味、潮味以及血腥味。

这个地方显然荒废了很久，最近才开始用，角落里的灰尘，被蜘蛛网封住的天窗，风化干透的老鼠和蟑螂的尸体，每往下走一步都好像要坠入深渊。

煤油灯受不了这种潮湿，摇摇晃晃，像是马上要熄灭，不过终究还是顽强地活了下来，直到许杭走到地牢深处。

一点点光就驱走了所有黑暗。

许杭看清了丛林的现状。

丛林瘫跪在墙根处,右肩膀被一根拇指粗的钢针钉在墙壁上，血从伤口处流出来，伤口已经开始结痂了。两只手腕上遍布着咬痕，深可见骨。身上更是有大大小小的伤痕，脸上也满是血迹。听到脚步声，他缓缓抬起头。

真让人讶异，落到这种地步，竟还没有死去。

丛林看清来人，极其虚弱地笑了一下，那声音像是腐朽枯木里传出的回音："许大夫……能到这种地方来看我，也就只有你有这本事了。"

许杭放下煤油灯，盘腿在丛林面前坐下，说："如果你就这么不声不响地死了，那实在是浪费。"

"输给你，我竟不觉得委屈。"丛林认可许杭的智谋。

许杭轻轻摇头道："你很聪明，若早生十年，我未必是你的对手，你不过是输在年轻了些。"

"呵呵……"丛林低低地笑，牵扯到伤口，疼得皱了一下眉头，"若不是道不同，咱们本可以惺惺相惜的，可惜了。"

看着那惨不忍睹的伤口，许杭微微一扬眉，道："你倒是够决绝，自断双手，土匪一死，袁森又以为你是个哑巴，现在你手不能写、口不能言，便是最好的替罪羊。"

被袁森掳走的时候，丛林就已经预见到自己的结局。如果不这么做，袁森会逼他做伪证，即便骨头再硬，也少不了皮肉之苦，横竖都是一刀，不如自己动手，好让袁森死了这条心。

这样，他的价值便只剩下背罪，也能在最后有点儿喘息的余地。

许杭自问，就丛林这种自己咬断手筋的魄力，世间怕是找不出几个人了。

时间不多，这样叙旧般的话语没时间讲了，许杭直接道："你的判决书已经下来了，三天后，枪刑。"

"也……好。"丛林听完很坦然，脸上毫无惧色。

"我想和你谈一笔交易，你知道的事情很多，而那正是我需要的。用你最后的一点儿价值和筹码换段家的安全，你可愿意？"

许杭开出的条件是段家的安全，而不是救丛林，因为许杭明白，一来，今日能进袁府已经是侥幸，他根本无法带丛林出去；二来，即便他把丛林带出去了，参谋长也不会放过丛林，终究是个死，何况丛林的身体已经废了。

这两个理由，丛林也了然于心。

"许大夫，你是令我一败涂地之人，我能信你吗？"

"你能，也必须能。"许杭定定地看着丛林，"此事一出，在参谋长眼里，你已经是颗废棋。你该清楚，只有我能够帮段家应对参谋长的暗算。"

丛林用晦涩的目光望着跳动的灯火，久久不动。

随后，他动了动磨破的膝盖，长长地吐了一口气，说："我本以为，这些事情我会烂在肚子里一辈子，没想到你会是第一个听众。"

许杭见丛林难受，走上前，拿了块帕子垫在丛林的膝盖下，问道："你杀丛薇是有原因的吧？"

"阿姐是去杀段战舟的……我的那个傻阿姐，偏偏爱上了把我们当工具的老男人……傻透了。"

丛林絮絮地说了起来。

原来当年段战舟曾偶然在参谋长家里喝醉酒，醒来后发现了躺在自己身边的丛薇，看着那姑娘哭得梨花带雨的模样，便知是自己酒后失德，这才向参谋长提了亲。

听到这里，许杭笃定道："段战舟有夜游症。"

丛林猛地抬头问道："你发现了？"

"段战舟曾说过他第二天起来发现自己的房门没有关，但绮园的门不是坏的，当时我就有所怀疑了，本以为段战舟如此是因为药物，后来我给他把过脉，并没有异常，而他似乎什么都记不得，这世上恐怕没有这么奇怪的药物。"

"你真是心细如发。"

许杭道："后来我查阅了不少典籍，断定他得的大抵是一种叫'夜游'的迷症。虽说段战舟梦中的举止太过少见，但是从症状上看应该差不离，也难怪会被人利用了。"

梦行之症，多为奇怪。清人王椷所著的《秋灯丛话》里就有不少记载，梦中手舞足蹈有之，梦中四处行走有之，种种不可数。

丛林干笑了一声，仰面看着黑黢黢的天花板，继续说："参谋长什么都布置妥当了，唯一的意外就是他没想到我从一开始就背叛了他。"

参谋长准备在段战舟与丛薇的新婚之夜对段战舟下手。那晚，若丛薇不死，便是段战舟死。

所有人都以为丛林狼心狗肺，但没人知道，丛薇死去，丛林才是这世上最心痛的人。

婚礼当日，身着洁白婚纱的丛薇美得像传教士所说的天使，她巧笑嫣然，是丛林见过她最美的一刻。因此，当丛林拿着刀站在丛薇面前的时候，手都在颤抖。

丛薇看着丛林的眼神从震惊到怀疑，从悲哀到释然，最后回归平静。

“你逃走吧，阿姐。”

“不走。”

“不能不杀他吗？”

“不能。”

从薇眼睛里的情意，从林统统理解。她爱参谋长，所以愿意被他利用。

后来是从薇主动握住了从林的手，将刀抵在自己的心口。

她说：“阿林……你知道的，完不成任务的间谍只能被处理掉。所以，我和他，今夜必须死一个。阿林，从当上杀手的那一刻起，我们就注定不得好死，在我满身罪孽之前，我宁愿是你替我结束。动手吧。”

从林的眼眶里都是泪水，肩膀一耸一耸的，下一刻，他的手腕被从薇狠狠一带，刀尖扎进跳动的心脏，溅出来的血晕染了婚纱。

从薇一张口，“哇”的一声吐出一口血，却还勉力笑着。

她抱了抱从林，哀声道：“阿林……阿姐对不起你，当初是阿姐一时鬼迷心窍，嫉妒阿爹阿娘对你好，才骗你跟拍花子走的……如果不是这样，你也不会过得这么苦……”

她总觉得有愧于从林，是她毁了他一生安稳，所以这条命赔给他是应该的。

从林狠狠地抱住从薇，才发现那个在冬天用体温温暖他的阿姐竟是这么孱弱而轻盈。

在爱与亲情面前，她选择牺牲自己，成全从林。或许只有她自己才知道，她究竟是因为厌倦了杀手的生活，还是因为对从林的愧疚，才主动赴死。

这都不重要了。

丛林只知道那个吃饭会把肉分给自己、睡觉会替自己暖被窝、出任务时会挡在自己面前的阿姐再也没有了。

回忆起丛薇的时候,丛林的脸上难得浮起一点儿温暖的笑意。

许杭没有兄弟姐妹,却也能感知到丛林的痛楚,他拧着眉头道:"后来你是怎么瞒过参谋长的?"

"我骗他说,阿姐爱上了段战舟,要告诉段战舟全部的计划,所以我将她灭口了。"

"参谋长信了?"

"半信半疑吧,所以……我才吞了炭。"丛林提到这件事情时,忍不住回想起那滚烫的炭在嘴里灼烧的疼痛感,"那是我演的一场戏,为的是让参谋长相信我对他的忠诚。"

他说得轻巧,可这代价太大了。

该说丛林是个怎样的杀手呢?他拥有过人的智慧和技巧,却没有一个杀手该有的绝情。

许杭觉得有些惋惜,便说:"我从前觉得你我很像,现在看来一点儿也不像。"

"罢了,罢了。"笑了好一会儿,丛林才颓然地把头靠在墙壁上,大喘着气,"你想问的事情和参谋长有关,对吗?"

许杭没有回答,算是默认了。

丛林舔了舔干裂的唇,说:"我知道,你大约在筹谋一些危险的事情,虽说与我无关,但还是希望你记住我如今的下场,留个心眼吧。你那么聪明,若是能安稳地过日子,何必刀口舔血。"

人之将死,其言也善。许杭相信丛林这番话是发自肺腑的,他苦笑一下,道:"你也很聪明,也努力想活得安稳,却不能如愿,不是吗?"

世间难的是万事如意。

乱世之中求现世安稳，或许只是幻想。

丛林点了点头，道："你想问什么就问吧，只要是我知道的。"

二人之后又交谈了许久，墙壁上的两个人影重叠摇晃，让整间囚室看起来不至于那么凄清。

一问，一答，二人就这么说着，煤油灯渐渐见底，囚室开始暗下来，听到他们的谈话的，除了扑火的飞蛾，别无他人。

说完最后一句话，丛林长长地舒了一口气，满脸轻松，他望着许杭轻轻地笑了一下，说："说了这么久，好渴啊……许大夫，把你怀里的东西给我吧。"

许杭起身的动作顿了顿，掸土的手也僵在那里，他与丛林对视一眼，看着对方清澈的眼眸，便知丛林已经看穿了。

这个家伙，伶俐得很。

"还是被你猜到了。"许杭从怀里拿出一个小小的瓶子。

丛林一见到那玩意儿就仿佛那根扎在肩膀上的钢针被拔掉了一般，看向许杭的眼神也多了一分感激，回道："因为我知道你是大夫，终归是善良的。"

那是一瓶毒药，是许杭炼制的最好的一瓶毒药，饮下之后，四肢麻痹，心跳渐停，没有什么痛苦，看起来就像暴毙一般。

许杭相信，即便被人视为草芥，丛林也更愿死得有尊严一些，饮毒自尽总比在人前被枪决来得体面。然而，许杭一直在犹豫该不该拿出来。

把毒药放在别人面前等于送人上路，这件事怎么说都还是残酷的。

许杭将瓶子缓缓放到丛林的右手手心。

丛林看了一会儿，慢慢地支起膝盖，将瓶子送到嘴边，想咬开盖子，弄了半天都没成功，最后还是许杭拔下塞子，递到丛林面前。

丛林突然问了一句："这个是甜的吗？"

死之前，他关心的居然是这个。

"是甜的。"许杭艰难地从牙缝中挤出声音来。

"真好。"

丛林露出了孩子讨到糖一般的笑意，叼住瓶嘴，仰头饮尽，甜腻的毒药顺着喉咙一路甜到胃里，嘴巴一松，瓶子掉到地上，碎成几片。

丛林爱吃甜,这辈子却极少吃到。他呕心沥血地为段战舟付出，无非是因为对方是第一个给他甜头吃的人。

喝完了，丛林脸上只剩下笑意，半点儿不像赴死之人。

许杭把地上的碎片收拾好,端起煤油灯,一步一步往台阶上走。

许杭的身后，丛林一直紧紧蜷着的左手掌心微微松开，挑断的手筋让丛林无法控制力道，很久之后才露出掌心里的物件。

一支小小的、松树形状的蜡烛。

那一瞬间，眼泪从眼眶中滴落，丛林肆无忌惮地哭泣。大约这一生没怎么哭过，临死前再不好好宣泄一番，这一生算是白过了。

委屈，真的好委屈。

受了那么多的罪，全身上下没有一块好皮，没有亲人，没有朋友，没有爱人，没有兄弟姊妹，没有家，就连好不容易哭一哭，都没人安慰。

丛林哭得上气不接下气，直到药效发作，四肢开始麻痹，哭的力气也渐渐被剥夺，眼前陡然出现的还是那年，那晚，那个墙头，那个端着蛋糕的男孩儿。

恍惚之间，他仿佛看见丛薇来接他了。

丛林已经迫不及待想要同阿姐说体己话。

阿姐，你说得对，奶油真的是我一辈子都尝不到的味道。

阿姐，我很想你。

阿姐，对不起，阿林还是要下去找你了。

最后一颗泪珠打在蜡烛上，丛林的手一软，脑袋垂了下去，眼皮合上，陷入了长久的沉睡。

许杭迈过最后一级台阶，手中的煤油灯耗尽最后一点儿油，哀乎而灭，光明散去，黑暗登场。

举灯回顾无埋骨，枯藤牢冷青苔死。

小铜关里，段战舟在和段烨霖大吵一架之后甩门而去，跑到了外面。

段战舟一脚踢开一颗小石子，泄愤地低骂了一句，就这么冷着脸在城里走，不知不觉就走到了东门口。

现在还早得很，蒸包子的蒸笼还没热，可是等着出城的人已经排了好长的队伍，正一个个等着放行。

队伍中有个拉板车的老汉，满头大汗地拉着车往前走，车上似乎躺着一个死人，身上盖着白布，只有枯黄的头发和一只手腕露在外头。

看门兵刚要凑近便闻到一股臭味，五官立刻皱在一起，摇摇头道："什么玩意儿？"

拉车的老汉弓着身子回道："官爷，我是专门拉牢里死的囚犯去乱葬岗的，这个是前两天死的，再不埋就臭了。"

"是吗？没藏什么玩意儿吧？"看门兵拿枪头挑起白布一角，马上就皱起了眉头，"这死得也太惨了，赶紧拖出去扔了！呸呸呸，晦气！”

其余几个人也跟着骂了两句，一大早看见尸体，谁都不开心。

可这话听得段战舟有些不舒服，胸口一阵闷，便走上前出声斥道：“说什么呢？”

看门兵一见到段战舟，赶紧把枪一收，立正，一只手举起来敬礼，喊道：“军长好！”

“死人也是人，嘴巴上积点儿德。”

“是……我错了。”

段战舟看了看那盖着白布的尸体，问道：“哪个牢里出来的？这是犯什么事死的？”

“哟，官爷，这您可难为我了，我就一收尸的，哪知道这人犯了什么事。死在牢里头的，总归都是自作孽的，不可惜。”

这几日贺州城里死的人太多了，难免会引得人生出些悲悯情怀，段战舟转过身，从口袋里拿了几块大洋赏给那个老汉，并对他说：“你辛苦了，忙你的去吧，把人好好埋了吧。”

得了好处的老汉自然高兴，什么长命百岁、福报临门的话说了几句，随后千恩万谢地拖着车出城了。

板车的车轱辘顶到一颗小石子，左右摇了摇，那只露在外头的手也随着晃了晃，从手心里掉出来一个物件，刚落地就被迎上来的后轮子碾了过去，碎成了渣。

段战舟的目光正好落在那处，他定睛一看，似乎是支小小的蜡烛。

风一吹，蜡烛都散成末了。

回到小铜关，他再度气势汹汹地闯进段烨霖的房间，开门见山地说：“不管你支不支持，明天我都会去劫法场。你若不想看到我出事就给我派兵，若是不管我的死活，我就自己去！”

这几天他来来回回就围着丛林的事情闹，段烨霖已经不惊讶了，听了他的话，只是微微叹了一口气。

这沉默在段战舟的眼里显然是种拒绝，他冷笑了一下，点点头道："成，你不肯，我自己去。"

他转身就要走，段烨霖一拍桌子，喝道："你给我站住！"

"段大司令，你还有什么吩咐？"段战舟针锋相对道。

段烨霖看着段战舟那桀骜不驯的背影，只能无奈地垂下眼眸，接下来他要说的事情有些残忍，他不知道出口之后会换来怎样的反应。

"战舟，已经来不及了。"

"袁野刚刚打来电话，说丛林在袁府的牢里受不了折磨……暴毙了。"

段战舟听到了自己的心跳声："不可能！袁森没有发出'人犯已死'的告示……"

"那是因为他要逼我们动手。他隐瞒丛林的死讯，就是想看着我们自乱阵脚，如果你真的去劫法场，他就会往我们身上泼脏水！"

"丛林那家伙狡猾得很，说不定只是诈死！"

"都已经断气两天了。"

段战舟抿了抿嘴，又道："袁野是袁家人，他的话也不能尽信。"

"若不是尸臭传出，掩盖不住，只能拖出去埋了，袁野也不会知道。"

活人是不会有尸臭的，但凡有一丝一毫的生气都不会腐烂。

更何况，若是袁野与袁森当真是一条心，那就更不该告诉他们丛林已死的消息。

这件事不会有假。

过了一会儿,段战舟离开了段烨霖的房间,回到自己的卧房内。

他坐在沙发上,看着桌上的一个木盒子,那应该是丛林的东西。

盒子里的东西真是少得可怜,几件换洗的衣服,还有一方叠起来的手帕。那手帕上绣着紫薇花,是丛薇的东西,洗得干干净净,一看就是小心珍藏着的。那几件衣服也是丛薇生前给丛林做的。

他头一次感受到丛林对丛薇的依恋。

他将帕子展开,就见里头掉出来一个黑色的物件,拾起一看,竟是一枚弹壳。

弹壳的表面用尖刀刻了几个字。

段战舟把东西照原样收拾好,躺在沙发上,闭上了眼睛。

没多久,段战舟就睡了过去,他醒来的时候,看外头的天色,应该接近黄昏了。

随后,他瞳孔骤然一缩,因为他不是在自己房间里的沙发上醒来的,而是在一个几乎称得上穷酸简单的小房间里的床上醒来的。

是丛林的房间。

"你醒了?"一道熟悉的声音突兀地在房间里响起。

段战舟猛地抬头,就见许杭端坐在对面的小椅子上,正捧着一杯茶轻轻吹着茶沫,一派悠闲的姿态。

段战舟以为自己还在梦里,拍了拍脑袋,试图让自己清醒一点儿。等意识到不是在做梦后,他问道:"是你把我带到这儿来的?"

许杭呷了一口茶,笑了一下,说:"你觉得我有那个本事把你从睡梦中扛过来,而你却完全没知觉?"

这显然不可能,他还没有糊涂到那种地步。

"那我怎么在这里?"

“很奇怪吗？”许杭反问。

“你什么意思？！”段战舟本就心情不好，听到许杭这前言不搭后语的话，更是没了耐心。

很快天就要黑了，许杭想赶在天黑之前将话都说明白，便放下茶杯，双眸一抬，像探照灯一样一下子照进段战舟的心里。

“你是不是经常像现在这样，一觉醒来，不在自己的卧房里，而在别的地方？

“你是不是很奇怪，总感觉在梦里见到了些什么，亦真亦假，醒来后却什么都记不清？

“你是不是很好奇，当年只是喝多了一点儿酒，为什么醒来后身边就多了一个丛薇？”

许杭每抛出一个问题，段战舟的背脊都似被抽了一下，甚至连关节都疼痛起来。

他突然萌生出一种矛盾的想法，既想捂住许杭的嘴巴，让许杭说不出接下来的话，又迫不及待想让许杭说下去。

“你到底想说什么？不要再故弄玄虚了！”他低吼道。

看到段战舟这样，许杭脸上的表情更清冷了，他回道：“别急，我会告诉你的。这是个很长的故事，你可要慢慢听。”

太阳下山了，这一天又进入黑夜，万物开始安静。

小铜关的某个房间里，灯一直亮着，里头传来絮絮的说话声，先是很轻柔的低语，而后是不敢相信的低吼，随即是暴怒的大叫。

“若非丛林在你身边阳奉阴违，替你周旋，你早就死在参谋长手里了。”

“你胡说！这不可能……”

“怎……怎么会……”

“住口！你住口！”

“是……我错了？”

良久之后，久到屋外树上的鸟雀都回巢休息了，屋子里才恢复安静。

“吱呀”一声，许杭开了门从里头出来，又将门带上，他并未走远，而是站在门口一动不动。他身后的房间里突然爆发出一阵如同野兽受伤时的号叫声，像是灵魂要从身体里破出来的哀鸣。

随着一阵强烈的撞击，整扇门抖了抖，墙壁也跟着落了点儿灰下来。一下又一下，是人的拳头砸在门上的声音，每一下都用了全力。

厚重的木门竟可怜地裂开几道缝隙，门锁也开始变形，直到最后一声脆响，门彻底报废。

门里是如野兽般红着眼睛像要吃人的段战舟，他冲了出来，一路跌跌撞撞，跑得不见踪影。

真相大白的时候，人们的表现总是癫狂而不堪。他们挣扎，他们不信，最后只能在不情不愿中默默接受，后悔莫及。

谁让他们愚蠢，谁让他们倔强，活该。

许杭也准备离开小铜关了，漆黑而幽深的走廊里，半点儿光也见不到，嗒嗒的脚步声在这里像是哀唱的节奏，许杭突然戏瘾大发，轻轻张口，唱起了越剧的《梁祝》。

许杭的歌喉清亮圆润，只是在这黑夜里显得那么凄楚而孤单。

许杭一面唱，一面往台阶下走，黑夜掩藏了他面上的情绪。

唱罢，许杭正巧走出小铜关，一抬头，只见弯月如刀，呈血色，照耀着这安详的贺州城。

◇第七章　凤凰冠

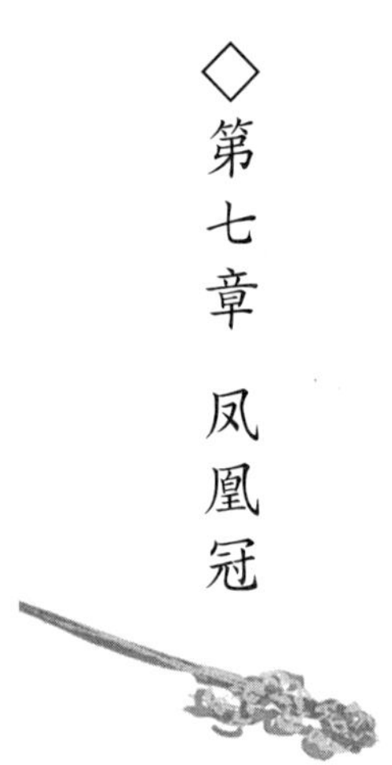

有人肝肠寸断，有人喜气洋洋。

袁森总算高枕无忧了，戒备森严的袁府也可以解严了，竟然有闲情逸致张罗起袁野的婚事来。

人人都在传，贺州城许久没有大户人家办喜事了，这回怕是要好好热闹一番。

几家欢喜几家愁。

许杭回到金燕堂，蝉衣迎上来说顾芳菲已经等候多时了，许杭掐指算了算，竟是许久未见她了，心中生出几分欣喜。

他走进正厅，就看见顾芳菲带了好些礼物来，都是用红绸子扎着的。她笑得害羞，手里还揣着一张红彤彤的请帖，一看见许杭，便不好意思地将请帖藏到身后。

“许大夫，许久不见。”

许杭忙招呼下人上好茶，回道：“最近事情太多，我实在抽不开身去看你，你今日来可是有什么喜事？”

女儿家的娇羞心事更是藏不住了，眼角眉梢都是笑意，她将请帖递过去，说：“本来……该是袁野来送的，只是我想着来见见你，便不害臊地自己来了，许大夫一定要赏脸啊。”

许杭打开请帖一看，果不其然，是顾芳菲和袁野的订婚宴。

局长家的公子和澎运商会会长的千金必定是郎才女貌，传遍贺州城的一段佳话。订婚的日子也热闹，竟是五月初五端阳节。

许杭看了一眼，垂下眼眸道：“这日子急了些。”

“我也这么想，只是袁家的太奶奶年纪大了，所以才定得急了些，又说今年事事都有些坎坷，用喜事冲一冲就好了。我与袁野虽不信那一套，但架不住老人一直劝，索性定下来了，反正早晚都要订的。”

若是家中老人过世，这婚事恐怕要压很久，故而赶着办也在情理之中。

按理说，友人的喜事，该道一句祝贺的，可是看许杭的面色，竟似有难言之隐。顾芳菲观察到他的不对劲，便问：“许大夫，怎么了？”

“哦，没什么，你和袁野既然两情相悦，这自然是再好不过的，我……”许杭迟疑了一会儿，才继续说，“莫怪我攀个亲，你敬我如兄如友，我视你亦如姊如妹，有些话忍不住说出来。袁野是个好儿郎，秉性赤诚，是个不可多得的佳婿。可是袁家这样的人家，朝夕变故，你可有心理准备？”

当着兴致勃勃的准新娘的面说这样扫兴的话，换了旁人，一定会将许杭骂一顿，然而顾芳菲晓得，不是真心担忧，又岂会思虑得如此之远。

况且许杭说得也在情在理，袁家树大招风，这年头儿的军阀没有几家不是风雨飘摇的，今日看他富贵，难保明日不会走入绝境。

顾芳菲点了点头，笑道：“我家世代经商，又有何不一样呢？

今日金银加身，明日就可能血本无归。他的家世与我何干，我要的只是这个人罢了。”

“或许你怪我多言，可如今局势动荡，我怕袁森一旦出事会连累你。”

顾芳菲十指紧扣，摩挲了一会儿，声音低沉道：“许大夫说的，我明白，万家灯火万家愁，我既选了他，便不怕与他分担。”

她不是弱女子，更不是目光短浅的小女人，一旦下定决心，便不会被三言两语改变。

许杭将那份请帖捏在手里，总觉得分量很重，他想说些“恩爱长久”“早生贵子”之类的话，又觉得实在毫无营养，便抬起头笑了笑，说：“那……愿你与他不论后事如何，皆能执手到老。”

顾芳菲觉得许杭的神情有些怪异，但又说不上来哪里不对，于是笑着应下也就算了。

巧了，古怪的不止许杭一个。

入夜后，袁森一家吃了晚膳，刚放下筷子，袁森就对袁野道：“一会儿去给你奶奶问个礼，告诉她你的喜事，这么多年了，好歹是她孙子的婚事，她大约是愿意出来的。”

听了这话，袁野和袁夫人对视一眼，却不敢多言，只得应下。

袁老太太一直住在袁府边上的松泉堂里，十几年前就不问袁家事了，这期间，无论袁森派多少人去请去说，袁老太太都愣是不见，只当自己与袁家无关，就这么过着清苦的日子。

袁野也觉得奇怪，他小的时候，家里明明还是三代同堂，和乐融融，不知为何，忽有一年，袁老太太就像与袁森翻了脸，从此无论袁家人生老病死，她都一概不见。

唯有袁野去拜访她，她才愿意开门。

松泉堂紧挨着袁府，背阴，格外湿润，袁野一到这儿就皱起了眉头，袁老太太的风湿病最忌讳湿气了。

袁老太太听完袁野的话，便对一旁的嬷嬷说："玉桂，将我那匣子里的那支金钗送给小野，当我这老婆子送给孙媳妇的见面礼。礼到就算我人到了。"

言下之意就是不想出席。

袁野还想着撒撒娇，便说："奶奶，虽然我不知道爸从前因为什么事惹您不开心，但您能不能看在我的面子上去一次？"

袁老太太不动如山，一旁的嬷嬷把木匣子放到袁野手里，笑道："行了，少爷，老太太的脾气您是知道的，她即便不出去，心里也是念着你的。喏，这支金钗啊，在你还没出世的时候就打好了，从来不示人，就等着你成家时给少奶奶呢！"

袁野打开木匣子，那支金色的钗子呈现在眼前，过了这么些年，金钗的色泽不如当初，但是从做工看，能看得出是上乘货，用料足，若是十几年前打的，价格怕是不菲。

袁野一看见它就皱起了眉头，左瞅瞅，右看看，最后说了一句："这支金钗……我好似见过。"

"胡说，"老嬷嬷笑着嗔怪道，"这金钗老太太藏了好些年，你何时见过？"

袁野仔细看了一下，道："倒不是见过这一支，而是见过一支和这支相似的。我之前还特意问过金匠，他说一般做成燕子款式的，或是飞燕，或是衔柳，或是莺燕还巢……可这个少见，将燕子和芍药凑在一块儿。"

"花花鸟鸟嘛，不都一样？大同小异，还能稀奇到哪里去？"

"还真就不一样，不过我也说不上来哪里不一样。对了，开春的时候，汪都督不是出事了吗，我在他身上就发现了一支金钗，虽然没有这支精致，但是上头的花纹像了个六七成，尤其是这只金燕子，也是燕衔芍药……”

袁老太太一愣，好似没反应过来。

袁野出声唤了一下：“奶奶？”

袁老太太神色凝重地站起来，对袁野说：“你回去吧，告诉你父亲，那日我会出席的。”

说完，她就称自己累了，要休息，几句话就将袁野请出了松泉堂。

等在外面的小井迎上来，看到袁野低头沉思，便问：“少爷，老太太又不肯？”

“肯倒是肯了……”袁野手里拿着那支金钗，眉宇之间写满了疑问。原本这件事情他已经放在一边，没承想今日来松泉堂一趟，竟然又翻起波浪来，可见对于有些事情，闭目塞听是不行的，一定得查清楚才行。

他心中有预感，那支金钗和自己家必定有着千丝万缕的联系。

那金钗头一次出现就是血光之灾，这次再出现，不知道……袁野摇了摇头，往家走去。

两人走到府墙旁的树下，陡然刮过一阵风，吹得人凉飕飕的。袁野回头看了一眼，眨眨眼，又看了一下。

“小井，方才你有见着什么人吗？”

小井也朝袁野看的方向望过去，答道：“没有吧，这个点好像快到巡查兵换班的时候了，许是他们吧。”

方才袁野恍惚间感觉墙边有人走过，只因起了风，不知是树影还是自己迷了眼，听小井这么一说，也就没细想。

今夜所有事情都透着古怪，袁野把金钗揣进怀里收好，急急往回走。

墙的那一边就是袁府的偏院，先前关押丛林的地方，老杨头拿着新得的赏钱买了几两二曲酒，喝得鼻头红彤彤的，哼着花鼓调子，抽着烟回到自己的小柴屋里。

屁股往小方凳上一坐，嘴再咂一口，他算算自己的年岁，已过六旬，临了无妻无儿无女，真是孤苦无依。

真不知是香火烧得少了，还是祖上没积德，都是命啊。

他感叹了一会儿，准备歇息，就听见外头有脚步声响起，随即是一阵敲门声。

“谁啊？”这大半夜的，难道是主子有什么吩咐不成？

门外没人回答，老杨头又叫了几声，外头只有风声和不疾不徐的敲门声。

真是的，现在的下人一个比一个不懂事，连应答一句都不会。老杨头披着小褂，走到门边，拉下门闩，嘴里应道：“来了，来了，什么事啊，大晚上的？”

门一开，先是一阵阴风吹进来，老杨头打了个冷战，抬头就见面前是个穿黑斗篷的人，面生得很，不像府里的下人。

“你是？”

那人摘下黑斗篷的帽子，将脸完完全全露出来，声音毫无温度，喊道：“杨伯伯，还记得我吗？”

老杨头一听就眯起了眼睛，仔仔细细打量了一会儿，先是凑近，再是后退，想从记忆里挖出这个人的信息来。

“你是哪位？你……你不是府上的人吧？你是怎么进来的？”

那人见老杨头想不起来，有些失望地叹了口气，复又开口：“杨伯伯，我要的糖年糕，你可记得带回来？”

没头没脑的一句话，可是老杨头的记忆就像沉入大海中的一枚鹅卵石，被这句话网住了，“嗖”的一下被吊起来，浮出了水面。

很多年前，有那么一个人拉着他的衣袖，跟他撒娇要糖年糕吃。

他陡然想起了一个熟悉的身影，是一个他本以为这辈子都不会再见到的人，他骤然睁大眼睛，手指颤抖着点了点，惊道：“你……你不会是……”

“看来你想起来了。”

那人笑了一下，在老杨头不敢相信的眼神中抬起右手，手里是一支金钗，没等老杨头反应过来，便将金钗一下扎进了他的心口。

“啊！”老杨头发出一声闷哼，捂着受伤的地方连连后退，血浆喷射出来，将他洗得发白的小褂都弄脏了。

一切发生得太快了，快到他无法做出反应，那人依旧站在门口，一步都没有朝里踏进，就那么冷冷地看着他。

眼前净是血雾，忽明忽暗，渐渐地有些看不清人，老杨头一只手扶着桌子，身子慢慢往下滑，最后跌坐在地上。他看见那人嘴巴微张，似是说了两个字。

说罢，那人缓缓转身离去。

老杨头拼着最后一点儿力气，移动自己的身子，往床边的一个小柜子靠近，一只手颤抖着摸索，许久才掏出一个小小的物件，他死死揣在怀里，嘴里念念叨叨的。

他仿佛被人切断了气管，所有的力气直往外泄，进气少，出气多，如缺氧的鱼一样大张着嘴，徒劳无功。

最后，老杨头咯出一口心头血，头一歪，断了气。

墙头雨细垂纤草，水面风回聚落花。

夏季的雨，总是来得那么突然。正如此夜，细如牛毛的雨轻飘飘的，像柳絮一样，若是打伞，显得矫情；若是不打伞，它又绵绵密密地落在你身上，悄无声息地将衣衫打湿。

段烨霖走到金燕堂门口的时候，这夏雨才刚刚下。

他途经绮园，见蝉衣缩在门口，探着脑袋像是在看什么，便走过去拍了拍蝉衣的肩膀。

蝉衣转过身，先是行礼，然后竖起一根手指嘘了一声，说："司令，快看，当家的今日奇怪得紧。"

段烨霖学着蝉衣的动作探头望了过去，就见许杭披着一身白色轻纱站在荷塘边的垂柳下，未打伞，不知在做什么。

蝉衣扒着门道："今日，当家的入了夜才回来，一进门就褪了外衫站在这里，也不准我们接近半步。"

段烨霖没同她多说，摆摆手叫她下去，自己进了绮园。

真是不到园林，怎知春色如许？踏进去的一瞬间，段烨霖便觉宛如闯进一幅古画之中，又似进了幻境。

垂柳斜木荷花雨，塘上奏扬琴。

许杭站在一块大石头上，柳树的枝丫上挂着一盏琉璃灯笼，氤氲光晕将他的侧脸照得如朦胧之月，他微微仰着头，脖子上的汗毛上都挂着水珠。

段烨霖走近了才发现，许杭是赤着脚的，白如雪的脚踝与漆黑的石面相称。

涂香莫惜莲承步，长愁罗袜凌波去。

纤妙说应难，须从掌上看。

他以前读过一句诗，叫"屐上足如霜，不著鸦头袜"。

那时他觉得很奇怪，怎么会说一个人的双足像霜雪一样呢？直到今日，他才知诗人所说不假。

许杭眯着眼，轻哼着越剧的曲调，恰似一块玉轮在棉絮里轻轻揉搓，听得人耳朵都软了。

“青青荷叶清水塘，鸳鸯成对又成双，梁兄啊，英台若是女红妆，梁兄你愿不愿配鸳鸯？”他唱完一句，便勾着手一捻，好似抓着一把扇子般，“配鸳鸯，配鸳鸯，可惜你英台不是女红妆……”

贺州城里人人都说，从前梨花班的台柱子一口软言唱腔最是地道精练，可是没有人知道，金燕堂的许大当家这副嗓子才是出口值千金。

许杭一人分饰两角，唱梁山伯便俊秀清朗，唱祝英台便娇羞甜蜜，明明只是不着力地吟唱，却压过多少苦练功的真行家。

段烨霖只在四年前听过一次，他以为许杭该是恨极了这些东西，所以从来不敢在许杭面前提，谁知今夜有幸再饱耳福。

他小心翼翼地走上前，许杭已经不念词了，只是哼着调子，他靠近一嗅，便闻到了一点儿梨花白的味道。

这是喝醉了？

段烨霖问：“少棠，你不开心？”

许杭嘴角噙着一点儿若有若无的笑意，摇了摇头，好似醉得挺开心。

段烨霖喟叹道：“喝酒也不叫我？”

许杭没有回头，声音飘忽得很：“你爱喝劈震春，我只饮梨花白，咱俩喝不到一块儿去。”

“为何饮酒？你以前不爱喝的。”

“谁说我不爱喝？”许杭努了努嘴，“酒乃伤肝伤身的东西，从医弄药的人都知道，只是不碰它罢了。今日……今日是个好日子，想喝一点儿。”

好日子？段烨霖想了很久都想不出今日是什么好日子。

毛毛细雨轻轻飘洒下来，许杭的头发一缕一缕挂在脸颊上。

段烨霖又问："对了，方才你唱的是'十八相送'？"

"嗯。"

"我最爱听的也是这段，绮园初见，你唱的也是这段。"

许杭乌黑的眼珠转了一下，因沾了一些水汽，显得有些迷蒙，他回道："这段虽好，可之后便是'回十八''楼台会''哭坟化蝶'……"

他越说声音越低，说到最后，只剩叹息。

听到这里，段烨霖方明白，许杭今日是在为人之生死而哀婉。难怪蝉衣会说今日的许杭不对劲了。

"你醉了，我带你回去。"

踏在石子路上，许杭又问："今日怎么不看着你弟弟？"

"他走了，丛林这笔账，他会慢慢和袁森算的。"

许杭轻笑了一下，摇头道："段烨霖，若是我死了……"

段烨霖骤然刹住脚步，雨滴凝成的水珠顺着他的脸颊流到下巴，滴落下去。

"你不会死的。"段烨霖的话掷地有声。

他说得好似自己是掌管生死的阎罗王。

许杭沉默片刻，道："又在说胡话了。"

"不是胡话，不是你说的吗，但愿我永远都这么有自信。我就是有这个自信，你不会死的。"

许杭道："人活一日，便不知明日是福是祸，生死有命，哪里是你能定的……若是我爹还活着，今日该是他的寿辰了。"

原来是这样！

难怪说是"好日子"。

算起来，许杭有十几年没见过自己的爹娘了，不是没空见，而是阴阳相隔。

这么多年来，许杭极少提及自己的感情和往事，今日陡然开口，段烨霖只觉心疼。

像许杭这么冷静淡然的人，竟然会借酒消愁，可见心底创痛之深。

他将人带回了房间，小轩窗正开着，许杭坐到了窗棂上。

梨花白的气味真甜，段烨霖爱喝烈酒，梨花白对他来说太淡了些，也太甜了些，现在尝起来却觉得恰到好处。

正此时，园林门口，两个丫鬟边说话边朝房间走来。

“蝉衣姐姐，这么晚了你上哪儿去？”

“当家的喝多了，我送一碗醒酒汤去，你先去睡吧。”

蝉衣走到门前，见灯都灭了，便小心地敲门道：“当家的，仔细明早头疼，喝一些醒酒汤吧。”

许杭微微哑着嗓子出声道：“我现在不想喝，你放门口吧……”

蝉衣放下汤就走了。

人常说，祸兮福所倚。此言是有道理的。

段烨霖刚在小铜关坐定，底下人就冲上来传报，说袁府出了命案。

这件事本不应惊动段烨霖，只是今儿天还没亮，袁森就因有要事而赶去了临县，这才传到了小铜关。

听说袁府死了个老管家，没人太在意，可是再一听，是被一支金钗刺死的，这就很有意思了。

段烨霖带着 行人匆匆赶到袁府，袁野已经带着自家的人查了一遍，他本人正蹲在案发现场细细地观察。

老杨头的尸体是一大清早去开后门的丫鬟发现的，袁野一看见那支金钗就吓得连忙跑回自己屋里，可是袁老太太给他的那支还在匣子里好好躺着呢。

在段烨霖来之前，他偷偷比对了一下，花纹确实极为相像，只是杀死老杨头的那支和杀死汪都督的那支一样，略粗糙一些，不比袁老太太给的这支精致。

小柴屋里没有打斗过的痕迹，老杨头坐在地上，背靠着桌腿，一只手抚着伤口，另一只手抓着什么东西，血液淌到了门槛处。

段烨霖进门时看了看，门口的足迹已经被清理过了，便道："门外无血，人是在屋里被杀的吧。"

袁野抬起头，脸色惨白，笑了一下，说："让司令见笑了。"

段烨霖走到老杨头的尸体面前，用两个指头在他心口处探了一下，看到那支金钗，笑道："那人果然还在贺州城。"

袁野长长地叹了一口气，说："看来我们之前的猜测是对的，凶手的目的果然不简单，先是都督府，再是袁府，所谋甚大。"

"我不太懂，凶手为什么要杀一个管家呢？"乔松走上前，挠头道，"若是来寻仇的，可和一个管家又能有什么仇怨？再说了，要是真的只是和这老人有仇怨，何必辛辛苦苦跑到袁府里来杀？"

段烨霖想试着把那支金钗拔出来，听到乔松的话，便道："要是什么事情都一目了然，还要我们来现场查什么？"

金钗扎得很深，段烨霖微微用了一点儿力道才把它拔出来，他看了看金钗的变形程度，说："从上往下插的，凶手应该比老杨头高一些。"他问袁野，"有别的伤口吗？"

"没有，仅此一个。"

"是个好手，"段烨霖勾了勾嘴角，"一击毙命，直断心脉，干脆利落。"

段烨霖看了看老杨头捏紧的右手，伸手过去，对着关节用了一点儿巧劲，那手就渐渐松开，从里头掉出来一个护身符。

他偏过头，顺着血迹蔓延的方向看过去，一直到一边柜子的抽屉上，到处都是手印，显然这个护身符是从里头拿出来的，能握得那么紧，必定是老杨头死前亲自所为。

乔松带着法医在这仅容几人站立的房间里查了查，大家都摇摇头，表示没发现什么关键证据。

袁野一看，心里就有数了，道："那个凶手怕是连屋子也没进，在门口就动手了。"

大家听他这么信誓旦旦地下结论，都惊了一下，等着他的下文。

"这门是往里开的，门板外侧有血，里头却没有，且门槛里面有血，外面没有，说明是在门口动的手。房间里没有凶手的脚印和翻动过的痕迹，老杨头更没有被捆绑或捂嘴，说明他动完手就走了，也能证明这是个很有自信的人。他一点儿也不担心老杨头会叫人，因为他有把握这一击下去，老杨头撑不到被救的时候。"

乔松听了一会儿，提问道："也许是他进来了又清理过呢？"

"不会，门外是潮湿的泥土地，凶手进来的话一定会留下很难清理的痕迹。我们进来的时候，地上一点儿被破坏过的痕迹都没有。即便那个凶手进了门又仔细地擦掉了自己的脚印，难道还能保证一点儿也不碰到这地上的鲜血吗？"

众人低头看了看，果真如此。

说到这里，这个案子可谓简单至极，可正是因为太简单了，以至于毫无头绪。

一旁沉默了很久的段烨霖一直在翻看那个桃木护身符，此时突然出声问道："他家可还有什么人？"

"没了，五六年前他的独子因赌债缠身被人砍死，从此他便孤身一人了。"

“那就有意思了。”段烨霖抓着那个护身符，垂在袁野面前给他看。

袁野定睛仔细观察，这个护身符他常常在老杨头身上见到，从不觉得有什么稀奇。

见袁野没看出来，段烨霖伸出一根手指，指了指上面的字，说：“这不是普通的护身符，你仔细看上头刻的小字。”

“许是老杨头为自己儿子求的护身符。”

段烨霖将桃木底下刻的年份露出来，又道：“这东西得有十几年了，你说他儿子是五六年前横死的，那么这东西就不会是为他儿子所求。”

乔松觉得段烨霖有些钻牛角尖，便道：“司令，一个符而已，老人家身上佩戴点儿这玩意儿不是很正常吗？”

此时，只有袁野真正理解了段烨霖的意思。

这个年头极久远的护身符出现在一个被杀死的老人身上，的确大有文章。

他站起来，左右看了看，点了点头，说：“不正常，确实不正常！”

“怎么说？”

“你看！”袁野指了指那个被翻开的抽屉，“老杨头是受了伤后垂死挣扎拿出这个的，试想一个人被人谋害，倘若还有一点点气力，为什么不是呼救，为什么不留下一点儿有关凶手的线索，而是宁愿白费力气去拿一个符呢？”

乔松一拍脑袋，附和道：“还真是！府里上下都说，昨夜半点儿动静都没听到，虽说这里离得远，可若是大声喊一喊，总还是有下人听得见的。”

“这只能说明是……”

“是自寻死路。”

门口突然传来一句掷地有声的话语，众人回头看过去，只见门口站着一位身着素衣、表情端庄沉稳、颇有大家风范的老人家。

她被人搀扶着，虽然走得极慢，但是每一步都踏得稳稳当当。

袁野一见着她，脸上便露出震惊之色，然后快速迎了上去。

“奶奶！”

袁老太太一出现，见着柴房内的惨状，脸上先是微微一动，嘴里念念有词几句，这才走进去。

“一大清早的，让段司令看我袁家的笑话了。一个下人的恩怨之事就不劳烦段司令伤神了，还请到前厅喝杯茶吧。”

段烨霖和乔松对视一眼，这袁家老太太明显是在下逐客令，可此事他无法就此罢手。

“老太太客气了，现在人命关天，尚不是吃茶的时候。”段烨霖断然回绝。

袁野见状，便想上去圆两句：“奶奶，是我请段司令来……”

“放肆！”袁老太太气从丹田而起，教训起袁野来，“你也是快要成家的人了，竟如此不当心。此事若是被有心人拿来做文章，可是要给袁家招难的！明白吗？”

都说这袁家老太太年轻时叱咤风云，现在纵然已是风华老去，年逾古稀，可她身上依旧有那种气势凌人的魄力。

无论怎样，她说得也的确在理，段烨霖换了个由头问道：“老太太莫气，有我在，自然不会让什么谣言乱传。方才老太太说‘自寻死路’，看来老太太对此事有所了解？”

他的眼睛紧紧盯着袁老太太，想从她脸上找出一些蛛丝马迹。

袁老太太的眼神不见半点儿波动，她只道：“我岂会知道下人的事情？听你们说，这老杨头临死之际不求救，反而握着这无用的劳什子，想他年轻时必是做了错事，如今落得这么个下场，是他咎由自取、自寻死路。”

咎由自取，自寻死路，呵，真是极好的说辞。

段烨霖揉了揉鼻梁，意味深长地说：“老太太，若真是如此，我倒也不必费什么力气了。怕只怕有歹心的人针对袁府，而老太太不知啊。”

袁老太太听懂了他的意思，淡淡一笑，回道：“段司令再怎么热心肠，也不该欺负我袁家主事人不在家，便在这儿闹。这里人多口杂，说出去总是不好听，若是真有什么事情，等我儿回来查个清楚，自然会跟段司令知会一声。”

看来眼下这件事没法儿再查下去了。不论袁老太太是知情还是不知情，她都不会由着外人在袁家大肆搜查，而再拖下去，只怕袁森也快回来了，段烨霖想了想，便退了一步。

“好，今日我愿给老太太面子，既然这是您家里的‘小事’，那就由您自己处理。”

袁老太太微微颔首，客气道：“多谢段司令理解，恕不远送。”

段烨霖摆摆手，带着他的人整整齐齐地出去了。

踏出袁府的大门，听着后头沉重的木门合上的声音，乔松跟在段烨霖身后问：“司令，就这么走了？”

“不然呢？袁森还没咽气呢，我们总不能不管不顾地在他家里闹起来。”

乔松一脸苦瓜相，泄气道：“啊？那咱们就白跑一趟啊？”

“白不了，”段烨霖走到车边，打开车门，从里头拿出一个酒囊，灌了一口，爽快地哈了一口气，“至少我现在很清楚一件事，那金钗背后的人的下一个目标就是袁府。袁家人显然也知道这一点，正好让他们先斗着吧，左右也碍不到咱们，且看戏吧。”

听了段烨霖的话，再看看段烨霖那有些得意的神色，乔松心里大概有数了。

却说袁府里，袁森回来之后，一听这桩命案的细节，登时面如土色，当即在一众巡逻兵面前大发雷霆，命他们打起十二分精神，务必把府里看得如铁桶一般。

随后，他便进了主厅，关上大门，与袁老太太不知说了些什么。

袁野眼见着袁森入了厅，便跟了过去，蹲在主厅的一扇窗下，想偷听。然而，窗关得实，他听得稀里糊涂，只听清了零星几句。

袁老太太中气十足地用恨铁不成钢的口吻说：“不是不报，时候未到！看看，老杨头就是最好的例子！你如今仍不想着改过，真要等天命降到我们袁家，我这白发人送遍你们黑发人吗！”

中间是低低的几句反驳，然后袁森大声顶嘴道：“呵，便是真的有人要来复仇，我也有本事让这人死！”

“你真是疯了！”

一阵摔破器具的声音响起，随后大门被狠狠一推，袁老太太气急败坏地拄着拐杖离开了。

袁野咬了咬指头，怕被袁森发现，赶紧隐入夜色，跑回了房间。

他打开柜子，拿出那支金钗，铺开纸，用钢笔将金钗的样子一点一点地在纸上画出来。

他参照着手中金钗的样子，回忆至今为止在命案中出现的两支金钗的模样，画出三者的共同之处，花了小半个时辰才完成，而后左右看了一眼，觉得差不离了，才打开门，吹了声口哨，将小井叫进来。

“你拿着这幅画，这里还有一些钱，这几日在城里大大小小的金店打听一下，有谁做过这个样子的金钗，通通记清楚了，再回来告诉我！”

小井见袁野面色凝重，赶紧把那幅画在怀里藏好，重重点了点头。

袁野想了想，又补充了一句：“若是谁都不曾做过，那你便问问近来可有谁常去买金块的，要打造这样一支金钗，肯定是要废掉不少料子的。”

“明白了！”

“定要悄悄地，此事重要得很！”

小井拍着胸脯让袁野放心，当夜就匆忙出去办事了。

袁野知道小井的忠心与能力，但他心中仍旧不安，因为小井不明白，这件事情或许真的与袁家的生死一脉相连。

一触即发。

无论袁森如何想将这件事情掩盖过去，贺州城里还是谣言不断，甚至愈演愈烈。

人人都说，贺州城里出了个专杀军阀的侠客，以金钗为信号，金钗一出，必见血光，而老杨头的死就是个震慑。

袁森安排人把袁府围得像个铁桶一样这一点，好似就坐实了这个传言。

不过传言这种东西来得快，去得也快。

鹤鸣药堂里，许杭正在收拾新从山上摘下来的草药，将其碾磨成粉，柜台前的袁野一大早就跑来了，说是想替自己的奶奶要几服风湿药，只是看起来心不在焉的。

他手上帮着许杭捣药，可眼神不知怎的就放空了，药粉脏了一手也没注意到。

许杭拿了一条帕子递过去，道："我说，准新郎官，你怕不是快成家了，乐昏了头，一整天都心神不宁的？"

袁野被许杭说得回了神，低头一看，见手掌心里都是金黄的粉末，忙拿过帕子，道歉道："抱歉，一时想事情入了迷。"

"可是在想那桩命案？"许杭一语道破。

"是啊。人死在自己家里，怎么都不是个滋味。"

红白事相撞，从来都是不吉利的。

许杭把袁野要的药都包好，还拿了一张纸写好用法和用量，道："那些事情自有你父亲去操心，你只管当你的新郎官便是了。这些药你先拿回去，若觉得不好，我再改改药方。不过要我说，还是请老太太到药房来亲自看看比较好。"

袁野叹气道："我奶奶脾气硬，说是要责己身以换福报，不肯求医问药。就这些，我还得求着她身边的嬷嬷偷偷加在她的吃食里呢。不过你的药是真好，全贺州找不出更好的了，真不知你使了什么仙术。"

许杭被他的夸奖逗得轻轻一笑，回道："没什么，我在后头有一小座山，派了人在那儿种草药，自己看着种出来的东西，自然比别人家的好。"

许杭亲自送袁野出门，在他临上车时又说："顾小姐的请帖，我已经收到了，五日后便是你的订婚日，我本不该推辞，只是……"许杭笑了笑，"不知道你父亲愿不愿意看见我？"

这话说出来有点儿尴尬，却是事实。

剿匪前后的事情，袁野都已经知道了，老实说，该不好意思的应该是他，自己父亲做了如此过分的事，他实在是连抱歉都没脸说。

袁野的脸色沉了一下，他诚恳地说："许杭，你是我的朋友，我和芳菲都希望你能前来见证。父亲的无礼，我替他道歉，但我希望那不会影响我们之间的情谊。”

许杭看着袁野那张绷紧的脸，先是垂眸，随后再抬起，嘴角微微泛白，显得说话有些无力，但他还是语气温和地说：“那是自然。”

车子轰鸣一声，往远处开去。

尘埃未散尽处，许杭站在原地，眼神放空，眼里的光芒暗淡下来，显得十分寂寥。

他低声念着几句只有自己才能听得到的惋惜之词。

“只怕是……情谊也只到这里了。”

金燕堂里，难得在许杭回来之前，段烨霖已经到了。

许杭踏进房间的时候，段烨霖正在灯下看一封电报，带着一点儿喜色。他抬头一见许杭就伸手招呼：“少棠，过来看。”

许杭被他一把拽过去。

“是战舟发来的电报，袁森那个家伙果然上钩了，他派人将那笔银子给劫了，还想伪装成山贼抢钱，只怕他死都想不到，这笔钱那么好抢，就是为了让他跳进坑里去。现在战舟已经在四处搜集他贪污的证据，这小子就像突然开了窍一样，下手真够狠的，现在战舟手里有的证据就已经能让袁森倒台了！”

许杭将那封电报拿过来看了两眼，上面满满写的都是实事。

许多段战舟轻描淡写、一笔带过的地方，只写了“经查”两个字，可他之前就听人传话说，段战舟为了查袁森吞港口贸易赃款的证据时吃了枪子，险些死了，由此可以想象得到过程有多么艰难。

为了扳倒袁森，他也算是豁出性命了。

“你就这么由着他乱来吗？”许杭将电报放至一边。

段烨霖笑道：“我派了人去保护他，不会让他真的出事的。”

“那你预备何时收网？”

“算上递交证据，审查，再到上面派人下来，也就三四天工夫，既然要杀，自然得杀他个措手不及。”段烨霖站起来，拿剪子挑了挑灯芯，冷笑了一下，“五月初五，阳气重，是个好日子。”

许杭看着忽明忽暗的蜡烛，眸子闪了闪，道：“那天是袁顾两家的大喜之日。”

段烨霖转过身来，认真地说：“我正想说这个，那天你还是别去了。上次你去袁府就出了事，这次就推了吧。他不请我去，我没法儿在你身边，总是让人不安心。”

许杭微微挑眉道：“我若不去，岂不是显得心虚？”许杭伸出手指轻敲着桌面，“放心吧，在自家儿子的订婚宴上，他不会乱来的。”

“那你就一直待在人多的地方，反正也待不了多久。”

二人正说着话，外头传来咚咚两下敲门声，随后蝉衣脆声喊道：“当家的，您让我收拾的东西，我收拾出来了。”

许杭忙应道：“进来吧。”

段烨霖一回头就看见蝉衣抱着个大箱子进来，那箱子似乎很重，她脸上略出了些汗。

蝉衣将箱子放在桌子上，拿袖子擦了擦汗，道：“难为当家的还想得起这些玩意儿，都不知搁在那犄角旮旯多少年了，我收拾了好久呢，趁着今天太阳好，都晒一晒。这收拾起来才发现真是不错呢，您早该拿出来了！”

不知是什么宝贝，竟说得这么神秘，段烨霖好奇地探出头，见许杭正好打开箱盖，最先露出来的是一件很精致的点翠嵌珠石金龙凤冠，金蓝交错，款式繁复，似是精品。

那凤冠底下还有一双红色锦缎金鱼纹鞋、月白色吉庆有余女帔、假发髻等，多是唱戏用的行头。

许杭将这些东西翻出来，不知是何用意。

段烨霖问道：“你总不是打算再开戏班子吧？”

“我看起来很缺钱吗？”

“那你这是？”

许杭端详着那个凤冠，说：“听说袁顾两家结亲是按照咱们老祖宗的规矩办，凤冠霞帔怕是少不了。这个凤冠虽是我之前演角儿的时候用过的，却价值不菲，便是拿去送人，也是拿得出手的。将它改一改，添些金箔，想来他们也是会喜欢的。”

“哦，原来你是打算用来送人。”

“空手而去，总是不好。”

看着许杭认真挑礼物的模样，段烨霖皱了一下眉头，喝了一口水，才道：“我看得出你是真心待顾芳菲好，我本以为和你说了对付袁森的计划后，你多少会有些动摇，甚至会告诉她。毕竟袁家出事，她这个未过门的儿媳妇一定不会好受。”

许杭放下那个凤冠。

在烛火的照耀下，凤冠上的珍珠与玉石交相辉映，显得格外动人。任凭哪一个女子见了，都会憧憬戴上它的那个瞬间。

可惜，它即将归属的那个人不一定有机会戴上它，而要送出这个礼物的人明知如此，依然相赠。

这好像是一件很讽刺的事情。

许杭摸着凤冠上的花纹，道：“我待她好是出于情谊，送她凤冠、愿她幸福是出自一片真心，而袁森的事情是因果循环，你们要对付他，这也是应该的。本来就是两件事情，并不矛盾，唯独可惜的是，这两件事搅在了一起。说到底，这是你与他们的恩怨，与我何干？”

段烨霖思忖了一下，点头道：“你倒是分得清楚。”

“我问过她的。她不是小女人，比你想的要坚强得多。”许杭肯定地说。

“可她若知道你刻意隐瞒，恐怕会迁怒于你，这朋友可就未必做得成了。”

烛火又晃了一下，好似很不安分。许杭用剪子剪掉灯芯，换了一根蜡烛。

“迁怒便迁怒吧，我本就无朋无友，最不济就是变回从前那样。她若真的因此怨恨我，也不值得我为这情谊惋惜。”

一个人选择了什么样的道路，就要为此负起责任。

就像许杭选择这个凤冠当作礼物一样，她既然要披上袁家的嫁衣、戴上凤冠，就要承担这份沉重。

不能抱怨，因为这是她自己做出的选择。

许杭小心地把凤冠放回箱子里，瞥见里头那些许久不用的行头，眼神深沉了许多。

待到端阳五月五，凤冠一出，又是一场好戏。

五月初四，端午节的前一天。

天才刚亮，松泉堂就迎来了一阵敲门声，老嬷嬷推开门一看，是袁野来给袁老太太送新做的袍子，让她明日出席订婚宴时穿。

原本袁野应该放下就走，可是他走到里头，看着闭目养神的袁老太太，还是忍不住将憋了许久的话说出来。

“家里出了命案，婚事依旧照办。奶奶，有些事我还是想问问你。”

松泉堂的檀香味真是浓，好像把红尘的味道都阻隔在外。

袁老太太眼皮都没抬，直接道：“我一个快入土的老家伙，还能回答你什么呢？”

“奶奶，你其实知道杨管家是因何而死，对吗？”

袁老太太的呼吸顿时乱了节奏。

老嬷嬷脸色大变，忙上前阻止道：“哎呀，少爷，你可不能乱说……”

“嬷嬷，你出去！”袁野难得脸色不善，对老嬷嬷正色厉声，“这是我和奶奶要谈的事情。”

袁老太太慢慢睁开眼，将手举起来，摆了摆，让一脸惶恐的老嬷嬷出去了。

待到门关起来，袁老太太才长叹一口气，道：“查案是那些警察的事情，和咱们无关。”

“既然无关，同我说说又能怎样？”

“小野，上一辈人的事情不该再影响到你这一辈。”

袁野满脸严肃地说：“奶奶，见血的事情都发生在我眼前了，我怎么可能置身事外？”

血缘是种奇妙的东西，它让人一脉相承。袁老太太的倔脾气在袁野身上也可见到。

袁老太太无声地叹了口气，道：“你想知道什么？”

“到底是谁杀了杨管家？那支金钗又是谁的？您又为什么不愿意与父亲相见？”

连珠炮似的询问泄露了袁野压抑许久的情绪，他死死盯着自己的奶奶，仿佛这样就能把真相盯出来。

袁老太太还是不愿意说，顾左右而言他：“明儿是你的好日子，按规矩，是不准说这些不吉利的话的，你回去吧。”

"我非要今天问，就是因为我不想红事未过就白事临头，也不想奶奶你真的'白发人送黑发人'！"

他故意把自己偷听到的话说出来，就是想让袁老太太知道，那天她与袁森的对话，他都晓得了。

果然，袁老太太的嘴巴翕动了一下，面上闪过慌张之色，衣袖下不安分的手指和紊乱的呼吸都出卖了她的紧张。

或者说，是她的害怕。

袁野突然觉得自己很不孝，奶奶都这么大岁数了，他还要来逼问她。

"小野……"袁老太太转过身来，慈爱地看着袁野，甚至伸出手去摸他的脸颊。她的手上是厚厚的老茧，但是温暖至极。

她开口了，却不是回答问题："你长大了，都要娶媳妇了，奶奶能看到你平安无事地长大，就觉得用这一生为你祈福是值得的。"

袁野一把抓住她的手，又问道："究竟是什么样的事，竟然要奶奶你这么多年辛辛苦苦地祈福？"

谁知袁老太太越听，眼神就越无光，沉默许久之后才再度开口："我不知道。"

"奶奶！"

"我年纪大了，很多事都不记得了。"说罢，袁老太太又做出眼观鼻、鼻观心的菩萨模样，她的嘴巴就像紧紧闭上的蚌。

袁野明白，再多的话也问不出来了。

眼前这个本该是自己最熟悉的亲人，此刻他却觉得仿佛初见般陌生。

袁家，他生在这儿，长在这儿，却连它真正的面目都看不穿。

他站起身往外走，到了门边又停下，背对着袁老太太，低声道：

“奶奶，不要总把隐瞒当作一种理所应当的保护。你现在不说，将来也一定会有真相大白的一天。”

片刻紊乱的呼吸声后，袁老太太重新闭上了眼睛。

袁野失望地摇摇头，离开了松泉堂。

吃过早膳，小井就溜进袁野的房间，二人窃窃私语。

“少爷,全城的金店我都问过了,最近几个月买金子的人不多，更别说这么大的量，基本没人。对了，我还去旧古董街溜了一圈，也去黑市查过了，真没什么消息。”

袁野一听，心就沉了下去，追问道：“怎么，就一个可疑的人都没有吗？”

“除非那人就是开金店的，否则真是没有了……”小井从怀里掏出一份名册来，翻开给袁野看，“整个贺州城总共也就十来家金店，其中有五家还是从另外五家拿货的。这出货的五家里头，有三家是从其他城进货，两家是从贺州金矿淘金，我都给您记着了，反正没一个人见过您给我看的那个款式的金钗，要么是他们中有人骗我，要么就是咱们查错了方向。”

袁野看了看那份名单，上头的名字他基本都知道，都是贺州城里有名的富商，他多少都打过一点儿交道，都是贪小利的商人，不像能做出取人性命之事。

是他识人不清，还是真的用错了心思？

“金店里的师傅和伙计呢？”

小井似乎早就知道他会这么问，像背家谱一样掰着手指将那几家店的店员身份都背了出来。

“西街的孔二，跟我穿一条裤子长大的，见血就晕，肯定不会是他。”

“灯笼巷子口的王师傅，八十多了，牙都只剩两颗了，现在力气活儿都干不动了。”

“五福路的贾小贝、瓜六……这些人吧，痞是痞了点儿，但都是钻钱眼儿里的，要说他们为了金子杀人，我信；要说他们拿金子去杀人，我可就不信了。”

小井将每个人都查得很仔细，正因如此，袁野才越听，心就越发沉下去。

“看来都不是。”

小井打量了一下袁野的脸色，踌躇了一会儿，才小心翼翼地问：“少爷，您这次这么紧张这桩命案，可是与咱们府有关？”

袁野猛地抬眸，眼里的情绪根本藏不住。

明日他就是准新郎官了，是宴会的主角，可是这件事情在他心头压着，叫他寝食难安，脸色也差了不少。他摸了摸小井的头发，说：“连你也看出来了。”

小井安慰道：“少爷，您别急，咱们慢慢来，总会找到的。”

袁野咬了咬指头，道：“一点儿线索都没有，难不成那金钗是凭空变出来的不成？”

“您还别说，指不定就是那凶手自己变出来的。”

没查到蛛丝马迹，小井也十分苦恼，顺着袁野的话耍起了嘴皮子。

从都督之死案开始，那凶手就手法惊艳，深藏不露，像一支暗箭，着实难防。

但只要是人，就一定会有破绽。

破绽……破绽……

袁野深思了一会儿，突然眼皮一抬，陡然想到了什么，猛地摇了一下小井。

“对！说不定真是凶手自己弄出来的！”

“啊？”小井觉得自家少爷怕是魔怔了，赶紧摆摆手，“少爷，你疯了吧？我是瞎说的。”

袁野懒得同他解释，立即吩咐他：“你现在马上去查一查贺州城的几座金矿都是归谁管的，最近都有谁经手。”

稀里糊涂被推出门的小井真是叫苦不迭，满贺州城的警探都是吃白饭的吗？好好的案子不查，倒是自家少爷忙前忙后的。

唠叨归唠叨，他还是听袁野的话，麻溜地披着晨露出门去了。

他这一出去，就是一天一夜，直到袁府披红挂绿、张灯结彩，直到贺州城人人奔走相告、津津乐道的订婚宴终于来临。

五月初五，端阳节。

当贺州城从沉睡中醒来，变得热闹起来后，一阵喜庆的鞭炮声吵醒了所有昏沉的意志，数辆福特车从袁家出来，往顾家驶去。

车上贴着“囍”字，挂着花束，驶在最前头的那辆车还时不时往外撒钱撒糖，小孩子看了都追着跑，笑着一路唱过去。

鞭炮的残骸如红色花瓣一般，从袁家到顾家，整整三条街，铺了厚厚的一层，码头上十几艘商船燃放烟花，场面蔚为壮观。

此外还有从京城请来的程、梅、尚派三家的戏班子，从两广高价请来的舞龙舞狮队，坐头班火车赶来的西洋戏法师傅，名家酒楼里的掌勺师傅，游走江湖的川剧变脸大师……每一个以金计价的手艺人都被袁府搜罗了来。

袁府里有三个院子，每个院子里都摆着戏台子，此起彼伏地唱着，热闹非凡。

有人说，能得袁府这场订婚宴一张请帖，这大半辈子算是开了眼。

“海岛冰轮初转腾，见玉兔，玉兔又早东升。那冰轮离海岛，乾坤分外明。皓月当空，恰便似嫦娥离月宫。”

梅派台柱子一张口，一段《贵妃醉酒》便赢得一片叫好，不少戏迷扒在墙上，只为听上一句。

若是换作以往，可没人敢做这种吃枪子的事儿，也就今日袁府大喜，故而戒备松了些。

许杭姗姗来迟之时，顾芳菲与袁野已经敬了一轮的酒。

今日顾芳菲身着绛红色旗袍与黑色高跟鞋，头发盘得高高的，脖子上戴着一条金打的九转梅花链子，一看就是准婆婆给儿媳妇的见面礼。

她一听闻许杭进门，便端着酒杯笑盈盈地迎上去，脸上还带着点儿酒气熏出来的红晕，打趣道：“许大夫来迟了，可得自罚一杯。”

袁野一看到许杭，也连忙上前招呼：“你可算来了，快坐。”

许杭接过酒杯，一饮而尽，回道：“今日你们最大，叫我喝酒，我自然不敢不应，只是今日药堂里还有几个病人离不得我，我不能久坐，所以备了一点儿薄礼，当是赔罪了。”

在许杭身后，有家丁将一个红木箱子抬进来，打开一看，一顶金光熠熠的凤冠瞬间夺走了所有人的眼球。

“哎呀，这真是个宝贝啊！”

“许大夫真是大手笔啊。”

“那是真金子吧，啧啧……”

宴席上原本没有人注意到许杭的到来，可是凤冠一出，他顿时就成了焦点。

顾芳菲虽然见过大世面，可也被那凤冠惊了一下，脸上是满满的惊喜。

“这……这实在是贵重至极了！”

“不是最好的，也不敢拿出来。”许杭见她喜欢，淡淡地笑了一下。

这时，本在同亲家喝酒的袁森背着手从里头走出来，但没走出门沿，只是倚着门眯着眼遥遥一看，嘴里还嚼着几颗花生。

正好这一眼和许杭对上了，二人对视了一眼，略有些奇怪的意味。

满座宾客自然不知先前轰轰烈烈的剿匪大战便是这二人之间发生的故事。

袁森皮笑肉不笑地看着许杭，心道这人也是个人物，竟还敢登门，且毫无惧色。

不知为何，就这么一眼，他便觉得像是被许杭那清冽的眼神钉了一下，后背有些发麻。

“真是碍眼……”袁森皱了皱眉，背手转身而去，又回了厅堂与旁人饮酒。

许杭收回了目光，对袁野道：“礼已经送到了，那我便回去了。”

“这就走了？”

“恕我失礼，药堂实在离不得人。”许杭赔罪般作揖，随后在众人的目光中离开了袁府。

许杭踏出袁府的那一刻，不知为何，袁野竟陡然有些放心。

他被自己的想法吓了一跳，然而又不得不承认自己心里那一点点阴暗。自都督案之后，他对许杭一直将信将疑。作为朋友，他不愿意将许杭列为怀疑之人；作为家中独子，他又不得不为家人的安全着想。

因此，在真相大白之前，只要许杭离袁府远远的，一切就相安无事。

宾客们起哄起来，袁野被朋友推搡着又走进了酒席之中。

这场订婚宴便是一场奢靡至极的狂欢。

喝到黄昏日落的时候，众人已经是醉眼迷离，甚至不知与自己勾肩搭背的人是谁，杯子一碰就叫兄弟。

人人耳边都是嬉闹声、劝酒声、咿呀唱戏声、笑声、起哄声。

最后，众人的眼里只有一抹红色的身影在戏台上唱着一段《锁麟囊》。

“人情冷暖凭空造，谁能移动它半分毫。我正不足她正少，她为饥寒我为娇。分我一枝珊瑚宝，安她半世凤凰巢。”

此刻的戏台上，连拉京胡的伴奏人也嗑起了瓜子，有一搭没一搭地聊天，唱戏的也不报幕换场，只随心所欲地哼上几句。

毕竟，再怎么金贵的戏班子，听一整日，也该听腻了。

最后尾音一落，三个班子的戏子们纷纷退了下去，西洋戏法登台亮相，众人这才重新打起精神，再度拼酒。

按照规矩，唱得好的戏子是有赏钱拿的，今日袁府大喜，赏钱更是多得惊人。

杨管家死后，府里一个叫赖二的家丁被抬了身份，帮着料理事务。

赖二将所有戏子叫到一个小房间里，一双贼眼盯着几个唱戏的青衣看了看，突然见着一个身着大红戏服的戏子，看打扮，像是方才唱《锁麟囊》的，眉眼分外剔透。

他故作正经地将赏钱匆匆发给其余几人，便叫他们退下，对那个戏子说：“你先等一等，方才老爷说你唱得好，要额外赏你。”

那戏子点了点头，便留下了。

赖二等其他人都走了，把门一锁，贼笑两声，说：“我问你，你想不想要赏钱呀？”

戏子点点头说：“想。”

“光想没用啊，你得表示表示！”赖二坐在椅子上，拍了拍自己的腿。

“这……这不妥……”戏子面上带着惶恐，退了两步，似是要跑。

赖二当场就变了脸色，一拍桌子，道：“别给脸不要脸！爷是心疼你赚钱不容易，才想给你点儿甜头尝尝，换了别人，爷瞧都不瞧一眼！”

那戏子垂下眼眸，眼珠子滴溜溜地转，看得赖二那颗心也随波荡漾。

他马上软了软语气，又道：“你别慌，也别怕，现在我可是大人面前的红人！我开心了，便跟大人说，让你离了这苦兮兮的行当，谋个正经营生，那岂不是吃香的喝辣的？”

一直不说话的戏子听到这儿，突然开口道：“可是……来来往往这么多人，叫别人听了去可怎么好？”

赖二心下大喜，忙说：“不怕，不怕，我已经吩咐那些下人都往别处忙去……”

“果真？”

“真真的，我的心肝肉！我若是骗你，你便拿走我的命。”

听到这里，那戏子顿时收起了害羞的表情，如换了个人一般，立即冷下脸来，连嗓音与口吻也都再无软糯之感，变得清冽而直白，暗藏一点儿凉意。

那戏子嘴角微微一勾，说：“好，这可是你说的。”

赖二一听这话，本以为这人是愿意从了，谁知那戏子从长长的袖子中伸出一只纤细的手，轻轻地搭在他的脖子上。

“怎么了，心肝儿……啊！”

他还没说完，脖子就一紧，那手像铁一样，竟分毫不动。他吓得想伸手去打，谁知那戏子动作更快。

“何必挣扎，不是你说的可以把命给我吗？”

那戏子冷笑一下，另一只手也伸了过去，飞快地将赖二的脖子一拧，只听“咔嚓”一声，赖二发出沉闷的一声哀鸣，随即便合上了眼睛。

那戏子一松手，赖二就瘫倒在椅子上，头搁在桌上，像是睡死过去了一般。

戏子从怀里掏出白帕子，擦了擦手，扔在赖二脸上，道：“从前你做了多少坏事，今日折在这里，一点儿也不冤。”

随后，戏子摸了摸赖二的腰间，拿到一串钥匙，便匆匆离去。

袁野喝空最后一瓶酒的时候，天已经有些昏暗的深色了。

顾芳菲虽然没怎么喝，却也显出了一点儿疲态。

按规矩，一会儿放过烟花，送走客人，二人就要去祠堂祭祖。

袁森大腹便便地站起来，拱拱手道：“各位先吃着喝着玩着，我回房换件衣裳，一会儿就来！”

众人纷纷点头笑送。

袁野走上前，道：“爸，你喝得多了些，多找几个人送你回房吧。”

“不用，我还清醒着呢！”

这时，一直很安静的袁老太太也发话了：“既喝了酒，就别逞能，万一给小野出丑了，怎么办？”

这话虽是埋怨,但也是出于关心,袁森多年未听到母亲的叮嘱,自然不敢不从，于是点了两个家丁扶自己回房。

见袁森走得歪歪扭扭的，袁野多看了两眼，随即又被客人拉走了。

酒劲儿上头的袁森醉眼迷离，被家丁搀扶着走，过了回廊，进了后院，穿过亭子，到了房前。

一个家丁说:“哟,忘了叫赖大管家开门,要不你先扶着老爷,我去找他？”

另一个家丁盯着门看了一下,说:“哎,这门好似是开着的？”

二人试着推了一下，果真就推开了。

袁森用鼻子哼气，不满道：“今日虽然忙，可连关门落锁这种事情也能忘了，这个赖二真是没长脑子！”

“老爷别气，”家丁一听，忙急着讨好，想把赖二拉下马，自己上位，“赖大管家疏忽一下总有的，他是去是留，还不是随老爷高兴吗？来，哎哟，您慢点儿……我扶您坐下。”

屋里没有点灯，二人也来不及先点，只能借着一点儿微弱的光芒把袁森扶到床上。

袁森坐下，舒服地叹了口气。那二人便在房里找起灯来，他们按了按开关，怎么都不亮。

“咦？这是坏了不成？”

二人又捣鼓了一会儿,没办法,只能翻箱倒柜地找起蜡烛来。

袁森坐在那里，酒气从喉咙冒上来，有些想吐，脾气自然也就不好了，见那两个废物一点儿小事也做不好，更是心烦意乱。

“没用的东西！平日里只知道好吃懒做，现在连个东西都找不到！不就在那烛台上吗！”

二人转头一看,还真是,一根崭新的红蜡烛立在桌上的烛台上,一旁连火柴都备好了，他们忙不迭地点燃蜡烛。

房间里一下子就有了光，火苗跳动着，显得很温暖。

这时，袁森闻到了一点儿清淡的沉香味，胸膛里的闷气才散了一些。

“谁点了香？拿过来给我顺顺气。”

两个家丁对视一眼，皆是一头雾水，回道：“老爷，没人点香啊？”

二人的鼻子动了动，这才闻到一股淡淡的气味。这气味十分幽静，一点点从鼻子钻进去，不似寻常的香那么浓烈。

他们顺着味道嗅了一会儿，直追到桌上的烛台，拿手扑了扑，这才惊呼：“老爷，是这蜡烛，这蜡烛是香的！”

“胡说！蜡烛怎么会是香的？！”

家丁捧着蜡烛走到床前，放在床边的柜子上，道：“是真的，老爷，您闻闻，是不是这个味儿？”

袁森眯着眼，扭头一嗅，那丝丝气息顺着蜡烛烧出的烟透出来，果真是香的。

这可真是有意思，府里竟买了这样上等的蜡烛。

“还真是这个味儿……”

家丁没见过世面，道：“您别说，还挺好闻的！”

“哎呀，”袁森动了动脖子，“真是喝多了，觉得有些提不起劲儿，身子麻麻的……”

“那老爷，您躺一躺，离祭祖还久着呢，一会儿放烟火，您就别去了。”

袁森还想开口叫家丁拿衣服来，耳边就响起两声沉闷的倒地声，两个家丁跟倒栽葱一样，脸着地，摔在地上，不省人事。

一个人倒了，许是意外，两个人一块儿倒了，就离奇了。

袁森顿时醒了一点儿神，拿脚去踢那二人，喊道："喂？喂？醒醒？喂？你也醒醒？怎么了这是！"

那二人如昏死过去了一般，一动不动。

一种不祥的预感涌上袁森心头。

"这怎么回事？来人……来……"

他刚站起来喊了两句，突然觉得昏天黑地的，眼前白茫茫一片，脑子胀胀的，十分难受。

他赶紧攀住雕花木床的柱子，这才勉强没摔下去。他整个人如坠云端，空落落的，不着边际，又如被卷入了暴风之中，整个世界都颠倒了。

完了，大约是年纪大了，喝了酒，又吹了风，身子骨不行了。

他觉得自己这是要中风了，慌得想去叫人，可刚走出一步就腿软地扑在了地上，整个人如同吃了麻沸散一般。

他大喘着气，用最后一点儿神志连爬带滚地挪到门边，双膝跪在门上，努力想往门外爬去。

眼看就要够到门槛了……

突然，一只横空伸出来的手摁在门上，把门关了个严实。

袁森眼睁睁地看着逃生之门被关上，战战兢兢地抬头一看，就见逆光处站着一个人，一只手拿着帕子捂着自己的口鼻，另一只手撑在门上，低头看着他。

"你……你……"袁森看清对方的脸后，指尖都在颤抖。

那人走到床边，将蜡烛吹灭，这才放下帕子。

灯灭的瞬间，袁森不甘、惶恐、无奈地闭上了眼。

元代瞿佑在《烟火戏》中写道："天花无数月中开，五色祥云绕绛台。堕地忽惊星彩散，飞空频作雨声来。怒撞玉斗翻晴雪，勇踏金轮起迅雷。更漏已深人渐散，闹竿挑得彩灯回。”

这用来形容袁府的烟火真是再合适不过了。

夜空作幕，星火璀璨。人人抬头，眼里倒映着火树银花。

袁野搂着顾芳菲的腰，笑着在她耳边说了什么，顾芳菲乐得拿手掩嘴笑。

他抬头四处望了望，问：“爸怎么换衣服换了这么久？”

袁夫人听到了，便说：“你爸一定是喝多了，醒酒呢，没事儿，一会儿祭祖的时候再叫他。”

袁野点了点头，便坐在一张椅子上仰头看烟火。

他今日喝得也多，现在有些困意，头往椅背一搭，看着天上的五颜六色，就有些想与周公下棋了。

顾芳菲见他累了，便说：“你眯一会儿，到了时辰我会叫醒你的。”

“好。”袁野在她手上吻了吻，闭上眼睛准备眯一会儿。

今日就这么平平安安地过去就好了。

房里，桌上点着一根白色蜡烛，桌边站着一个人，正擦拭着一支金钗。

床上的人闷哼一声，醒了过来。

袁森睁开眼睛，好像过了一个世纪一般，他看见熟悉的天花板，先是放下心，随后动了动手脚，发觉四肢都被绑死在了床柱上。

他吓得想张口喊人，可嘴里被糟糠塞得满满当当，还被一张涂上了糨糊的牛皮纸糊着，根本发不出声音。

他挣扎着一扭头，就看见了往床边走来的人。

是许杭。

许杭穿着一身白色中衣和长裤，一看就是脱了外衫之后剩下的装束，只怕是乔装进的府，现在卸下了伪装。

袁森脑子里闪过无数种可能，最后只能确定许杭来者不善。

他很想知道，许杭出现在这里，是奉了段烨霖的命令，还是为了别的什么。

这时，许杭善解人意地开口道："大人不用瞎想，我不是段烨霖派来的杀手，今日来找你，是为了一桩旧事。"

袁森用鼻子急速呼吸，等着许杭的下文。

许杭淡淡一笑，将手里的金钗亮出来，刻意地顶在袁森心口的位置，微微往下按压，似乎要扎进去一般。

袁森一看见那支金钗,眼珠子都要瞪出来了,整个人抖了一下。

"嗯！"

他似乎有千言万语想说，无奈都堵在了嘴里。

许杭皱了皱眉，道："你别太激动，不然这金钗一不小心扎进去，可不是闹着玩儿的。"

许杭把金钗移开，放在手里把玩，继续道："自都督死后，你花费了很大的力气让人去寻找金钗的线索，可惜无功而返。如今再次见到，心里可恐惧？看你此刻的神情……你猜得不错，汪荣火是我杀的。"

说完这句，许杭偏过头，冷冷清清地一笑，又说："说来还要谢谢你，若不是你今日大摆宴席，令袁府守卫如此松散，我也没法儿这么快就来找你算账。"

袁森如一头待宰的肥猪，毫无反击之力，只能任人鱼肉。他的目光停留在许杭身上，好像多看两眼就能将许杭看出洞来。

许杭走到床边，靠在床柱上，睥睨着他，说道："你是不是还在猜我究竟是谁？别急，毕竟这么多年过去了，很多事情你记不清了，我慢慢同你说。"

大约是个很长的故事吧，许杭先倒了杯水给自己喝。

“二十几年前，蜀城有个大户人家，世代以开药铺为生，家底殷实。药铺的当家字鹤鸣，救死扶伤，宽以待人，因此挣下了庞大的家业，后娶了贺州城一户人家的小姐，生了个孩子，最是受人羡慕。蜀城人因他乐善好施，无论长幼，都尊他一声先生。”

陷入回忆的许杭说起这个故事来一点儿磕绊也没有，娓娓道来，语气却毫无温度。

“鹤鸣先生是蜀城首富，家中珍宝无数。今日你府里这排场，便是再添上三倍之数，也比不上他家夫人生辰之日的十里灯河之盛。”

袁森的瞳孔先是放大，再是缩小，大脑飞速地运转，许杭的话的的确确将那些细枝末节的事情都勾勒出来了。

当年，当年……

十里灯河，百艘祝寿船，千只风筝舞，万盏芍药灯。鱼龙狮舞满城跑，红帐灯笼高高挂。

的确，终其一生，袁森也只在多年前的蜀城见过这样的架势。

“蜀城易守难攻，故而安全地保住了头几年的太平。然而，变故终究还是来了……”

话到这里，他的语气直转急下，变得有些凌厉，语速也快了一点儿。

“十五年前，蜀城外爆发了一场大战，有个逃兵心系老母，从战场逃回来，负伤倒在了药铺门口。鹤鸣先生慈悲为怀，救了他一命，见他孝心可嘉，又偷偷出钱接济他一家。也是那逃兵有能耐，几场仗打下来，很快就当上了军长。他倒是有心，常去药铺帮忙，说是必当报答，便日日去找鹤鸣先生，一来二去，二人就成了熟友。”

许杭凑近一点儿，阴鸷地看着袁森，问：“大人可知那个军长是何许人也？”

说到这里，许杭顿了一下，看了看袁森的神色，见他已经汗流浃背，四肢都小幅度地挣扎着。许杭知道，他是完全想起来了，便自顾自地说了下去。

“那场大战，死伤惨重，全城的有钱人家都不愿意出钱帮忙。彼时的卫生署署长因药物短缺而急得焦头烂额，一家一家去求，膝盖都磕破了，到了最后……只有那位鹤鸣先生分文不收，且不要借据，开仓放药，尽他所能将所有的伤患救下。也正因如此，战事之后，那位署长因表现良好连升了三级。在升职那日，他特意登门拜谢，那副感恩涕零的样子，仿佛恨不得变作鹤鸣先生脚下的砖头！”

说到这里，许杭突然发狠，狠狠地掐住了袁森的脖子，一下一下收紧。

“大人，你又知不知道那个人是何许人也？”

袁森本就因为嘴里塞着东西，呼吸十分不便，这会儿咽喉被制住，整个人憋得满脸呈猪肝色，鼻孔倏地张大，身子也在床板上剧烈地蠕动起来。

袁森祈求般的神色让许杭倍感恶心，他骤然松手，看着对方想咳咳不出、憋得满眼泪水的狼狈模样。

“别急，就这么让你死了，可惜了……”许杭眸子一暗，低声问，“你还记得都督的死法吗？”

袁森霎时背脊一凉。

说时迟那时快，只见眼前金光一闪，袁森觉得左手腕一疼，紧跟着而来的是密密麻麻的疼痛。

袁森像条脱水的鱼一般，疼得在床上打滚，还没等他缓过来，右手又是一疼，嘴里的糟糠呛到咽喉，又吐不出来，袁森浑身上下都极为难受。

他甚至希望，许杭能给他一个痛快。

许杭见他疼得厉害，便先收了手。

他走到窗边，将窗子推开一条缝，看着天空中五光十色的烟火，思忖着这烟火还会放多久，随即又合上，继续说："好人本该是有好报的，可即便好事做尽，也架不住他人的虎狼之心。便是这样的一个烂好人，也得罪了小人。大人，你说是吧？"

袁森哪里还听得进去，他此刻痛不欲生，许杭说什么，他都只能点头，脸色白得吓人，满头大汗。

"当时，军需署的署长偷偷来找鹤鸣先生，想与他一起做走私买卖，狠捞一笔钱。鹤鸣先生二话不说，将那人赶了出去，甚至写了一封举报信往上递，断了那人的财路，自此便埋下了祸患。"

说到这里，许杭抓紧了手里的金钗，心里的恨意源源不断地涌出来，几乎要将理智淹没。

"十一年前，蜀城最终还是沦陷了。全城官兵苦战一个月，终究不敌，最后上面下令，全员弃城，并下达了最丧心病狂的命令——蜀城如失陷，务将全城焚毁。"

军令上轻飘飘的一句话，让数万亡灵不得往生。那个夜晚，一切都是失控的，是崩溃的。

"多么愚蠢！一把火烧光所有，不留一丝一毫。这政策原本是想先撤民再放火，可是……有三个人为了阴暗的、龌龊的、可耻的私欲，隐瞒了全城的人，在所有人沉睡的深夜放火焚城！"

最后两个重音一出，袁森整个人重重地弹了一下，额头青筋暴起，好像要炸裂一般，整张脸扭曲变形，脸色在红白之间交替，整个躯体不受控地痉挛。

许杭的声音冷得让人颤抖。

"军需署署长汪荣火欺上瞒下,将焚城的消息瞒得滴水不漏。曾经受过鹤鸣先生恩惠的军长则带着所有士兵在城内纵火，第一把火……就烧的鹤鸣先生的宅院！放火之前，卫生署署长袁森带着百来号人，甚至连军装都没脱，直接大摇大摆地闯进宅院，烧杀抢掠，将偌大的家业抢得分文不剩！一家上下连同奴仆杂役百来人，死得何其冤枉！满城的无辜百姓，死得何其凄惨！"

袁森喉咙里发出哀鸣，整个人已经是进气少出气多了。

许杭一把撕下袁森嘴上的束缚，可是袁森只能张着嘴，把糟糠吐出来一些，已然没有力气呼救了。

许杭捏着袁森的脸道："是你买通了当时鹤鸣先生家的管家老杨头，承诺替他儿子还清赌债，所以他才帮你们锁了宅院里大大小小所有可以逃生的门，将那儿变成人间炼狱。到现在，我都还记得，那些贪婪的军阀见到钱财时兴奋得像野兽，每个人的口袋都塞满了抢来的金银珠宝。"

许杭难得表情有些狰狞，说话时带着点儿咆哮的意味。

"死得最惨的，便是鹤鸣先生。可怜他一生高风亮节、大公无私，却沦落到这样的下场！他的夫人生怕受辱，在目睹鹤鸣先生的下场之后，将二人定情的金钗扎进了自己的胸膛，随后投湖自尽……最可笑的是，那群禽兽竟然因此得福，从此升官发财，好不得意！多年后，那个狼心狗肺的军长摇身一变，竟坐上了参谋长的位置。好！真的是好极了！"

这一番话，许杭是压在牙缝里挤出来的，每一个字都含着血海深仇。

这些恶魔都曾经受恩于他们所杀之人。以怨报德，恩将仇报，真是好一匹中山狼！

一个人要怎样恬不知耻，才能把事情做得这样狠辣？

回忆袭上来，令许杭目眦欲裂。

“你，汪荣火，参谋长，做事还是太潦草了些，不懂得斩草除根，偏偏让鹤鸣先生唯一的血脉死里逃生。”

烛火被风吹得摇摇晃晃，许杭笑了，脸上半明半暗。

袁森不自觉地咽了咽口水。

“你……是他的孩子？”

袁森在看到金钗的第一眼就知道，有个祸害留了下来。

他日日夜夜战战兢兢，午夜梦回时总能梦到一支金钗插在自己的胸口，只是他怎么都想不到，这个人会是许杭。

金钗上的血流到袁森的舌头上，咸咸的，腥味很重。

许杭抬了抬眼，说：“你记不记得，你家老太太曾病入膏肓，是我父亲在她榻前不眠不休一月，才让她起死回生，长寿至今。她尚且知道礼义廉耻，与你断绝母子情分，可叹你却是个不折不扣的禽兽，无药可医。”

“真……真的是你……你没死……”袁森脖子上都是一条条凸起的血管。

“我从死人堆里爬出来，浴火浴血，苟且偷生，就是要看看你们今日的模样。”许杭的牙关也在打战，浑身僵硬，“是你们，赐了我无亲无友的孤苦，又赐了我在绮园七年的折辱，如此大礼，我如何敢不涌泉相报呢？”

“不能怪我！是……是汪荣火撺掇我的，我……我只是一时鬼迷心窍……”

许杭听完，轻轻笑了一下，说：“真巧，汪荣火死前也是这么说的。”

如芒在背，四面楚歌。

袁森顾不得疼痛，只得说：“你杀了我……你也逃不出去……”

“是吗？我在众目睽睽之下离开了袁府，没有人知道我又回来了，谁能指证我？”

是了，前厅那声势浩大的送礼就是个幌子而已。

袁森的脑子里还在想着什么，手腕就被许杭捏了一下，他疼得牙根都一抽一抽的。

“疼吗？你可有想过，当初被你关在地牢、钉在墙上的丛林是不是也这么疼？不过像你这样的人，只会见了棺材才落泪。”

袁森说不出话来。

“你不会那么快死的。”

这话好像是在体恤他一般，袁森想笑却笑不出来，索性现在求情也无用，干脆就撕破脸皮好了。

他拼着最后一点儿力气，怒目而视，破口大骂道：“对！就是我们做的……不服气吗？看你这样，我就想起你祖母跪在我面前，求我……放过她们的样子……”

他边咳嗽边说，明明满脸脏污，可那双眼睛格外狠毒，他就是要挑许杭最疼的地方戳下去。

“不能怪我狠……乱世之中，这才是生存之道……你父亲死得活该……那偌大家财，一人独占有何用？牺牲他一人……充裕护国的人……这叫本分！”

说完，他就上气不接下气地喘着，笑着。

许杭静静地听他说，表情半点儿变化也没有，只是双手的指甲掐着掌心，现出许多印子。

良久，许杭才再度捏住袁森的下巴道：“勾结外敌意欲叛国的人说出这样的话，我都替你害臊。你不如就大大方方做个真小人，至少能让我觉得你没那么恶心。”

“怎么？生气了？杀……杀了我呀！”

许杭轻蔑地一笑，看起来似乎真的挺开心的，他道：“你倒是比汪荣火聪明，不像他，到最后一刻还在求我。不过，激将法对我没有用，我不想你死得那么轻松。”

见自己的心思被看穿，袁森内心大为惶恐。死不过就是伸头一刀，可是生不如死实在太过折磨人。

如今他已经是个废人，活下来也只能与床榻为伴，他半生风光，若是落到这种境地，倒不如死了痛快。

“你想……干什么？”

许杭再次举起了金钗。

“袁森，看在袁野的分儿上，我不杀你。我留你一命，可往后你都只能躺在床上，不能动弹，不能说话，甚至不能自尽，唯一能做的就是像个废物一样反思你的罪过。”

听了这番话，袁森原本没有力气的身体再度剧烈地扭动起来，嘴里喊道：“不……放开……杀了我，你杀了我！”

屠夫最喜欣赏畏惧的禽兽。

许杭狠狠扣住他的牙关，说：“好好享受你的余生吧。”

剧烈的疼痛叫袁森求生不得，求死不能，他几乎要痛死过去，却又被接踵而来的刺痛激醒。

许杭见他将欲昏迷，从怀里拿出一瓶血竭粉，一股脑儿地倒进他的嘴里，令血止住。

袁森被折磨得如同老了十几岁，而后彻底昏了过去。

许杭拔出金钗，将它丢弃在袁森的身上，金钗已经彻底变形。

许杭吹熄蜡烛，走到窗边，这会儿，烟火才刚刚停下来。

许杭突然想起方才唱的《锁麟囊》里的一段词来。

“春秋亭外风雨暴，何处悲声破寂寥。隔帘只见一花轿，想必是新婚渡鹊桥。吉日良辰当欢笑，为什么鲛珠化泪抛？”

红白喜事一起办，才真的是应景。

◇第八章 温情碎

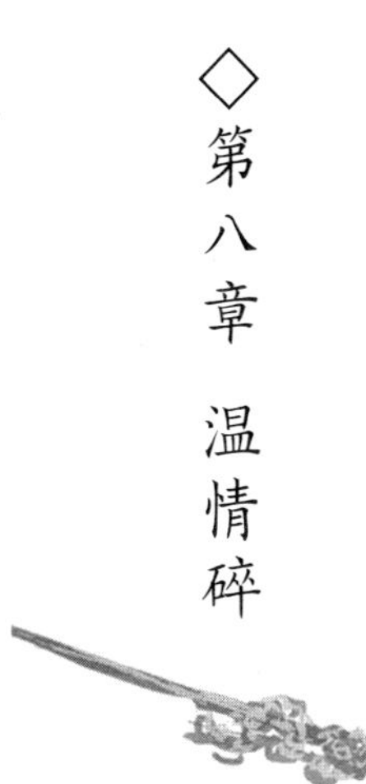

烟火放完的那一刻，袁野突然打了个冷战，从梦中惊坐起来。

他瞪大眼睛，满头冒汗。

不知道为何，他突然做了个噩梦，一醒来就左看右看，然后问袁夫人："爸还没来吗？"

袁夫人正忙着送客并指挥小厮送那些表演的人离开，一听袁野这话，道："急什么，一会儿去叫他不就是了。"

袁野右眼皮直跳，语气急了点儿，道："那我去看看吧。"

他说完就往里跑，惹得袁夫人笑他成家了还不稳重。

他转身时，碰巧与一个戏班子擦肩而过，那些戏子身上还穿着演出服，红红绿绿的，他只瞥了一眼，没理会。

正当他一脚跨过园门，忽地听到后头的大门口传来一声枪响，全府的人都冷不丁抖了一下。

"按上级命令，查抄袁森府邸，现在怀疑袁森贪污受贿，抢夺公家财产，所有人放下武器，接受检查！"

众人猛地回头往声音传来处一看，大量的士兵包围了整个袁府，门口走进来两个人。

是段烨霖和段战舟。

订婚宴上，宾客还没走，就闹出查抄的事情，未免也太刻意了。

一时间，袁府里鸦雀无声，直到袁老太太站起来说：“段司令，今日我袁家办喜事，你非要挑今天办公务，未免也太不把我袁家放在眼里。”

袁夫人也站出来，叉着腰道：“就是！段司令，我家老爷的头衔可不比你低，不归你管！”

段战舟咳了咳，亮出一张查封令，说：“对不起了，今儿我们来，不是来办公务，而是奉命查封。袁森的职务已经被停了，现在我们非要搜不可，请你们让一让。”

袁野从后头三步并作两步往前走，一看段战舟手上的东西，印章是真的。

“司令，这是……”

“对不住了，袁野，”段烨霖直直地看着他，“你父亲的罪状一条条都列在那儿，我敢拍着胸脯说半点儿冤枉也没有，你可敢拍着胸脯说你父亲无辜？”

袁野一时噎住了，事情急转直下，变化太快，他根本来不及整理情绪。

看着这乱糟糟的场面，顾芳菲也心急如焚，忙劝道：“段司令，今日是我和袁野的订婚礼，能不能请你通融一下，好歹等到明日再查，不然……这是要让我们两家人在贺州城都抬不起头啊！”

段烨霖摇摇头道：“别的事，我可以通融，可今日这事是全权交给这位新上任的都督办的，我做不了主。”

顾芳菲带着乞求看向段战舟。谁知段战舟面色阴沉，果断地挥手道：“给我搜！”

“你！”顾芳菲有些气他不讲人情。

也不怪段战舟无情，这种事要的就是措手不及，否则等袁森反应过来，一定会销赃灭迹。

乌泱泱一群人往里冲，不一会儿就响起四处打砸以及翻箱倒柜的声音，还有下人们吓得尖叫的声音。

庭院里，客人们面面相觑，对着袁家的人指指点点起来。

袁老太太干脆眼睛一闭，不再理会。袁夫人脸色铁青。袁野和顾芳菲心里也很不是滋味。

见他们这样，段烨霖沉了沉语气，严厉地喊道："查得仔细点儿，今儿是来查正经事的，有则有矣，没有便罢了！若是有哪个借机偷盗或是欺辱人的，叫我知道，直接现办！"

这命令一出，内院的声音就小多了。

袁野知道，段烨霖这是在给他脸面，便低声安慰袁夫人："妈，没事，段司令确实是奉命来的，查完就走了。"

可这话完全不能让她顺心，她心疼地看着袁野，生气道："哎呀，你看这叫什么事，我这不是替你气吗……"

段烨霖和段战舟带来的人多，一会儿就有了结果，几大箱的金子和银元被抬了出来，盖子打开，亮在他们面前。

所有人都倒抽一口气，好家伙，十足的金块！

不仅如此，每块金子上头都刻着公家的印记，只有国库的金块上才有这样的标记，无论如何，这几箱东西都不应该存放在袁森的私宅里。

起先还处于观望状态的人一下子都成了墙头草，倒了一半，一个个都暗道这袁家怕是要日薄西山了。

袁顾两家的人一看，也傻眼了，这铁证如山，真是没话说了。

段烨霖指了指那些东西，对袁野说："这些东西，你可知道？"

袁野摇摇头道："我从未见过。"

“我可以信你，只是你父亲得跟我走一趟了。”

“慢着！”袁夫人很不服气，指着段烨霖的鼻子说，“谁不知道你跟我家老爷是死对头，恨不得他死！这些东西我从没见过，肯定是你诬陷我们的！”

段烨霖不想与这种泼妇说话，一旁的段战舟却冷冷地回答：“我们可是打正门进来的，这么几大箱东西，难道在场的人都瞎了不成？再有，袁府最近的守卫严得连苍蝇都飞不进来，直到今天才略开了开门，谁有那能耐栽赃你们？”

“我……我不跟你废话，你休想在我家放肆，我们老爷不会放过你的！”

说了半天，众人总觉得少了点儿什么。

段烨霖左右看了看，问道：“袁森人呢？”

这话像是点醒了众人，前头都闹成这样了，主人公怎么还不出来？

若说是醉酒，也醉得太沉了吧？怕不是独自逃了！

大伙儿正疑惑，只听后院传来一声惊恐的惨叫，随后跑出来一个慌里慌张的小兵，脸色惨白，冲出来就大喊道：“不……不好了，出人命了！”

“舌头捋直了再说话！出什么人命了？”

小兵指着后院的方向道：“大人……大人被……被杀了！”

段烨霖的头顶如劈了三道雷，他一把揪起小兵的衣领，怒道：“我不是说过不准乱动手？谁干的？！”

段战舟先是一惊，然后才反应过来，说：“不对啊，方才我没听到枪声！”

小兵忙说：“不……不是我们……”

段烨霖扔下小兵，直直往里冲。袁家人则早在听到这个消息时就赶过去了。

所有人都吓得僵住了。

那房间和当初汪荣火死时真是如出一辙。

袁夫人只看了一眼，吼了一声就晕过去，被抬出去按了好一会儿人中才醒来，号啕大哭道："天杀的！哪个挨千刀的要我全家的命啊！不让人活了啊！"

袁老太太一进门，身子便晃了晃，险些摔倒，被老嬷嬷扶着才勉强走到床前，伸手想摸，却无从下手，只能沉默落泪。

"我儿……我儿啊……"

白发人送黑发人，当初气急败坏时说的一句话，不承想一语成谶。

死便死了，偏偏是这么残忍的死法，怕是无法投胎转世了。

泪眼之中，她看见了掉在床头的那支金钗，只觉天灵盖似是被人砸了一闷锤，嗡嗡的声音在耳边久久不散。

"莫不是……"

她拾起那支金钗仔细看了看，瞪大了眼睛，不由得捶着自己胸口，痛声道："真是作孽！作孽啊！"

唯有袁野，仿佛疯魔了一般，跪在袁森床前，满脸写着无法接受的震惊。

树欲静而风不止，子欲养而亲不待。他面如土色，一时间像丢了三魂七魄，听不见，也看不见了。

过度的悲伤令他一时间忘记了表达的方式，眼下家有老弱需要他扶持，门外有风暴需要他处理，他竟不能在此时全然表露出脆弱来。

他的牙关紧紧地、紧紧地咬合在一起。

一直以来，他都隐隐不安，他以为是自己思虑过多，没想到竟然……

他暗暗握紧了拳头，狠狠砸在床板上，发出了一声悲愤的吼叫。

也是这一下，让床上的人发出了一点儿不一样的动静。

袁野猛地抬头，不可思议地看了一眼，而后激动地伸出手，在袁森鼻下探了探，然后宛如枯木逢春一般，冲外头拼命地大叫："快！快备车！去医院！爸还活着！快！"

袁野这么一喊，算是把全府的人都给喊活了。

袁老太太和袁夫人转悲为喜，段烨霖一下冲上去，摸了摸袁森的心脉，果然还活着。

真是好人不长命，祸害遗千年。

他对几个士兵下令道："快抬到医院去！用我的车。"

众人慌里慌张地把袁森抬出袁府，其间，段烨霖在乔松耳边道："带两队人全程给我盯死了，别让他出什么岔子，也别让别人做手脚。就连医生要做手术，你也得给我在边上看着！"

"是！"乔松明白事情重大，不敢松懈。

人群立刻分出一条道来，让他们先行通过。

眼看车开出去了，一个士兵突然跑过来说道："不好了，司令！"

段烨霖真觉得有些火大，喝道："又怎么了？莫不是又死了人？"

"不是，不是，是那个袁少爷疯了，打伤了我，带着人从侧门跑了，说……说是要去抓凶手！"

"他知道凶手是谁？！"

"这我不知……"

段战舟反手就是一巴掌，打得那士兵转了半圈，骂道："蠢货！

他要是跑了，我第一个崩了你！你们愣着干什么，还不快去追！”

士兵们见段战舟气得不轻，一个个都吓得端着枪大步跑，生怕晚了一步就真的被崩了。

这么多人从袁府进进出出，连墙上的红纱帐都落在了地上，被踩得稀烂。

纱帐连着匾额，被蛮力一拉，生生歪了半边，整个府邸显得十分可笑。

袁家女眷都陪着去了医院，宾客都因为觉得晦气走了，一些下人趁乱偷了府里的财物溜走了，只有几个还算忠心的回了下人房躲起来不出声。

厅内杯盘狼藉，桌椅倒地，真真是树倒猢狲散，从天堂跌到地狱里去，哪里还见得什么朱门显贵？

夜宴开始有多么奢华，现在就有多么凄楚。从门庭若市到门可罗雀，竟不过须臾之间。

段烨霖回头望了一眼，顿觉有些讽刺，道：“这情形，我竟恍惚有种回到数月之前，看到汪荣火的下场一般。”

段战舟的表情没有段烨霖那样沉稳，连月来的操劳令他瘦得颧骨有些凸起，眼眶微微凹进去，衬得眼神格外犀利。

他嘴角抽了一下，说：“袁森只会比汪荣火更惨，但愿他在医院里醒不来才好！”

言语之间尽是杀气。

“战舟，现在还不是他死的时候。”

即便没出今日的这桩凶杀案，按流程办下来，袁森多半也没有好下场；可此事一出，连着前几桩案子，倒是不得不让人留心。

段战舟冷冷地回道：“我去办我该办的事，剩下的，是你的摊子。”

披风一甩，段战舟也带着自己的人走了。

他这个弟弟啊，已经变得太多，他已经管不了了。

此处不宜多待，段烨霖给剩下的人分配任务：“你们这队，把这府里再搜查一遍，可疑的线索都搜集起来，再叫警卫厅来查证，封府；你们这队，去城里搜一搜，袁野不是那种没理由就冲动做事的人，兴许那凶手真没跑远。”

“是！”众人中气十足地答应，分头而去，各自做事。

想来袁森应该在抢救了，段烨霖打算去医院看一看，刚踏出大门就见门口的台阶上坐着一个略令人心酸的背影。

那背影旁边还站着几个老人，正苦口婆心地劝着什么，说着说着还摇了摇头，然后便走了。

此刻已是五更了，打更的声音竟然传得这么远，这么清楚。更声让人心里凉凉的，觉得没着没落。

段烨霖放缓了脚步，脱下自己的大衣，从后面给那人披上，问道：“顾小姐，为什么不和令尊令堂回家去呢？”

顾芳菲面色惨淡，但并未像寻常女儿家那样哭哭啼啼，只是低头看着自己面前那盏灯笼，似在出神，又似在思考。

按贺州城的老规矩讲，还未过门，夫家便出事，都是媳妇不祥，克夫。纵然顾袁两家不忌讳，可今日之后，她也必定是贺州城的笑柄。

一个大家千金，何曾经历过这样的变故？

身后是寂寥空府，身前只有残破灯笼，她的前路亦如风中烛火，不知道何时会灭。

“段司令……”顾芳菲一开口，把段烨霖吓了一跳，那声音有气无力，带着令人不忍的酸楚，“我只问你一句话，今日之事，是处心积虑的陷害还是正大光明的处置？”

段烨霖迎上她灼灼的眼神，一点儿也没有躲闪，义正词严道：“的确是处心积虑，但不是陷害。”

“呵，所以你们才会特意挑在今日？”

“对不住你了。”

顾芳菲站起来，身子有些摇晃，可她依旧站稳了，微微抬着下巴，眼里虽有血丝，但是仍然看得见坚定。

她说：“我是该怪你，但凡是这世上任何一个女人，都会恨你。我现在想打你、责骂你，把我的委屈都发泄在你身上，我知道，你必定不会还手，会任我打骂。可我凭什么？我明明知道你也没有做错，甚至是对得不能再对了。更何况，我曾经还欠了你的人情……怎么算，都怪不到你头上。”

虽说不怪，可语气里却是深深的抱怨。

夜风甚凉，她摸了摸自己的胳膊，咬牙忍着不打寒战，又坐回了台阶上。

“你父母怎么丢你一个人在这儿？”

“是我不跟他们走，他们要我取消这门婚事。”

原来顾芳菲对袁野用情竟这样深。

段烨霖捡起掉落的大衣想再给她披上，却被她一只手挡住了。

“段司令，承蒙好意，只是你赐了我这样的处境，又来悲悯我的下场，未免有些可笑。”

她咬着下唇，倔强入骨，不肯接受段烨霖一点一滴的好意。

段烨霖收回大衣，道：“虽然天快亮了，可你一人在这儿还是不安全。”

“我就在这儿等他回来。”顾芳菲把下巴搁在自己的膝盖上，蜷成小小一团，守着那盏灯笼，“他回来了，看到这儿空了，会难过的。”

更声停了。

打伤士兵且带人跑出去的袁野在城中的小巷子里来回追寻，跑得满头大汗。

小井跟在他身边，半步也不敢落下。

只是袁野只顾自己跑，什么话也不说，小井不得不多嘴问一句：“少爷，咱们不能跟无头苍蝇似的瞎找，你总得告诉我那人是什么模样、往哪儿去了。”

袁野一边跑，一边快速回答：“什么模样我不知道，但是一定没走远，我是看着那人出府的！”

“什么？！”小井拔高了声音。

袁野没回答，而是猛地右拐，钻进小巷子里，跑了几步却又蹲下。

他蹲下的地方有一个矮矮的小龛，里头有个小火盆，他定睛看了看，然后猛地打翻火盆，用脚踩灭，扒开灰土一看，里头是没烧干净的红色布料。

“果然是那人！”袁野狠狠捶了一下地面。

那个凶手离他那么近，他却眼睁睁把人给放走了！

小井凑上去问：“少爷，这是什么？”

“戏袍，唱《锁麟囊》中薛湘灵一角儿的行头。那个凶手扮作戏子，混在戏班子里头出去了！那人出去的时候和我打了个照面儿，但我没细看！”袁野捏紧了那块细碎的布料，言语间都是悔意。

“你怎么知道那戏子就是凶手呀？戏班子里人可多了去了！”

袁野眉头紧锁，答道：“今儿请了三个戏班，派系不同，点的都是各派最热门的戏……三个戏班子是在不同的时辰离开的，唱薛湘灵的那个人是程派的戏子，竟混在梅派的班子里出去。也是我当时没多想，才让人逃了出去！”

小井被袁野的细心吓了一跳，又问:“那……那许是误了时辰，才跟别的戏班子出去呢？”

“能唱薛湘灵的一定是头角儿，哪家戏班子丢了头角儿会不声不响地离开？那人必定不是班子里的人！更何况，这火烧过的戏袍便是凶手毁灭证据的证明！”

袁野目光如炬，盯着巷子前方。

小井拍了一下大腿，忙道：“这衣服都没烧完，凶手肯定没跑远，咱们快追！”

他刚准备跑，就被袁野拉住了。

袁野说：“你别急，我还有件事需要你去做。现在你马上开车到鹤鸣药堂去，若许大夫不在药堂里，多半就是凶手。”

“少爷这是怀疑许大夫？”

“即便我没有证据，可我仍要求个安心。”

小井想了想，说：“可若真是许大夫，他若驱车回去，怕是会比我早到。”

袁野摆摆手道:“贺州城里有车的没几家，任谁要偷偷杀人，都不会借助车这么明目张胆的玩意儿逃走。”

“我明白了。”小井往巷子外跑，跑了几步又停下，关切地说道，“少爷，那你快去医院吧，这事儿交给我便是了！”

袁野略点了点头，却没有移动分毫。

等巷子里只剩下他一人时，他甫一转身就听得巷子深处的拐角有窸窸窣窣的声音。

他一个激灵，快步往前跑。那声源处竟也响起了脚步声。

是凶手？！

正如偷吃的老鼠被猫发现，一场你追我赶之战开始上演。

越往前跑，袁野越欣喜，因为他知道前头再拐个弯就是个死胡同，若真是凶手，必定插翅难飞。

那人究竟是因为什么要杀他父亲？

怀着疑问与愤怒，袁野闷头往前跑，眼看再拐个弯就能看到人影了，却被突然冒出来的几个人摁在了原地。

“站住！不许动！谁让你跑的？”

他被拦了个措手不及，整个人摔在地上，几个士兵模样的人把他双手反剪，其中一人站在他前头，抓住他的头发。

“竟敢畏罪潜逃？带回去！”

袁野知道挣扎无用，便梗着脖子大喊：“我没有要逃，我看到凶手了，你们快随我去抓人！”

士兵左右看了看，道：“你小子蒙谁呢？哪儿来的人？”

“我没有骗你！凶手就在前头的巷子里，那是个死胡同！”

袁野喊得满脸通红，一副言之凿凿的模样，令士兵也忍不住信了几分。

“成吧，我去看一眼，要是耍我，你就完了！”

士兵端着枪，上了保险，一步一步小心翼翼地往里探，拐进了巷子里。

袁野看不见他的身影，只能盯着拐角的出口，等着他查看的结果。时间一分一秒过去，巷子里既没有打斗的声音，也没有开枪的声音，甚至连说话声也没有。

过了一会儿，士兵走出来，枪不是端在手上，而是扛在肩上，一走近，就用枪把子捶了袁野的小腹一下，道：“就知道你小子是瞎说的！哪里有人？！”

袁野疼得弯下腰，却被士兵硬架起来，他着实不敢相信，喃喃道："没有人？不可能……我分明听见脚步声了……"

凭空消失了？

"当我瞎吗？行了，有什么话，你留着回去同司令说吧！"士兵不想同他多言，赶着回去复命，手一挥，几个人就架着不甘不愿的袁野往回赶。

军靴踩过巷子里被打翻的灰，扬起许多灰尘。

他们一路押解袁野直奔段烨霖此时身处的医院，到的时候，所有人都在手术室之外。

袁夫人还在哭哭啼啼，袁老太太只虔诚念经，段烨霖则靠着墙仔细思索。

袁野到的时候，手术刚结束。

医生从里头走出来就被围住了，袁夫人抓着他的衣袖着急地问："怎么样？我家老爷没事吧？"

医生抽回自己的衣服，脸上没有表情，只对着段烨霖汇报道："司令，他的命是保住了，可是四肢都被废了，舌头也被人割了，往后说不了话了。失血过多加上兢惧，怕是要在医院养很久。"

"这……这是要我的命啊！"袁夫人的声音十分尖锐，听得在场之人耳朵不适。

段烨霖看了看一旁脸色惨白的袁野，说："那就先好好养着。"

那凶手头一次留下活口，却也留得真是绝，口不能言，手不能写，凶手便是大大方方地站在袁森面前，他也不能指证。

而袁森……活得如同废人，家产怕是也没了，这滋味只能憋在心里慢慢品味。

思及此，段烨霖拍了拍袁野的肩膀，说："在上头的决定下来前，我不关你们，你们就在医院里待着，有什么缺的，告诉乔松，他会尽量替你准备，不要再乱跑让我为难。”

袁野没说话，段烨霖只当他听进去了。

“还有一事……”段烨霖的手收紧了一些，渐渐用力，“你有一个真心待你的好女人，所以不要做傻事，她会担心。”

袁野的脸色终于有了点儿变化，眼神也闪了闪，他抿了抿嘴，微微点了一下头。

查封了袁家以后，还有很多事要处理，段烨霖想先回小铜关。他刚转身，就被袁野叫住了。

“段司令，你真的不知道凶手是谁吗？”

袁野的眼睛像审讯室的灯，虽然昏暗，却急迫地想要驱除黑暗。

段烨霖一头雾水。

袁野知道他是那种不屑于撒谎的性子，这副表情不是装出来的，便定定地看着他，一字一顿道：“我越来越觉得，那支金钗离我们很近，或者离司令你要近得多，只是司令看不穿罢了。”

段烨霖原本该回小铜关的，可是到了街口，车子一拐，便去了鹤鸣药堂。

这个时辰已经是早上了，早点摊子都摆出来了。

药堂还没开张，他从后门进去，里头只有一个煮药的药徒在。

药徒一看见段烨霖就站起来喊道：“司令。”

“许杭呢？”

药徒道：“在里头照顾病人呢，当家的昨夜忙了一整晚，眼睛都熬红了。”

段烨霖看了看那几个在喷热气的药罐子，又问：“昨夜一直在这儿，哪儿都没去吗？”

“自然是在这儿的，否则还能去哪儿？”药徒不知何来如此一问。

"你们一直在一起？"

"我一直在后头煎药，这药离不得我，我每隔一个小时进去送一次，当家的都在给病人针灸换药呢，一刻没停过。"

一个小时？

袁府和鹤鸣药堂分别位于贺州城的东西两侧，隔得远，若是走路过去，便是抄小道，单程也得半个小时，若是开车，只能绕路走外侧的大道，单程也得一刻钟。

除非是插翅从天上飞，否则不可能会是药堂里的人干的。

段烨霖这边像盘问似的同药徒讲话，另一边许杭已经端着纱布从内堂走出来，听见这番对话，便淡淡地说："今儿倒有趣，所有人都好似很关心我在哪里，连你也要问上一问。"

段烨霖自知被听见了，恐许杭恼，顺着话往下问："怎的，还有别人问？"

许杭把用过的纱布都烧了，回道："倒也巧了，袁家的下人方才也来了药堂，原以为是要取药，谁知只是为了看看我在不在。看他那表情，似乎我不应该在这儿一般。"

段烨霖找了个凳子坐下来，一整夜的忙碌令他有些累，听罢便说："他父亲被人重伤，所以……"

许杭摆摆手，让药徒离开，然后自己去查看那些药罐，接话道："所以他怀疑我，因为先前我与袁森有些过节。"

段烨霖张了张嘴，还是把袁野怀疑许杭的那些话咽了回去，只说："我知你不是。"

许杭添了几味药以后，眼神一抬，问他："若我说，我是呢？"

段烨霖一下从凳子上站起来，大惊失色地看着许杭，沉声说："莫开玩笑！"

“你今日会来问我在不在，不正是因为你也怀疑了吗？”许杭轻笑，带着点儿无所畏惧的意味，“那我便告诉你，不论是从前、现在还是往后，只要你来问我，我都会说是。你若信我，我便无辜；不信我，我便是罪人，由你处置。”

许杭的眼神清清透透，好像一点儿杂念都没有，却看得段烨霖心头情绪翻涌。

这番话的意思已然很明白了，许杭将生死交给了段烨霖做选择，他素来不屑辩解，寥寥几句便把段烨霖说得有些内疚，好似让他蒙了大冤一般。

段烨霖叹气道：“我只是问问你，清楚些而已，省得叫别人多口舌，你别多心。”

许杭冷冷地看了他一眼，转身回屋了。

不过段烨霖仍忍不住想，袁野既然怀疑是自己身边的人，那这事未必是空穴来风，他那么剔透的一个人，必定是有了线索。

别的不说，若是一般的凶手，便是要挑在今天杀人，也应该是选择夜深人静宾客散去后下手，可他偏偏选在自己来之前，时间掐得恰到好处，正好利用这动静隐藏自己的踪迹。

如果不是巧合，那就一定是自己身边的人。

段烨霖按了按太阳穴，觉得头疼。

无论如何，这凶手的范围到底小了很多。

袁森在医院里躺着，醒来之后，除了能眨眼睛以外，什么也做不了。

段战舟将从袁府查出来的赃物整理好，写在报表中，很快，上级的批复就下来了。

革职抄家，财产充公，相关党羽一并入狱。

本来袁森多半也是要被判死刑的，只是看他现在这样，比死刑好不了多少，便算了，任他们一家自生自灭。

有段烨霖从中周旋，袁家其他人都未受牵连，算是平安脱险。

只不过到头来富贵繁华一场梦，余生穷苦无处寻了。

袁夫人一夜白了许多头发，哭得眼睛都要瞎了。袁老太太念经念得更加勤快了，只是身子骨不好，晕过去了好几次。

袁野一面照顾袁森，一面照看女眷，还要操心破案的事，更被家中琐事牵绊，整个人瘦了一大圈。

这日，他喂袁森吃药睡下后，去了袁老太太的病房，锁上门，直接就给袁老太太跪下了。

袁老太太忙让他起来，袁野不肯，只痛心地说了一句话："奶奶，你还不肯说吗？"

袁老太太僵在原地，渐渐开始颤抖，跌坐回床上。

她不想袁野这辈受害，却没想到城门失火，殃及池鱼，哪里是逃得了的？

她长叹一口气，说："孩子，那些事情太过于肮脏和恐怖，所以奶奶才不愿意说啊！"

袁野绷紧下巴，回道："你不说，便是逼我去将凶手缉拿归案，我必定手刃凶手！"

"万万不可！冤冤相报何时了……"袁老太太唯恐袁野做出什么惨烈的事情，就差没给他跪下了。

"父亲已经这样了，为人子，难道不能知道真相吗？"

袁野从怀里拿出那支燕穿芍药的金钗，他还没来得及把它送给顾芳菲，此刻他将其置于袁老太太的手掌心，坚定道："奶奶若是不想看到下一支金钗插在我的尸体上，就请说吧！"

从来纸包不住火，袁老太太老眼一热，两颗泪珠就滚了下来，旧事重提于她而言也是一道伤疤。

罢了，家已经散成这样了，有什么说不得的。

只是该从哪里讲起来？她糊涂得很，不如便从这金钗讲起好了。

她抚了抚那支金钗，声音似乎具有穿透力，跨越时间，回到多年以前："其实我这支金钗，不过是看人家的好，仿了其形的拙品罢了。真正的燕穿芍药钗光华万丈，蕴含宝气，我至今都记得，连金燕子身上的羽毛都根根分明，芍药花蕊的金线比发丝还细……"

老太太上了年纪，记性不大好，可说起那支金钗，眼神里便如有了光，仿佛那金钗就在眼前。

"那是一个大户人家的老爷疼爱他的夫人，为她生辰祝寿，只因那夫人名叫'金燕钗'，平生最爱芍药花，所以才有了那'燕穿芍药'。"

金燕钗，金燕堂内藏金钗。

先前只是五分怀疑，听到这里，袁野已经是半身麻痹，彻底坐在了地上。

医院的门口，袁野坐在台阶上，脚边是几个空酒瓶，低着头，不知在想什么。

他略微动了动，踢到酒瓶，瓶子咕噜咕噜滚出去很远，他的眼神追着那酒瓶，却没有什么光彩。

一辆车在他面前停下，从车上跳下来的小井跑到他面前说："少爷，我特意跑去跟丢凶手的那条巷子看了，你猜我发现了什么？那巷子里头有个井盖，井盖的插销被人敲断了，我打开井盖一瞧，里头竟是前段时间修建的军需储藏室！凶手当时一定是躲里头了。”

发现线索令小井十分激动，他继续道：“我还特意去问了工人，工人说那些井盖正好都是出事那天晚上到第二日凌晨通宵盖上的。我细问时间，工人说是放烟火之后才开的工，也就是说，我们追凶手的时候，井盖都已经盖下去了。我愣是没想明白，凶手是怎么弄断的插销，总不会随身带着榔头吧？”

他兴致勃勃地说着，说完了才发觉袁野怏怏的，忙问：“怎么了，少爷？您……您喝酒了？您别不开心啊，咱们一定会抓到凶手的！”

“小井，”袁野拍了拍他的手，一副很疲累的模样，“凶手是谁……不重要了。”

“你……你别灰心啊，少爷。”

“你也别叫我少爷，我也不是什么少爷了……”

“少爷……”小井被他说得有些想哭。

袁野摇摇脑袋，想醒醒酒，却觉得更加迷糊。

“府里怎么样了？”

“该抄的都抄完了，就连府邸……下个月也要变卖了。不过，老爷在松泉堂后面的小库里藏了些值钱的古董，我把少爷、夫人、老爷和老太太的东西收拾了一下，咱们得找个新住处了。”

听到这里，袁野抬起头严肃地说：“将那些古董都卖了，得来的钱全数捐出去，一分一毫都不要留！”

小井忙伸手去摸袁野的额头，说：“少爷，你疯了？咱们就剩这么点儿了，都捐了，你可怎么办啊！”

“我让你捐，你就捐！”袁野说得斩钉截铁，一点儿犹豫也没有，“你不明白，那钱不干净。”

“可是……唉，我知道了。”

小井耷拉着脑袋坐在台阶上，像只被主人训斥的小狗。

明天是个什么光景，真是无法想象了。

袁野伸手摸了摸他的脑袋，像是一种安慰。看着小井稚嫩的脸庞，他问道："小井，你父亲走了也有八九年了吧？"

小井的父亲是一个地痞，经常讹人钱财，生前欺压了不少良民，有一天喝多了酒，被人砍死了。因此，小井小时候总被同龄的小孩子指着鼻子骂"小地痞"，常常被欺负，同人打架。

"是啊，他的样子我都快忘了。"

"那你可曾怪过他？怪他为非作歹，怪他连累了你。"

袁野这番话问得自己眼眶发热，指尖微颤。

小井想了想，摇摇头道："他虽对别人不好，却从没对我凶过。他是我父亲，他再坏，我也永远不会弃他。"

说完，他笑了笑，整张脸比阳光还明媚。

很简单的道理，很质朴的话语，纵然家人犯下的过错再多，这段情也无法割舍。

袁野看着看着，积压在心里的阴霾仿佛被清风吹散，阳光直射进来，因为太温暖，以至于眼泪漫了出来。

男儿有泪不轻弹，只是未到伤心处。

他若无其事地偷偷擦掉，随后站了起来，理理衣领，强打起一点儿精神来。

他对小井说："你在这儿看着，我去个地方。"

"少爷，我陪你去吧。"小井担心袁野会出事。

袁野露出他一贯的笑容，从容道："放心吧。我要做的事，只适合我一个人去。"

法喜寺里，许杭坐了一整日才起身去长陵的房内喝茶。

长陵道：“你许久未来了。”

许杭回：“忙。”

今日泡的是正山小种，气味甘、沉，可涤荡杂念。

“每次见你，你肩上的担子都仿佛轻了一些，可眉眼之间的愁意却没散。”长陵觉得今日这一泡没有昨日的好，“今日更是觉得你心情不佳，饮茶不知其味。”

许杭索性也不喝茶了，回道：“我还好，只是觉得有点儿乏乏。我没那么容易倒下。”

长陵干脆换了一杯白水给许杭，说：“虽不知是什么事，但我总担心，等你想做的都做完了，世间之事你也就无所留恋了。”

许杭听完，垂下眸子说：“或许吧。”

冲泡到第三轮的时候，许杭余光瞄到长陵坐着的木榻，一根长长的头发缠在一个草席枕头边上。

那头发能留在枕上，必是那人卧眠于此。

许杭打量了一会儿，收回眼神，看着茶壶，突然问道：“说到茶……虽说我许久没来了，可你怎么换了红茶喝？我记得生普仍有许多。”

长陵也不避讳，直接道：“你虽不来，却有别的人来，一来二去也就喝完了。”

出寺门以后，许杭见着长陵收养的徒弟小沙尔，便伸手招呼他到一旁问话。说起这小沙尔，倒与长陵的遭遇十分相像，都是自打出生就被抛弃，后被寺庙收养，都孤苦伶仃的，故而长陵很疼他。

许杭问：“近来是不是有个穿黑衣服的女人常常来找长陵？”

小沙尔握着扫帚瞪大眼睛道：“许大夫可是算命的？这都知道！”

见自己猜中了，许杭又问：“她为何宿在长陵房里？”

“她偶尔会喝醉酒，醉醺醺地倒在寺门口，虽说醉酒之人不宜入寺，但师父怕她酒后惊风，伤了性命，只好把自己的房间让给她睡，彻夜照顾她。事后师父虽也劝过，可她下次还是这样。”

听到这里，许杭心里已在暗笑。

一个喝醉酒的女人，半夜三更能安然无恙地爬上半山腰，偏偏到了寺庙才不省人事，一次就罢了，次次如此，可真是醉翁之意不在酒。

“你且听我说，”许杭压低声音，附在小沙尔耳边道，“往后她若再来找长陵，你能挡就都挡回去，少让长陵见她。”

“为何？”

“她一个女人，深夜出入寺庙，知道的说长陵心善，不知道的会说寺庙秽乱。况且那女人是有身份的，为了长陵好，你听我的便是。”

小沙尔觉得许杭说得极有道理，可不一会儿又犯愁了，问：“可是，她要是醉酒而来呢？总不能放着不管吧。”

许杭沉默了一会儿，才道：“你写副对联，上联写‘误抚琴为周郎顾’，下联写‘孝悌忠信礼义廉’，到了晚上就偷偷挂在庙门口，她若看到，就再不会深夜醉酒于此了。”

小沙尔不通诗书，大惊道：“这是什么符咒不成？果真如此有效？”

许杭自然不会告诉小沙尔，这副对联是在讽刺惠子一厢情愿、毫无廉耻。惠子曾经是大家闺秀，这字谜她必然看得懂。

倒不是他觉得惠子此情有多么不堪，若是两相情愿，本也是件美事，但偏偏长陵似乎并无此意。

只可惜，落花有意，流水无情。

与其日后纠缠出大麻烦，不如自己今日就当这个坏人，断了她的念想。

许杭回到金燕堂的时候，蝉衣说袁野已经在厅堂里等了很久。许杭没有一丁点儿奇怪，而是未卜先知一般说：“哦？终于来了。”

厅堂里，袁野站在那幅“燕出焚火”的画前，如今方知其中的深意。

听到许杭的脚步声，他指了指那幅画，说：“那么早以前，你就留下了伏笔，可是我笨了些，没有看穿你。”

许杭就在他身后两步之遥的地方，听罢，问道：“你在说些什么？”

“这里只有我们，何不说实话呢？”

“你想听什么？”

袁野转过身，开门见山道：“我知道一切都是你干的，那个将贺州城搅得天翻地覆、神龙见首不见尾的人便是你，许杭。”

许杭微微扬了一下眉毛，找了个凳子坐下，理了理衣摆，道：“看来你今日是来审我的？”

“你不认？”

“你总得说出些能让我哑口无言的话。”

袁野点点头，在许杭对面的凳子上缓缓坐下，视线一直没有离开过许杭的眼睛，他道：“从黑擂台那件事起，我就觉得你并非常人，说实话，我一直很矛盾，我当你是朋友，却又觉得你十分危险，还一度唾弃自己。可每每出了金钗血案，我都忍不住去注意你的动静。”

他说起往事，倒让两个人都生出些物是人非、时移世易的感慨，遥想初相见，还是极单纯的情谊，如今竟然隔着血海深仇了。

也是命运多舛，天底下人那么多，偏偏就他们遇上了。

袁野沉默了一会儿，继续道：“汪荣火一案，你以时间为迷障，让芳菲和金匠为你的不在场作证！我本想问你，听你解释，可是你在领事馆救了我一命，我便觉得是我小人之心度君子之腹！不承想，一念之差，终究还是我大意了。”

许杭摸着茶桌的棱角来回摩挲，回道：“袁野，我倒是没想到，你从那么早就开始怀疑我了，方才你还说自己笨，实在太自谦了。只是，捉贼拿赃，你总不能空口无凭地讲。”

“你要证据是吗？好！”袁野等的就是许杭这句话，他从怀里拿出一本笔记，丢在地上，“我查过全贺州城的金矿，所有可疑的人我都一一试探过，全部记录在册，竟然毫无破绽。直到某一日我才开了窍，想起自己漏了一点，那就是药堂。金箔也是一味药，全城的药堂中，只有你许大夫会亲自去后山采药，而那边上就是金矿。”

更巧的是，金矿的主人已经换过一轮了，前一个主人因病去世，故而如今也查不到谁同他做过交易。唯一能知道的是，金矿的前主人重病期间，一直是在鹤鸣药堂治的病。

种种联系起来，可以说是巧合，也可以说太过于巧合了。

许杭反问一句：“那你可有亲眼见我采矿而归？”

袁野咬着牙说：“没有，我只是在证明你有这个条件。你很聪明，来无影，去无踪，甚至在追兵面前都可以消失不见。时间的把戏，你玩得很好，可你到底还是露出了马脚。”

这说的是暗巷消失的谜。

“说说看。”

袁野站了起来，一步步靠近许杭，解释道：“在巷子里，凶手打开井盖，钻进修建好的地下仓库，顺着它一路逃离，可没有工具，又怎么在瞬息之间赤手空拳弄断用薄钢制成的插销？别的人或许想不明白，我却很清楚。”

他已经走到了许杭面前，双手撑在桌子上，俯视着许杭，用凌厉的目光将许杭从上扫到下。

“我曾经送过你一支钢笔，钢笔上镶嵌的那颗硕大的钻石是最坚硬的东西，区区钢片，当然一击即断！我送你的时候，从没想过它会在这里被你派上用场。当然，也可能是我多心了，那么……你敢不敢拿出那支钢笔让我看看，来证明是我诬陷了你？”

钻石纵然坚固，可是钢笔却很脆弱，被那样一番折腾，必定有所折损。

那支钢笔现在就躺在许杭的抽屉里，笔身弯曲，表层的装饰脱落，布满了划痕。纵然要修，只怕也是修不好了。

整个厅堂宛如坟地一般死寂。

这沉默像一把大剪子，将两株连在一起的藤蔓生生剪开、剥离，丝毫不顾藤蔓的疼痛。那把剪子，名为真相。

许杭缓缓抬起眼眸，平静地回视袁野，到底还是承认了：“你终究还是知道了……恨我吗？”

袁野的手陡然松开。

这一刻，他突然感觉自己踏入了无悲无喜的境界。

这种感受并不像忙碌了很久的警探终于侦破案子的欣喜，也不像求解难题最后得到错误答案的懊恼，它更像一种被写坏了的结局、走了音的曲调或没画好的点睛之笔。

他感觉自己是一个迷途旅人，提着一盏小灯笼，在深夜的树林里跌跌撞撞，寻找出路，最后遍体鳞伤，发现没有出路，来时之路便是出路。

指引他进树林的那个人就站在路口，平平淡淡地说："哦，你怪我吗？"

怪吗？恨吗？

不是的。

袁野咬了咬下唇，问："那你呢？你恨我吗？"

许杭摇摇头，说："我知道那些恩怨与你无关。"

不知为何，袁野看见许杭这副淡定的模样就十分生气。

这个人将自己的生活搅得天翻地覆，为何从头至尾都能如此无动于衷，甚至自己当面拆穿他时，他也不动如山。

难道许杭真的就是这种无情的冷血之人？从前的情谊都是骗人的伪装？

袁野用拳头砸了一下桌面，说："你知不知道，只要我现在把这些话往外一传，够你死好几次的！"

好一个声势浩大的威胁。

然而，许杭很肯定地说："你不会的。"

袁野的心被戳了一下。

"你若是痛恨我，想报仇，早就去警察厅大肆宣扬了，何必同我在这里密谈呢？袁野，我一点儿也不畏惧你看穿我，因为我早就知道，你同袁老太太一样，在大是大非面前，是个知道对错的人。"

画虎画皮难画骨，知人知面不知心。

许大当家最大的本事就是看人入骨，一点即透。

许杭抬起右手，挡开了袁野的桎梏，四两拨千斤道："你不必再强撑了，纵然你现在故意做出这愤恨的模样，也掩藏不了你内心深处因你父亲而起的羞愧之情。"

袁野愣怔地退了两步，颓然地跌回凳子上。他如一个气球，被许杭一针刺破，泄了气。

许杭说得没错，他何止是羞愧，简直想就地挖个坑把自己埋进去，了却此生。

他气许杭的欺骗，也痛家人的遭遇，然而他没法儿喊冤喊无辜。

他哑着嗓子问道："所以就连今天我来找你，也在你的算计之中？"

许杭直言不讳："做过的事，我全都认，我问心无愧，即便再来一次，我也不会手软。对你，我唯一不够朋友的就是隐瞒而已。"

"隐瞒……可瞒得我好苦。"

"你既然知道了一切，就该明白，用人命来算，哪怕我屠了你全家，也是你们偿不清。"

全宅一百一十六口人，全蜀城三万多人，真是便宜他们了。

袁野哽咽了一下，说："我知道，我父亲已经是废人一个，母亲和奶奶也大病一场……能不能……不要再赶尽杀绝了？"

"你还有机会心疼自己的亲人，可我就算想尽孝也是不可能了……"许杭的话中，那份哀婉不比袁野少，甚至多了千倍万倍的无奈。

二人都不说话了，就这么坐着，低着头，像雕塑一般。

良久，久到日头换了方向，从外头照进来，斜斜照在许杭身上，许杭的睫毛颤了颤，说："你走吧，我和你们袁家到此为止。你我即便不成仇敌，也成不了朋友。"

"你……"袁野有些惊诧。

"我只杀该杀之人，不想浪费力气。"

袁野盯着许杭，艰难地开口："你还要继续报仇吗？"

"这是我活着的目的，不死不休。你若挡我，我也决计不会手软。”

汪荣火、老杨头、袁森……下一个该是参谋长了。

这复仇之路越来越艰难，越来越不可思议。袁野本想劝许杭放弃，可话到嘴边又咽了回去。

前几桩血案不也是耸人听闻、难如登天吗？许杭照样做到了。

在这个小小的身体里面，复仇的种子已经扎根太久，拔除不掉的。

许杭怕袁野拿错了主意，极冷淡地说：“我不妨告诉你，贺州城你已经待不下去了。看在朋友一场，我建议你尽早举家出国，越快越好。”

“什么意思？”

“袁森害死了丛林，纵然我留他一命，却不意味着段战舟会善罢甘休。”

段战舟是只豹子，咬住猎物后，必然不死不松嘴。

许杭既然没打算杀袁野，自然要保证他守口如瓶，留下袁森的命，既是为了让他生不如死，也是为了让段战舟成为他性命的威胁。

只有这样，袁野才会愿意离开，离得远远的。

袁野不由得苦笑道：“所有知道真相的人都被你赶得远远的，再没有人能怀疑到你，你便可以继续实施你的计划。从前我只觉得你聪明，今日才知道何为‘七窍玲珑’。”

“是我习惯伪装。”

“不，”袁野摇头，“是我从未懂过你。”

其实许杭想说，这么多年来，能看到自己伪装下的面目的，袁野是第一个。

他怎么能说不懂呢？

“我就不送你了。”许杭低下头，不再看他。

朋友做到尽头，竟然连饯别都没法儿坦诚地送一送。

袁野一生善与人为友，唯有这一次刻骨铭心，永世难忘。

“对了……奶奶知道你还活着后，让我给你带句话，谢谢你父亲当年的救命之恩。”

袁野把自己带来的木盒子拿出来，放在许杭身边的茶桌上，又深深地、意味深长地看了许杭一眼。

这一眼以后，大概这辈子都不会再见了。

他转身，抬步。

“袁野。”

许杭有些气息不稳，陡然出声，把袁野的脚步唤停在原地。

“那日在金燕堂，你说从此我就有朋友了，那个时候我很感激。”

门槛处的阳光太烈了，以至于袁野的眼睛有些发酸，他忍了好一会儿，才将那阵阵翻滚上来的情绪压下去。

他逆着光，颤抖着举起手，越过肩膀摇了摇。

回首怕泪眼，挥手两相忘。

他放下手，闷着头一鼓作气走出了金燕堂。

许杭一只手扶着门，看着袁野的背影，直到看不见了还保持着那样的姿势。

再没有那样一个人，穿着白色西装，笑得爽朗无比，洒落得像刚照进贺州城的一缕阳光，大方地送别人自己心爱的钢笔。

再没有那样一个人，像兄长一样体贴入微，不顾对方的冷漠，热情地付出自己的真心实意。

再没有那样一个人，离成为他一生的知己只差了一点点的距离。

再没有了。

许杭转过身，打开袁野留下的那只木盒，里头是大大小小、新新旧旧的从寺庙里求来的符。每一张符上都写着许杭一家人的名字。

他闭上眼睛，盖上木盒，锁头当啷一碰，是温情破碎的声音。

（本册已完结，敬请关注第二册）